KB235007

희망노선

Desire Line

희망 노선

남상순 장편소설

하늘재

희망노선(Desire Line)에 대하여

수년 전 시어머니가 경주 김씨 제사가 있다며 구경 가자고 해서 경주까지 내려간 적이 있다. 한여름이었고 어디서나 피부를 찔러 대는 광선이 무수히 빗발쳤다. 왕릉 제사를 구경하는 내내 기분이 묘했다. 그렇게 이런저런 것을 맥락 없이 구경하며 돌아다니는 건 분명 내 취향에 맞는 일이었지만 내가 선택한 것이 아니라는 점에서는 그리 유쾌하지 않았다.

제사가 끝나고 동행한 경주 김씨 '이모님들'이 고향인 구룡포에 가자고 했을 때에는 많이 당황스러웠다. 입이 튀어나오고 불만이 솟구쳤다. 자동차는 옛 추억담으로 들썩거렸다. 시어머니 자매들이 구룡포에서 하고 싶은 것은 구룡포 초등학교 앞에 있는 '철기네 분식'에서 찐빵을 사 먹는 것이었다.

마침내 구룡포에 도착해 '철기네 분식'으로 들어서는 순간을 나는 지금도 잊지 못한다. 구석구석 쌓인 밀가루며 설탕 포대, 옛날 막걸리 집 같은 데서 본 것도 같은 좁고 기름한 식탁과 의자들. 소쿠리에 부어 놓은 푹 삼긴 팥에서는 김이 모락모락 피어올랐다. 이름부터가

'철기네 분식'이 아니라 '철규 분식'이었다. 나는 어쩔 수 없이 오래전 우리 집, 많은 한숨과 즐거움과 걱정이 넘나들었던 바로 그 정지를 떠올리지 않을 수 없었다. 잃어버린 것이었고 아무리 애를 써도 되찾을 수 없었던 그것을 발견한 장소와 시간이 놀라웠다. 그날 '철기네 분식'에 앉아 있던 사람은 나 혼자였다. 찐빵 맛은 기가 막혔다.

그때 맛보았던 찐빵 맛에 도달하기 위해 이 소설을 썼다고 하는 건 여러모로 과장된 느낌이 있지만 그렇지 않다고도 분명히 말하기 어렵다는 게 지금의 내 심정이기도 하다.

〈13시간〉의 초고는 2007년 봄에, 〈전화 거는 남자〉는 2008년 봄에 나왔다. 그 뒤로 지금까지 붙들고 씨름하면서 마음고생이 많았다. 《희망노선》이라는 제목도 긴 망설임 끝에 겨우 붙일 수 있었다.

《미래생활사전》(을유문화사, 2007년)은 희망노선을 "공원이나 기타 공공장소에서 잘 만든 포장도로 외에, 어떤 A지점과 B지점 사이를 질러가려고 사람들이 임의로 만들어 놓은 비공식 길"이라고 정의한다. 희망노선이 우리에게 말해 주는 것은 이론가들이 만든 길보다는 인간의 본능이 더욱 강하다는 점이다. 이를테면 좌절감을 느끼게 하는 누군가에게 (우리는) 이렇게 말할 수 있다는 것이다.

"너는 내 희망노선을 가로막고 있어, 썩 비켜."

내가 이와 같은 길에 처음 관심을 갖게 된 건 십 년도 훨씬 더 전의 일이다. 매일 한 시간씩 운동 삼아 아차산을 등산한 적이 있는데 멀쩡한 길을 두고 꼭 그 근처 어딘가에 새로운 길을 내는 사람들이 있었다. 분당으로 이사와 탄천로를 산책하면서 다시 그 길을 만났다. 한 번은 순전히 '왜 저럴까?'라는 호기심에서 잔디밭으로 난 그 길로 걸어가 본 적이 있다. 하지만 십 분도 견디지 못하고 다시 큰길로 나왔다. 울퉁불퉁 들쑥날쑥한 게 여간 불편한 길이 아니었다. 그런데 이것을 삶의 은유로 받아들였을 때는 새로운 상상을 가능케 하는 것이 사실이다. 그때부터 그 산책로에 관해 지속적인 관심을 가졌으나 '희망노선'이라는 객관적 용어에 접근하는 데는 좀 더 시간이 걸렸다. 내가 오랫동안 관찰했던 길의 이름이 이미 존재한다는 것을 알았을 때의 기쁨은 이루 말할 수가 없다.

희망노선은 계획에 의해 인위적으로 만들어진 길이 아니라 개인의 선택에 의해 자연스럽게 형성된 길이다. 도시계획자들은 아무리 국가가 나서서 돈과 정성을 들이고 과학적인 데이터를 동원해 번듯하게 길을 만들어 놔도 사람들이 가고 싶어 하지 않는 길이 있다고 본다. 처음에는 어찌어찌 그 길로 다니게 되더라도 그게 아니라고 느끼기 시작하면 머지않아 다른 길을 선택하게 될 거라는 이야기다.

희망노선은 명백히 개인이 만든 길이지만 어떤 사람도 사회적 관습과 일정한 긴장관계에 놓일 수밖에 없다는 점에서 개인적인 것만은 아니라고 말할 수 있다. 다양한 욕망을 가진 인간이 의지의 힘을 빌려 무언가를 선택하고 약속한다는 것은 이미 사회적인 행위이다. 우리의 의지는 관습적 세상에서 어떻게든 살아 내려고 몸부림치는 반면 철없는 욕망은 자신이 좋고 유쾌한 것을 옳고 유익한 것이라 우기며 스스로를 끊임없이 세뇌하고 유혹한다.

이 소설은 처음부터 연작 형태로 계획되었다. 한 등장인물은 한 편의 소설에서 자기 관점만을 이야기하게 될 것이다. 그러므로 이를테면 1편에 나온 어떤 인물은 다른 편에서는 성격 변화를 겪을 수밖에 없다. 이 점이 내가 《희망노선》에서 이루고자 하는 성취의 가장 중요한 지점이다. 지금은 그와 같은 이야기가 다섯 편 열 편 만들어지고 나면 이야기 전체가 하나로 새롭게 조망되는 그런 그림을 상상하고 있지만 앞으로 몇 편까지 쓰게 될지는 분명하게 말하기 어렵다. 그만큼 소설을 둘러싼 환경이 내게는 벅차게만 여겨진다.

희망노선은 우리에게 '없던' 것이 새롭게 형성된 길이 아니라 21세기라는 시점에서 새삼스러운 발견이 요구되는 길이라고 나는 생각한다. 우리는 이미 각자의 희망노선을 가지고 있고 저마다 그 길을 가고 있다. 작가인 내가 해야 할 일은 새로 닦는 것이 아니라 이미 '있는' 길을 발견하는 것이다.

2011년 이른 봄,
상대원 방에서 남상순.

차
례

제 1 편

13시간

1

그녀가 병원 주차장 바닥에 떨어져 있던 휴대폰을 발견하고 허리를 굽힌 것은 순전히 그 전화기가 자신의 것인 줄 알았기 때문이다. 차를 주차한 곳과는 조금 떨어진 장소였다. 기계가 무사한지 살피기 위해 폴더를 밀어 올리는데 낯선 바탕화면이 나타나 슬라이드처럼 움직였다. 감자칩처럼 일그러진 무늬 안에 사람의 얼굴이 생겼다 사라지기를 반복했으나 누군지 알아보기는 힘들었다. 그때까지만 해도 조카아이의 장난이려니 싶었다. 그녀는 어머니를 만나러 친정에 다녀오는 길이었다. 휴대폰을 손에 잡으면 아이들은 별의별 요술을 다 부리기 마련이다. 화면 상단에는 이런 글씨가 씌어 있었다.

너무 행복한 우리 부부!

픽 웃으려다 멈칫했다. 초등학교 4학년 아이가 고모에게 선물한 멘트치고는 어색한 구석이 없지 않았다.

이리저리 검색 메뉴를 눌러 보다가 걸음을 멈추었다. 기종은 같았지만 그건 그녀의 전화기가 아니었다. 전화번호가 저장된 난에는 모르는 사람의 이름이 빼곡히 들어차 있었다. 부랴부랴 핸드백을 뒤졌더니 그녀 것은 있어야 할 곳에 얌전히 있었다. 그러고 보니 전화기에 매달려 있던 줄이 턱없이 생소했다.

어떡하지?

하지만 이미 한참을 이동한 뒤였다. 정확히 어느 곳에 떨어져 있었는지도 막연했다. 할 수 없이 그대로 병원 출입문을 밀었다. 카운터로 다가가 막 안내원에게 말을 걸려고 하는데 휴대폰에서 시끄러운 발라드 음악이 터져 나왔다. 배경화면이 바뀐 상태에서 발신자 011-236……라는 번호가 떴다. 순간 가슴이 철렁 내려앉았다.

살그머니 폴더를 밀어 올리면서 휴대폰을 귀에 댔다. 앳된 목소리가 흘러나오더니 자신이 전화기 주인이라고 밝혔다. 목소리는 대뜸 어디냐고 물었다.

"일층 접수창구 앞이에요."

잠시 후에 교복 입은 여학생이 다가왔다. 전화기를 건네주었더니 간호사에게 차트를 받아 가는 환자처럼 감사합니다, 하고 돌아서더니 에스컬레이터를 타고 이층으로 올라갔다. 그녀는 알 수 없는 미진한 느낌에 사로잡혀 그 아이의 뒷모습이 보이지 않을 때까지 멍하니 같은 자리에 서 있었다.

011-236…….

이상한 것은 그 번호이지 문구가 아니었다. 뒷자리는 가물가물했으나 011과 236이라는 숫자는 단순한 숫자가 아니라 그녀만을 위해 맞춰진 고유한 주파수 같았다.

11층 병실 앞에 시든 야채처럼 남편이 앉아 있었다. 그녀는 천천히 다가가 남편의 손을 잡아 주었다. 투박한 손에는 미지근한 습기 같은 게 배어 있었다.

"의사가 마음의 준비를 하라고 하더군."

목소리가 침울하게 젖어 있었다. 남편이 어떤 기분일지 다 짐작하고 있다고는 말하기 힘들다. 아무리 비슷해 보여도 관계마다 부드럽고 질긴 정도가 저마다 다르기 마련이었다. 지금 남편 머릿속에 빨간 불이 켜져 있는 건 분명한 사실이었다. 수환이 떠나려 하고 있는 것이다. 남편은 아들 같아서 각별한 동생인 그에게 모든 것을 다 해 주고 싶었다는 심정을 여러 번 토로한 적이 있었다. 수환은 아무것도 받지 못했다고는 말하지 않았다. 그런 것이야 어찌 되었건 아무리 뱉어 내려 해도 다 토해지지 않는 시간의 불순물 같은 게 있을 것이다. 죽음 앞에 서면 사람들은 불현듯 그것을 기억해 낸다.

화장실에 다녀온 남편에게서 울컥 담배 냄새가 풍겼다. 그는 손수건으로 자꾸만 이마를 문질러 닦았다. 그녀가 미리 뽑아 두었던 자판기 커피를 내밀자 남편은 신물 난다는 표정으로 손을 내저었다. 그녀는 종이컵을 복도 창틀 위에다 얹어 놓았다.

"011236이라는 숫자가 뭔지 알아요?"

간이 소파에 엉덩이를 걸치면서 수수께끼를 내듯 무심한 질문을 던졌다. 그때껏 그 숫자에 사로잡혀 있었던 건 아니었다. 그저 그에게 말을 걸어 본 것에 불과했다. 자질구레한 문제에 대한 해결을 의뢰할 때 남편의 눈이 유난히 빛난다는 걸 그녀는 알고 있었다. 잃어버린 물건을 찾아 달라고 하거나 무거운 짐을 나누어 들자고 할 때, 순전히 이기적인 동기에서 비롯된 어떤 심부름 같은 것을 시킬 때, 사소한 기억을 되새기는 것, 그런 것을 도와주면서 그는 행복해했다. 잠시라도 남편이 편안해한다면 그녀로서는 손해 볼 게 없는 셈이었다. 남편은 이내 답을 찾은 것 같았다.

"그거 당신 옛날 휴대폰 번호랑 비슷하잖아?"

"그래요? 무슨 휴대폰?"

“결혼하기 전에 사용했던 번호 말이야. 0112361234였잖아.”

“무슨 소리예요? 내 첫 번째 휴대폰 번호는 016인데다 국번이 9008로 세 자리가 아니라 네 자리 숫자였다고요.”

“그건 그 다음 휴대폰 번호였지. 그 이전 번호 말이야. 생각 안 나?”

어떤 대단한 잘못이나 비밀이라도 환기시키려는 듯 남편의 눈빛이 날카롭게 번들거렸다. 불쾌감이 밀려왔다. 공연한 것은 아니었다. 016 이전 번호는 존재하지도 않았지만 설사 존재했다손 치더라도 그가 그것을 안다는 것은 자연스럽지가 않았다. 남편과 결혼 이야기가 오 갈 무렵 그녀의 전화번호는 이미 016이었다.

“이이가 가끔 생사람 잡는 소리하네. 내 휴대폰은 언제나 016이었 거든요.”

시치미를 뗄 생각은 아니었다. 지난번 언젠가도 비슷한 말을 들었 던 것 같았다. 집 전화기에 찍혀 있던 부재중 번호를 보더니 남편은 그녀의 옛날 휴대폰 번호랑 비슷하다며 엉뚱한 소리를 했다. 그때도 그녀는 화를 냈다.

“알았어, 관두자 관둬.”

남편이 일어서며 손을 내저었다. 그런 거부적인 몸짓이 또 다른 화 를 불러일으켰지만 어쩔 수 없이 입을 다물고 말았다. 병실 안에서 중년 남자 한 사람과 동서가 밖으로 나왔다. 동서의 눈은 뚱뚱 부어 있었다. 남편을 따라 안으로 들어가기 위해 핸드백을 집어 드는데 가 슴이 세차게 뛰는 게 느껴졌다. 남편과의 사소한 말다툼 때문인지 아 니면 다른 이유 때문인지 그녀로서는 종잡기가 힘들었다.

2

　수환은 죽은 듯이 눈을 감고 있었다. 그녀는 수환의 손을 살그머니 시트 안으로 집어넣은 뒤 이불을 조금 끌어올려 주었다. 남편은 자리를 너무 오래 비웠다며 법원으로 들어갔고 동서는 아이를 데리러 집으로 돌아간 상태였다.

　환자는 얼마 전에 봤을 때보다 몸에서 사람 하나는 빠져나간 것처럼 야위어 있었다. 작고 미세하게 오르내리는 가슴의 움직임만이 그가 살아있다는 것을 희미하게 증명하고 있었다.

　사람이 이렇게 죽을 수도 있는 것인가.

　그를 상관없는 사람처럼 대할 수 있다면 좋겠다는 생각이 들었다. 길에서 우연히 맞닥뜨린 교통사고 피해자, 곧 추락할 비행기의 탑승객, 부친이 위독하다는 소식을 듣고 병원으로 달려가는 친구의 친구, 겨울철 지하 통로에 박스를 뒤집어쓴 채 얼어 있는 노숙자 같은 사람. 그랬더라면 눈시울이 시큰하더라도 가슴까지 먹먹할 일은 없었을 터이다. 아니, 단지 남편의 동생이기만 했더라도 웬만큼 숨통이 트일 것 같았다. 살다 보면 불운이라는 덫에서 도피할 수 있는 사람은 아무도 없다는 식의 일반적 논리에 얼마든지 숨어 기댈 수 있었다. 하지만 수환은 그녀의 친구였었다. 한때는 조금 특별했달 수 있을는지 모른다. 영원한 친구가 되기에는 남자와 여자라는 성별이 장애가 될 수 있음을 미리 알기라도 한 듯 그들은 후에 시동생과 형수가 되었다. 서로가 원해서 그렇게 된 일이었다. 수환이 병을 얻은 후 그녀는 가끔 비명을 지르고 싶은 충동에 사로잡힐 때가 있었다. 그의 죽음에서 발을 빼고 싶은 생각이 들 때면 특히 그랬다. 그녀는 그의 죽음에 연루된 적이 결코 없으므로 그건 정말 터무니없는 생각이었다. 그가 아픈 것은 자연이 빚어낸 비정한 곡예일 뿐이었다. 가끔 선한 사람을 골라 짓궂은 심술을 부리기도 하는 것이 자연이 아니던가.

몇 달 전까지만 해도 건강하고 활기찬 수환의 모습에서 미심쩍은 기운은 찾아보기 어려웠다. 그는 무거운 카메라를 메고 섬을 누비고 다니면서 광고사진을 찍었으며 틈틈이 기업 홍보물에다 유치원 행사 비디오도 찍었다. 잠깐이지만 티브이 광고에 얼굴을 비친 적도 있었다. 그녀를 마주 보는 눈빛에서 감정적인 낌새는 발견되지 않았다.

가족 모임에서 상추 위에다 커다란 삼겹살 서너 점을 올려놓고 허겁지겁 입안으로 밀어 넣던 그가 떠올랐다. 제대로 씹지 않은 채 고기를 삼켰지만 좀처럼 체하지도 않았다.

그런 그에게 췌장암 선고가 내려졌다. 그의 나이 이제 겨우 서른셋이었다. 석 달 만에 그의 몸은 절반으로 줄어들었다.

한 달 전쯤이던가. 우연히 둘이 되었을 때 수환이 문득 말했다.

"난 운이 좋은 사람이야, 안 그래?"

아무것도 아닐 수 있는 말이 그녀를 유난히 찔러 왔을 때 오랫동안 억누르고 있던 피로가 감지되었다. 물론 그녀를 찌른 것은 말이 아니라 표정인지도 모른다. 말은 평범했으나 알 수 없는 굴절이 그의 얼굴 빛깔을 바꿔 가고 있다고 그녀는 느꼈다. "너처럼 괜찮은 친구와 알고 지냈으니 말이야"라는 말은 벼르고 벼르던 공격 같았다. 그러고 보면 피로는 그녀의 것이 아니라 수환의 것이라는 뜻이었다. 그는 죽어가고 있었다. 긴 이야기의 운을 뗀 거라고 생각하면 머리카락 뿌리가 제각기 스멀거리며 일어서는 것 같았다. 무슨 소린지 모르니 엉뚱한 상상이 마음을 흔들었다. 이후 병원에는 잘 들르지 않았고 어쩔 수 없이 가게 되더라도 수환을 혼자 만나는 일은 가급적 삼갔다.

지금 그는 혼절상태였다.

가습기의 분무량을 낮추고 간이 의자에 걸터앉았다. 잠시 후 그녀의 손이 착륙지점을 정하지 못한 날벌레처럼 환자의 얼굴 위를 서성거렸다. 돌올한 광대뼈에서 귓바퀴를 돌아 하얀 거품이 말라붙어 있는 입가에 이르렀을 때 손의 떨림은 잠시 멈추었다. 살짝 벌어진 입술의 공허는 그가 마지막 한 방울의 기름까지 다 소진했다는 표식이 아닐까. 수환이 순간에다 태우는 기름의 양이 남보다 월등하다는 것은 그녀만 아는 사실은 아니었다. 그의 열정은 무서울 정도로 집요할 때가 있었다.

그래, 그거야.

어쩌면 사람은 이렇게 죽을 수도 있을 것이다. 환경과는 상관없이. 그 어떤 인과적 원인도 없이 운 나쁜 짐승처럼 그렇게……

시간이 지나면 그의 죽음을 납득하게 될 것이다. 자신과는 진정으로 무관한, 한 생명의 자연스러운 스러짐에 관해.

얼마나 다행스러운 일인가.

그렇게 되면 정말 다행일 거라는 생각이 들었다. 사람이 타인의 죽음 앞에서 자신을 돌아보게 되는 건 앞으로 그에 관해 더 이상 아무런 의미부여를 하지 않아도 되기 때문이다. 관계가 종료된다는 것은 한 세계가 변화를 끝내고 문을 닫아도 좋다는 허락 같은 것이다. 남은 사람이 생각할 수 있는 건 오직 자기 자신뿐.

"그 사람은?"

수환이 가늘게 눈을 떴다. 그녀는 화들짝 놀라 간이의자에서 몸을 일으켰다. 그러고는 동서가 아이를 데리러 갔다고 전해 준 다음

"간호사를 부를게"라고 말하며 허둥지둥 돌아섰다. 그때 "영애야, 물 좀." 하고 수환이 중얼거리는 소리가 들렸다. 그녀는 재빨리 간병인의 자세로 돌아갔다. 오른손을 수환의 목덜미에 집어넣고 그의 상체를 조금 들어 올렸다. 수환이 겨우 입술을 축이는 동안 그녀는 마르고 비틀린 몸을 힘겹게 떠받치고 있었다.

간호사가 나무토막 같은 몸에다 주사기를 꽂자 수환은 지그시 눈을 감았다. 눈꼬리로 눈물 한 방울이 흘러내렸다. 그녀는 엉거주춤 옆에 선 채 동서의 전화기로 문자 한 통을 넣었다. 수환이 깨어나 주사를 맞고 있다는 내용이었다.

간호사가 수환을 돌보고 있는 사이 그녀는 슬그머니 빠져나와 공동 화장실로 갔다. 급한 일이 있었던 것은 아니었다. 손을 씻고 화장실 안으로 들어가 옷을 입은 채 변기에 걸터앉았다. 잠깐 멍하게 앉았다가 습관처럼 휴대폰을 꺼내 폴더를 밀어 올렸다. 새로 들어온 문자 같은 건 없었다. 친정어머니에게 전화를 걸었더니 받지 않았다. 휴대폰으로 걸었을 때는 곤란해하는 목소리로 지금 한의원에서 침을 맞고 있는 중이니 어서 끊으라고 했다.

전화기를 주머니에 집어넣으려다가 자신도 모르게 번호를 눌렀다. 011236.

그 다음은 막막했다. 잠시 전에 여기다 남편이 이어 붙였던 숫자와 '너무 행복한 우리 부부'의 그 여학생 휴대폰에서 본 번호가 마구 뒤섞여 혼란스러웠다. 결국 도리질을 치면서 폴더를 닫고 거울 앞으로 갔다. 그녀는 힐끗 자신의 얼굴을 살폈을 뿐 눈을 들여다보지는 않았다. 시선을 피하기는 했지만 머릿속에는 여자의 인상이 남아 있었다. 굵은 웨이브 펌 머리는 얌전하기 짝이 없었고 하얗고 동그란 얼굴은 멍해 보이긴 해도 그런대로 건강한 편이어서 매력적인 구석과 그렇지 않은 부분을 골고루 포함하고 있었다. 하지만 그녀가 전체적으로는 마음에 들지 않았다.

병실로 갔더니 간호사는 나가고 수환만 누워 있었다.

그녀는 간이의자에 앉아 손톱을 물어뜯기 시작했다. 왠지 초조하고 불안했으며 무엇보다 환자 곁에 혼자 있다는 사실이 마음에 걸렸다. 하릴없이 그의 얼굴을 흘끔거리고 있을 때 수환의 입이 열렸다. 거짓말 같은 말이었다.

"고마워."

눈은 감은 채였다. 그녀는 소스라치며 숨을 멈추었다. 커튼 뒤에서 고양이가 조용히 지나가기는 바라는 생쥐의 기분이었으나 어째서 그런 기분이 드는지를 일목요연하게 꿰고 있지는 못한 상태였다.

"뭐가?"

"그냥 다……."

순간 수환의 눈 속에서 얇은 빛 같은 것이 잠깐 떠올랐다가 스러진 것 같았다. 뭘 잘못 보았나 싶을 정도로 짧은 순간이었다. 싱겁긴. 그녀는 다소 불만스러운 표정으로 침대에 누운 시동생을 내려다보았으나 곧 마음을 가라앉혔다. 고맙다는 말이 의례적인 것에 불과하다면 흔쾌히 받아들일 수 있고 잊지 않을 자신도 있다. 그녀가 남편과 결혼하던 날 수환이 고맙다고 말했던 것을 잊지 않고 있는 것처럼.

"고마운 건 오히려 나지."

수환의 눈동자에 웨딩드레스 입은 자신의 모습이 각인되어 있었다. 그가 눈을 깜빡이지 않게 하고 싶었기 때문에 그녀는 큰 소리로 웃지 않았다. 유난한 제스처도 삼갔다. 그 때문에 수환이 다른 상상을 했더라도 그건 어디까지나 그의 문제이다.

결혼식 몇 달 전쯤, 수환이 조금 심각한 뉘앙스를 담아 만남을 원했고 시내 한복판에 있던 호텔 커피숍에서 약속을 정했으나 그녀는 나가지 않았다. 별로 나가고 싶지 않았고 못 간다는 말도 하지 않았다. 며칠 후 밤늦은 시간에 수환은 그녀의 집 근처로 찾아왔다. 그녀가 상냥하게 반응하지 않은 건 몸살기 때문이지 그에 대한 소문과는 상관없었다. 수환이 손등에 어떻게 담뱃불 자국이 났는지 알아? 고등학교 때 상대편을 겁주기 위해 지 손등에 대고 담뱃불을 비벼 껐다지 뭐니, 그런 남자를 믿을 수 있을까, 믿어도 될까. 대학 동창 소정이는 그녀의 단짝 친구였다. 수환의 아이를 임신한 게 사실이냐고 물었을 때 소정이의 대답은 그렇게 엉뚱했으나 분명한 건 이미 감상을 넘어서 있었다는 것이다. 물론 도저히 용납할 수 없는 그들의 연애담이 진력나서 그랬던 건 아니었다. 그보다는 며칠째 떨어지지 않는 몸살기가 소소한 웃음마저 거둬 갔을 것이다. 수환은 "우리 형을 결혼상대로 생각하고 만나 볼래?" 하고 물었다. 그 말을 하기 위해 늦은 밤에 달려왔느냐고 물었더니 고개를 끄덕였다. 그녀는 입술을 물었다.

"네 형은 판사나 변호사가 될 거랬지?"

그 말에 약이 올랐으면 싶었지만 그들 사이에 이미 그와 같은 긴장감은 남아 있지 않았다. 수환에게 그것은 뒤늦은 파산 선고에 불과했을 테지만 그녀에게는 나쁘지 않은 미래였다. 그의 형이라면 여러 번 본 적이 있었다. 그녀를 볼 때마다 얼굴을 붉히면서 웅얼웅얼 말을 더듬는 게 귀여울 때가 있었다. 저렇게 수줍음 타는 남자라면 마음고생은 하지 않을 거라고 짐작했다. 훤칠하게 잘생긴데다 인상도 부드러웠다. 그렇더라도 왠지 당연한 일에 직면한 느낌을 받은 것은 지금 생각해도 좀 수상쩍기는 하다. 결혼하고 보니 그는 생판 다른 사람이었다. 수환에게 속고 스스로에게 속았는지 모른다. 아니, 속임수를 쓴 건 반짝이는 그 우산이었을 것이다. 그녀는 소정이가 생각나면 수환에게 쌀쌀했고 그때마다 수환은 형이라는 우산을 펼쳐 들었다. 수환이 형을 만나 보라고 권했을 때 그녀는 어쩌면 그 우산 속으로 스며들 결심을 이미 끝냈는지도 모른다. 그게 아니었다면 다음 날 곧장 집으로 들이닥친 남편이 그녀의 인생을 송두리째 바꿔 놓는 것을 그토록 속수무책 구경만 하고 있지는 않았을 것이다. 소주 다섯 병을 마시고도 끄떡없던 소정이는 이후 수환의 아이를 지우고 다른 남자랑 결혼했으나 곧 이혼하고 미국으로 건너갔다.

"조금만 기다려. 동서 곧 올 거야."

그녀는 너그러운 말투로 수환을 안심시켰다. 그가 뭔가를 정리할 일이 남아 있다면 그 대상은 동서이지 그녀는 아니었다. 그 밖에 다른 일이라면 다 묻어도 좋을 것이다. 하지만 수환은 뭔가 더 해야 할 말을 찾고 있는 표정이었다.

"미안해."

"자꾸 뭐가?"

그녀는 눈을 부릅떴다. 그것은 조용한 제지였다. 알고 싶기도 하고 그의 입을 틀어막고도 싶은 가운데 선택한 자기 다짐이라 해도 좋았다. 수환은 망연한 눈으로 그녀를 올려다보았다. 그렇게 바라보는 것이 힘에 부치는 듯 가끔씩 얼굴을 찡그렸다. 순간 스러질 듯 아슬아슬한 그의 표정 뒤로 알 수 없는 연민이 눈물처럼 배어나는 것을 그녀는 보았다. 당황스러웠지만 못 본 척 시치미를 떼었다.

"우리 사이에 그런 거 없어. 자꾸 말하지 말고 쉬어."

넌 말이 많은 게 흠이야, 라는 말을 덧붙이려다 그만두었다. 너 이러니까 많이 아픈데도 따뜻한 말 한마디 건넬 틈이 없잖아. 난 방어만 하게 되잖아. 하지만 어쩔 수 없는 일이었다. 자꾸만 시선을 피하게 되었다. 그녀는 허둥지둥 일어섰고 다시 앉을 일은 없다는 듯이 간이의자를 침대 밑으로 밀어 넣었다. 하지만 한발 늦고 말았다. 수환은 이미 안간힘을 다해,

"난 널…… 원망하지 않아."

라고 말하더니 눈을 감아 버렸다. 돌아눕고 싶은데 그럴 여력이 없는 것 같았다. 숨소리가 높아진 것은 그녀였다. 처음에는 "뭐?"라는 단순한 한탄이 터져 나왔으나 수환이 말하려는 바의 핵심이 '너로 인하여'라는 것임을 알아차리고는 망연해졌다. 나는 너로 인하여 어떤 일을 겪었고 너로 인해 상처를 받았으나 결코 원망하지는 않겠다, 뭐 그 비슷한 이야기였다.

너로 인하여!

한때 그것은 그녀를 이루는 콤플렉스의 중요한 키워드였다. 어려서 어머니는 '너로 인하여'라는 말을 가지고 그녀가 비난받을 수밖에 없는 이유를 설명하곤 했다. 그녀의 말 한마디 한마디, 일거수일투족이 격에 맞지 않는다는 뜻이었다. 격이라는 것이 무엇인지를 자세히 설명했더라도 그녀가 알아들었을 가능성은 거의 없다. 어머니가 말하는 격은 단어를 통해 설명할 수 있는 것이 아니라 어떤 상황 속에서 인간이 창의적으로 처신하는 방법을 의미했다. 물론 그것은 하나의 단어, 혹은 하나의 문장으로 요약 가능한 것이었다. 아버지는 말했다. 이젠 약속하거라. 그녀는 받아들일 수 없었다. 아버지의 요구는 그녀가 수긍하기 힘든 정답이었다. 수긍하기 어려움에도 불구하고 올바르

다는 이유로 그것을 약속할 수는 없었다. 그녀는 늘 엉뚱한 대답을 하였고 어머니로부터 "너로 인하여 내가……"라는 말을 들어야 했던 것이다. 어머니가 '너로 인하여'라는 불평을 거품처럼 뿜어내며 꼬르르 넘어갈 때마다 큰 소동이 벌어졌고 그녀는 점점 말수를 잃어 갔다. 그런데 그 말을 수환이 하고 있었고 그녀는 영문을 모르는 상태였다. 원망하지 않는다는 게 많이 원망한다는 뜻이라는 것을 그녀라고 모를 리 없었다. 그는 죽어가고 있었다. 죽음은 당사자에게도 그렇겠지만 가까이서 바라보아야 하는 사람에게는 더 무거운 공포일 수밖에 없다. 하긴 그런 식의 표현에는 수환이다운 바가 있었다. 그녀가 아는 그는 원망스럽다고 시원하게 원망하는 타입은 아니었다. 오히려 반어적인 방법을 써 가면서 비겁하게 에두를 때가 많았다.

"다만……."

수환이 무슨 말인가 간신히 다시 시작할 즈음 동서가 안으로 뛰어들었다. 동서는 눈물이 그렁그렁한 표정으로 그녀를 밀쳤다. 동서의 등 뒤에서 뭔지 모를 소리를 횡설수설하다가 그녀는 급히 병실을 나와 비상계단으로 내려갔다. 유리창에 기대 바라본 바깥은 다른 세상처럼 환했다. 그러고 보니 봄이었다. 창턱 아래로 단단한 난간 같은 게 매달려 있어 땅에서 솟아나는 4월의 풍경을 가로막고 있었지만 그녀는 알 수 있었다. 조금 떨어진 곳에서 벚꽃나무 가지 하나가 바람에 흔들리는 게 보였다. 꽃은 거의 다 져 가고 있었다.

수환은 뭐가 고맙고 뭐가 미안한 것일까. 그녀와 수환 사이에 원망하거나 원망하지 않을 일이 무어란 말인가. 스스로를 안정시키려고 마음에다 온갖 종류의 SOS를 쳤지만 도움이 되지 않았다. 수환은 죽어가는 소리로 그녀를 향해 읊조린 것이다. "너로 인하여"라고.

미친…….

벽에다 붉은 손톱자국을 내고 싶었다. 길고 선명하게 후벼 파고 싶다. 그때 계단을 내려오는 하이힐 소리가 들렸다. 또각또각…… 이상하게 청명하고 맑았다. 잠시 후 문 여는 소리와 함께 발소리가 멀어졌을 때 잠시 내려놓았던 젖먹이가 무릎으로 기어올라 젖가슴을 파고들 듯 여섯 개의 숫자가 그녀의 마음을 더듬더듬 헤집어 왔다. 011236…… 수환이 내뱉은 요령부득의 말들…… 무례하게 밀쳐놓고도 미안해하지 않는 손아래 동서…… 어디선가 아득한 초인종 소리가 들리는 것 같았다.

3

아침에 침대에서 뭉그적거리다가 벌떡 몸을 일으켰다. 남편은 이미 일어나 거실로 나간 뒤였다. 부랴부랴 서랍을 열고 이런저런 통장이 보관되어 있던 상자를 찾아냈다. 그녀 명의의 국민은행과 외환은행 통장이 있었다. 외환은행 통장은 개설일자가 1994년으로 되어 있고 국민은행도 거래를 시작한 지 10년이 넘었다.

자기 명의의 통장이 곧 성인으로서의 역사라는 것을 알 수 있었다. 이전에는 용돈을 직접 타 쓰다가 대학에 들어가면서 통장을 개설한 것이다.

"그렇다면……."

오래된 국민은행 통장 하나를 펼쳤다. 적지도 많지도 않은 돈이 들어왔다가 썰물처럼 빠져나가고 또 새롭게 들어오기를 끝없이 반복하고 있었다. 그녀의 시선이 잔액에서 거래내역으로 옮겨 갔을 때였다. 맨 첫 번째 항목에서 오래 시선이 머물렀다.

20000326 KFT 31,310SKT-01102361234 *307,426 e본부.

2000년 3월 26일자 거래내역이었다. 틀림없이 휴대폰 요금과 관련된 항목이었고 번호에는 0110236이라는 숫자가 들어가 있었다. 그녀를 궁금증에 빠져들게 한 그 번호가 틀림없었다. 0이 삽입된 건 휴대폰 국번이 네 자리가 아니라 세 자리 숫자이기 때문일 터였다. 2000년은 결혼하기 전이었다. 생각이 거기에 이르자 그녀는 소스라쳤고 얼른 통장을 접었다. 단 일 초만 시간을 초과해도 어딘지도 모르는 세계로 빨려 들 것 같은 긴박한 위기감을 안은 채. 그 세계의 끝에 좋지 않은 사실이 버티고 있으리라는 느낌은 예감을 넘어 공포로 육박해 왔다.

그녀는 상자 안에다 통장을 도로 집어넣고 부엌으로 갔다. 우선은 아침상을 차려야겠다는 생각이 들었다. 그것만이 무언가를 잃어버리지 않을 유일한 방법이었다.

남편은 된장국에다 더도 덜도 아닌 밥 한술을 말았다. 가끔 밥을 씹으면서 안으로 말려들어간 눈 끝으로 밥알을 헤아리곤 했는데 그때마다 어쩔 수 없다는 듯 그녀도 밥알을 헤아렸다. 큰아들을 잃다시피 했을 때 아버지 역시 저런 표정이었다. 한없이 애틋하고 끝없이 허허로웠다. 그것이 떠나간 자식을 보는 표정임을 알아내는 데 적지 않은 시간이 걸렸다. 그 아들이 아버지 식탁으로 돌아왔을 때 아버지는 다시는 밥알을 세지 않았다. 아버지는 눈 끝으로 자식을 품는 사람이었다. 남편과 아버지는 놀라울 정도로 닮은 데가 있었다. 수환이 아주 가 버리면 남편의 눈 끝은 어디를 향할 것인가. 그때는 어쩌면 그를 더는 견뎌 내지 못하거나 지금보다 더 사랑하게 될 것이다.
지금 하지 말아야 할 일은 스스로에게 두려움을 강요하는 것이다.

뜨거운 국물을 그릇째 두어 번 마시더니 남편은 일어났다. 식탁에
서 다른 식구에 앞서 일어서기도 하는 것은 아버지와 다른 점이었다.
오늘은 재판 일정이 너무 빽빽해 병원에 들를 틈이 없을 거라고 했
다. 그녀는 별말 없이 넥타이를 챙겨 주었다. 한 시간쯤 지나 아이를
어린이집 차에 태워 보내고 다시 상자를 꺼내 거실에다 펼쳐 놓았다.
금액만 다를 뿐 SKT라고 표시된 항목은 다달이 찍혀 있었고 통장
맨 끝에 2001년 2월 28일이라는 보라색 도장이 찍힌 다음 오리무중
으로 빠져들었다. 그 다음 통장은 없었다. 텔레뱅킹을 이용하면서 6
년 넘게 통장정리를 하지 않은 탓이었다.

설거지며 다른 뒷정리를 미뤄 놓고 화장실로 들어가 샤워를 시작
했다. 은행으로 나가 나머지 통장 내역서부터 확인할 요량이었다. 현
재 사용 중인, 016으로 시작되는 휴대폰 번호의 자동이체 기록은 물
론 011에서 언제 016으로 휴대폰이 교체되었는지를 확인할 방법도
그것뿐이었다.

거품을 씻어 내리면서 담 너머 이웃집을 엿보듯 힐끗 거울 속 여
자를 쳐다보았다. 하지만 눈을 맞추지는 않았다.

혹시 다른 사람의 전화번호가 아닐까.

하지만 곧 고개를 가로저었다. 상진이나 남편, 친정어머니 전화번
호가 너무나 또렷이 기억났다. 문제의 011 번호와는 아주 달랐다. 전
화요금을 대신 내줄 만한 시댁 식구도 없었다. 시아버지는 일찌감치
돌아가셨고 형제를 키워 준 시할머니도 남편이 고등학교에 입학하면
서 돌아가셨다. 시어머니 되는 이가 다른 남자를 만나 떠난 것은 남

편이 초등학교 입학을 며칠 앞둔 날이었다. 이듬해 다시 나타난 시어머니는 뒷마당에서 놀던 수환을 몰래 업어 갔다. 다음 날 먼 길을 쫓아가 어린 동생을 되찾아 온 건 아홉 살에 불과한 남편이었다. 그 때문일까. 남편과 수환에게 있어 어머니란 존재는 사뭇 달랐다. 수환은 아무렇지도 않게 "난 엄마를 닮아서 까만 거고 형은 아버지를 닮았다던데"라고 말하는 반면, 남편은 '엄마'를 들먹여야 할 자리에 언제나 할머니를 집어넣었다. "할머니가 아빠를 낳았어?" 그렇게 묻는 아들 상진이가 귀여워 머리를 쓰다듬으면서도 남편 눈치를 본 것은 왠지 손해 보는 기분이 들어서였다. 남편은 장인은 과감히 아버지라 불렀으나 장모는 어디까지나 '상진이 할머니'였다. 그녀는 그의 '집사람'일 뿐 한 번도 '상진이 엄마' 혹은 '애엄마'인 적이 없었다. 가끔 아버지를 향해 분노의 화살이 겨냥될 때가 있었다. 남편을 엄마는 없고 아버지만 있는 집의 가장으로 길들이고 있는 사람은 아버지 같았기 때문이다. 다행히 그녀는 분노를 오래 키우지 못하는 성격이었다. 주머니에 잘못 들어온 남의 돈처럼 얼른 내다 버려야 직성이 풀렸다. '난 어머니처럼 머리 아프다며 누워 배기지는 않을 거야.' 그녀가 찾아낸 자기 설득의 논리는 빈약했다. 어쨌거나 할머니가 아빠를 낳았냐고 물었을 때 상진이는 네 살이었다. 상진이가 말한 할머니는 남편이 말한 할머니, 즉 상진이의 증조할머니를 의미한다. 그녀는 그들 중누구도 만난 적이 없다.

그녀는 드라이기로 머리를 말리고 급히 집을 나섰다.

국민은행은 붐비었다. 눈치를 본 다음 대출이라고 적혀 있는 창구로 가서 신분증을 내밀고 용건을 설명했다. 얼마 지나지 않아 A4용지로 과거 거래 내역서가 뽑혀져 나왔다. 오천이백 원을 지불한 다음 거래 내역서를 받아 들고 나와 외환은행으로 갔다.

순서를 기다리면서 국민은행 통장 내역서를 뒤로 넘겨보았다.

잠시 후 그녀는 절망적인 심정에 빠져들었다. 거칠게 요동치는 심장을 가라앉힐 길이 없었다. 016에 대한 요금이 처음 빠져나간 것은 지금으로부터 약 6년 전인 2001년 8월이었다. 게다가 016과는 별도로 지난달까지 01102361234의 항목으로 된 요금이 빠져나간 것으로 되어 있었다. 숨을 크게 들이쉰 다음 차근차근 내용을 확인하려다가 또 다른 사실을 발견했다. 011 휴대폰 요금은 1만 7,800원으로 최소한 2001년 7월 이후로는 언제나 똑같았다. 이건 무슨 뜻일까. 정액요금? 이리저리 짐작해 보는데 머리가 깨질 듯이 아팠다. 문제는 그게 아니었다. 그녀가 알지도 못하는 번호가 자기 명의로 된 것만도 황당한데 통장에서 꼬박꼬박 사용요금까지 빠져나가고 있다는 것, 그게 무엇보다 있을 수 없는 일이었다.

아니, 아니었다. 더 큰 문제가 있는 것 같은데 그게 무엇인지……무엇인지 도저히 기억나지 않았다. 기억할 수가 없었다.

그녀는 공황상태에 빠져 정신없이 집으로 돌아왔다. 현관으로 들어서자마자 구역질이 치밀어 올라 재빨리 화장실로 들어갔으나 아무것도 뱉어 내지 못했다. 가슴이 두근거리고 다리 힘은 다 빠져나간 상태였다.

이십 분가량 침대에 누워 있었더니 정신이 조금 들었다.

'나는 지금 여기 있다.'

주문을 외듯 그 생각을 반복했다. 무슨 일이 있었더라도 지금 그녀가 온전히 여기 있기만 하다면 문제될 건 아무것도 없었다. 남편은 유능하면서도 자상하고 아이는 건강하고 생기에 넘친다. 남부러울

게 없었다. 하지만 과연 그녀는 '지금 여기'에 있는 것일까. 있는 것, 존재한다는 것은 없는 기억까지도 포괄하는 것일까. 여기에 있는 여자가 자기 자신이 맞는 거라면 어째서 이런 일이 생긴 것일까. 의문의 한 자리에 그 전화번호가 있었다. 그녀 명의로 되었고 그녀가 돈을 냈지만 정체를 알 수 없는 그 전화번호 때문에 더 이상 어제와 같은 내일은 오지 않을 것이다.

내게 무슨 일이 있었고 지금도 그 일은 계속되고 있다.

그녀는 여동생에게 전화를 걸었다. 영기는 빨래를 널려던 참이라고 했다.

"내가 011 휴대폰을 사용한 적이 있니?"

"011? 지금 진심으로 물어보는 거지?"

영기가 고약하게 받아치는 바람에 신경은 더욱 곤두섰다.

"그럼, 그런 걸 장난으로도 물어보니?"

수화기를 거의 내려놓을 뻔했으나 영기가,

"좋아, 잘 들어."

라며 어깃장을 놓는 바람에 얼어붙고 말았다. 입에서 저절로 한숨이 터져 나왔다.

"아버지가 언니한테 물려준 휴대폰 번호가 있었잖아, 기억 안 나?"

"아버지가?"

입이 바싹 말랐다. 잠시 생각을 더듬었다. 아버지가 돌아가신 것은 재작년 가을이었다. 그녀는 아버지로부터 많은 것을 물려받았다. 그림 몇 점, 도자기 두 개, 지금은 베란다로 밀려난 흔들의자, 손목시계, 일본 왕실에서 흘러나온 거라는 3층짜리 순금으로 된 묘한 물품. 모두 아버지가 아끼던 것들이었다. 특히 오래된 루이비통 손목시계는 다른 형제들 몰래 일찌감치 그녀에게 주었다. 그날 선보러 간다고 해 놓고 약속장소에 나타나지 않아 그녀는 어머니에게 몹시 야단을 맞았다. 이유가 뭐냐는 물음에 "새 신발 때문에 뒤꿈치에 물집이 생겨서"라고 얼버무린 게 어머니의 화를 돋우고자 한 것이 아니었음을 가족들은 잘 알고 있었다. 영기가 순간을 돌파할 많은 모범답안을 준비하고 있는 반면에 그녀는 결정적인 순간 언제나 주저하고 머뭇거렸다. 거짓말을 해서는 안 된다는 생각은 해본 적이 없었다. 그것은 상황의 절묘한 조립처럼 어렵게만 느껴져서 그녀의 입에서는 이상할 만큼 불가능한 어휘로 규정당해 왔다. 그녀는 가장 쉽고 가능한 사실만을 진술했다. 그것은 도덕적 우월감과는 아무 관련이 없었다. 창의적인 처신이 불가능하다는 점에서 오히려 열패감의 원인으로 작용한 경우가 더 많았다. 그녀가 마지막으로 선택한 대답은 언제나 어머니를 흥분시켰다. 그날도 어머니는 "너로 인하여 내가……"라고 소리치면서 뒤로 넘어갔다. 서너 시간의 소용돌이가 지나가고 난 뒤 아버지가 그녀를 서재로 불러 시계를 내밀었다. 오빠들도 있는데 아버지 시계를 왜 자신에게 주느냐고 물었더니 그냥 그러고 싶구나, 하고 말씀하셨다. 잠시 후에는 나중에 짝을 만나거든 그놈 손목에다 채워 주거라, 하는 말을 덧붙였다. 그러고 나면 말하는 법을 알게 될 거라는 소리는 알쏭달쏭 이상하기만 했다. 그녀는 가끔 그것을 손목에 차지는 않고 핸드백에 넣어 다녔다. 그러면 괜히 든든했다. 미신을 믿지 않으면서 지갑에다 부적을 넣어 놓고 애지중지하는 것과 비슷했다. 그런데 그 시계를 어디다 뒀지? 갑자기 마음에서 그런 질문이 솟아 나오자 덜컥 가슴이 무너지는 것 같았다. 가족들에게는 잃어버렸다고 말했던 것 같다. 아버지가 물려준 건 그 밖에도 많았다. 나이가 들수록 돋보이는 뽀얀 피부, 작고 동그란 얼굴형, 남들이 불꽃이 터지는 것 같다며 부러워하는 미소. 하지만 휴대폰은 아니었다. 그녀가 사 드리면 사 드렸지 아버지에게 그걸 받아야 할 이유가 없었다.

"이전에 아버지가 베트남 가셨던 건 기억나? 하노이에 건물을 지으려고 하셨잖아. 큰오빠가 그 틈에 캐나다 이민수속을 밟았던 거고."

"그래, 결국은 그 때문에 돌아오셨지."

"맞아, 그때 베트남 가시면서 번호 아깝다고 언니한테 휴대폰을 주고 가셨잖아. 당분간 아버지한테 걸려 오는 전화 받기도 할 겸 언니 쓰라고."

영기는 그 전화기의 번호가 0112361234라고 했다. 그러자 놀라운 일이 벌어졌다. 기억이 났던 것이다.

어느 날 아버지는 그녀에게 전화기 한 대를 내밀었다. 그녀는 그 전화기가 싫어서 어떠한 버튼도 누르기를 거부한 채 책상 서랍에 넣어 놓았다. 옆에서 그 사실을 지켜본 영기가 아버지의 전화기에다 특별한 의미를 부여하는 것도 마음에 들지 않았다. 아빠는 뭐든 언니만 준다니까. 영기는 그녀가 단지 아버지의 전화기를 물려받은 게 아니라 아버지의 세계, 아버지의 가치를 물려받기라도 한 것처럼 아니꼬워했다. 아버지가 오래된 루이비통 손목시계를 그녀에게 주었을 때도 그랬다. 그녀는 그 전화기를 영기한테 줘 버리고 아버지가 꿈꾸는 삶의 구도 속에서 자신을 빼내 오고 싶었다. 그러다가 책상서랍에서 아버지가 준 전화기를 꺼내 만지작거리다가 그것은 자신의 것이 아닐 뿐 아니라 그렇게 될 수도 없다는 사실을 자각하기에 이르렀다. 거기에는 그녀가 알지 못하는 수많은 사람들의 전화번호가 등재되어 있었다. 제각기 다르게 배열된 숫자들을 보고 있노라면 아버지

는 어쩌자고 이 많은 사람들의 번호를 그녀에게 물려주었을까 궁금
증이 일었다. 이들 중 누군가 전화를 걸어 오고 자신이 당황한 채 통
화를 하게 될 거라고 상상하면 그 전화기는 그냥 전화기가 아니라 아
버지를 대신하는, 아버지의 또 다른 인격인 것 같았다. 그녀는 아버
지와도, 아버지의 친구들과도 결코 어울리고 싶지 않았다. 아무리 생
각해도 그녀가 아버지와 그런 것을 공유해야 할 필요는 없는 것 같
았다. 그녀는 아버지가 입력했던 전화번호를 싹 지우고 새 세상을 개
척하듯이 새로운 전화번호부를 만들었다. 그리고 은행으로 달려 나
가 자신의 통장에서 사용요금이 빠져나가도록 조처했다. 그것은 최
소한의 자존심이었다. 아예 전화기와 전화번호를 바꿔 버리는 문제에
관해 생각을 안 해본 건 아니었다. 하지만 당시에는 공짜 폰이 없어
서 쉽게 결정하기 힘들었다. 그녀는 취업전선에서 수많은 고배를 마
셨고 궁여지책으로 이런저런 아르바이트로 푼돈을 벌며 고군분투하
는 중이었다. 고민 끝에 아버지의 전화기를 재활용하기로 마음먹었
다. 아버지의 전화기가 아니라 누군가 사용하던 헌 전화기라고 생각
하면 그만이었다. 그렇게 마음먹자 다른 누가 아니라 하필이면 아버
지가 물려준, 아버지의 호흡이 배어 있는 전화기인 게 오히려 안심이
되기도 하는 것이었다. 세상에는 아버지보다 더 께름칙한 사람이 얼
마나 많은가. 그녀는 거기에다 이수환이라는 이름을 적어 넣고 단축
번호 1번으로 등록했다. 그런데 그 전화기가 011이었구나. 그녀는 좀
멍한 기분이 되어 물었다.

"그렇다면 그 휴대폰은 지금 어떻게 되었어?"

"뭐어?"

영기는 황당하다는 듯 한참을 웃어 댔다. 그녀는 웃지 않았다. 궤

도를 이탈하지 않으려는 기차 바퀴처럼 한껏 긴장하고 있었다.

"언니야, 무슨 그런 바보 같은 질문을 하냐? 그 휴대폰이 어떻게 되었는지는 나도 모르지. 언니가 어느 날 말도 없이 휴대폰 번호를 바꿨잖아. 016으로. 그러고는 왜 바꿨냐고 묻거나 그 휴대폰에 관해 물어보면 무슨 소리냐며 막 화를 냈어, 기억 안 나?"

"내가 언제 화를 냈다고 그러니?"

"언제나 화를 냈지. 지금처럼."

마지막 말은 확실히 빈정거림 같았다. 그녀는 정말 궁금한 걸 물어봐야 할 순간이라는 판단이 들었다. 적에게 구조를 요청하는 격이 될는지는 모르지만 영기라면 솔직하다 못해 잔인할 정도로 현실을 직시시킬 거라는 믿음은 있었다. 그녀는 고여 드는 침을 조급하게 삼키면서 물었다.

"혹시 내게 무슨 일이 있었니?"

"무슨 일?"

"그러니까……."

그녀는 솔직하게 털어놓았다.

"그 휴대폰에 관해 난 정말 아무 기억도 없어. 어떻게 그럴 수 있는지 이해가 안 가. 내 통장에서 그 번호로 자동이체된 것까지 다 확인했는데도 떠오르는 게 없어. 내게 분명 무슨 일이 있었던 것 같은데, 아니야?"

"글쎄, 내가 아는 한 언니한테는 아무 일도 없었어."

영기가 말했다. 휘유. 안도의 한숨이 흘러나왔다. 수수께끼 같은 숫자 몇 개. 길다면 길고 짧다면 짧은 인생에서 숫자 몇 개 따위가 대체 무슨 위협이 될 수 있을까. 숫자에는 독이 없다. 그녀는 그런 생각을 하면서 전화를 끊었다.

4

늦은 밤이었다. 남편이 귀가하지 않아 멍하니 텔레비전 앞에 앉아 월화 드라마를 보고 있는데 영기한테서 전화가 걸려 왔다. 형부는 들어왔느냐, 상진이는 잠이 들었느냐, 꼬치꼬치 묻더니 대뜸 잠깐 들르겠다고 했다. 그녀는 그러라고 하면서 전화를 끊었다. 최근에 영기가 사는 신도시로 이사한 것은 남편의 의향에 따른 것이었다. 그는 처제를 무한히 신뢰했고 곁에서 더 잘해 주지 못해 안달하는 형부였다. 처제처럼 자신의 아내도 패밀리의 견고한 표본이 되기를 그는 간절히 바라고 있었다. 하지만 생각만큼 자주 왕래하지는 못했다. 초등학교 기간제 교사로 나가게 되면서 영기의 일과는 분주해졌다.

10여 분이 지나 현관으로 들어서면서 영기는 사각형 모양의 작은 꾸러미 하나를 내밀었다. 무릎이 튀어나온 우스꽝스러운 흰색 바지를 입은 채였다. 집안일을 하다가 옷도 갈아입지 않은 채 그대로 차를 몰고 나온 것 같았다.

"언니 거야."

식탁 의자에 앉으면서 영기가 속삭였다. 목소리가 의미심장했다. 그녀는 물건을 받아 붉은색 포장을 조심스럽게 뜯었다. 깜짝 선물인가 싶었다.

"뭐야?"

"나도 몰라."

그렇게 시치미를 떼더니 영기는 앉은 채로 상진이 방 쪽을 기웃거렸다. 그녀는 잠이 들었을 거라고 말해 주었다. 포장지를 뜯으면서 예의 그 전화기가 튀어나오는 건 아닌가 걱정했으나 다행히 바닥으로 툭 떨어진 것은 하늘색 지갑이었다. 그런데 손지갑이라고 하기에는 지나치게 크고 투박해서 마치 아이들 장난감 같았다. 새것도 아니었다. 더 어이가 없는 것은 후크 단추를 열었는데 느닷없이 자그마한 흰색 보드가 나타났다는 것이다. 하마터면 터져 나올 뻔한 웃음을 겨우 참았다. 단추를 여는 순간 무언가 환하게 밝아지는 느낌을 받았기 때문이다. 아주 특별하면서도 소중한 느낌이었다.

"이게 뭐야?"

"나도 모른다니까. 오래전 언니가 내게 줄 때 슬쩍 한 번 열어 봤고 자세히 보는 건 나도 이번이 처음이야."

"이걸 내가 너한테 줬단 말이야?"

"준 게 아니라 맡아 달라고 했어."

영기는 팔짱을 끼고는 관찰하듯이 그녀의 눈을 응시했다. 그녀는 정색을 하면서 오른손 검지를 펴 들고 자기 가슴을 가리켰다.

"내가?"

처음에는 믿어지지 않아 픽, 웃었지만 이내 생각을 바꾸었다. 준 거나 맡긴 거나 그게 그거였다. 상진이가 쓰던 물건을 조카들에게 물려준 게 어디 하나둘인가. 장난감이며 옷이며 인형들까지 숱하게 많았다. 그녀가 사들인, 입어 보지 않은 값비싼 속옷이며 액세서리를 영기한테 분양한 적도 있었지만 일일이 다 기억하고 있지는 않았다. 옷에 관한 한 영기보다는 그녀의 안목이 높다고 자부할 수 있었다. 아마 저것도 그런 물건 중 하나일 것이다. 그런데 영기 눈치가 왠지 이상했다. 비스듬히 앉아 새우 눈을 뜬 채 살피고 훔쳐보는 게 난 언니 너의 뱃속까지 훤히 알고 있어, 마치 그런 표정 같았다. 아니나 다를까 갑자기 영기가 목소리를 깔면서 그녀에게 바싹 얼굴을 들이댔다.

"언니야!"

"뭐?"

그녀는 퉁명스럽게 대꾸하면서 식탁 의자를 뒤로 조금 물렀다.

"오늘 아침에 묻기를 언니한테 무슨 일이 있었느냐고 했지?"

"그런데?"

"그 말이 귓전을 떠나지 않고 하루 종일 뱅뱅 돌더라. 어떻게 해야 하나, 어쩌는 게 현명한가. 저녁을 먹으면서 이걸 언니한테 갖다 주자, 그게 답이다, 하고 결론 내렸어."

그녀가 애들 장난감 같은 이게 뭐 어쨌다고 그러니, 라고 말하려던 때였다. 영기가 "6년 전쯤"이라고 전제하는 바람에 어쩔 수 없이 귀가 솔깃해졌다. 스스로 마음을 다잡기 위해 그녀는 공연히 지갑처럼 생긴 물건을 들여다보았다. 안에는 작은 상표가 붙어 있었고 수중 메모장이라 적혀 있었다. 그들 자매와 오빠들에게 스쿠버다이빙을 가르친 것은 아버지였다. 열세 살 무렵 그녀는 교회에 나가겠다고 선언한 적이 있었다. 외할머니를 따라갔던 교회는 청량리시장 한복판에 있었다. 집에서는 꽤 멀었고 외할머니와 함께 살지 않았던 터라 거길 다니려면 이런저런 불편함을 감수해야 하는 건 분명했다. 가족 중에 교회 다니는 사람은 아무도 없었다. 하지만 아버지가 교회를 반대한 이유는 그것과는 상관없었다. "숨 쉬기가 좋았어요." 어째서 교회에 나갈 생각을 했느냐는 질문에 대해 그렇게 답했더니 아버지가 사람 좋은 미소를 지으며 웃었다. 그것이 허락인 줄 알았던 것은 아니지만 그래도 아버지 입에서 "나중에 좋은 남편감을 만났는데 교회에 다니지 않을 뿐 아니라 교회 다녔던 경력마저 못마땅해하는 사람이라면 정말 큰일이지 않겠니?"라는 말이 나왔을 때는 많이 실망스러웠다. 다시 한 번 찬찬히 자신의 입장을 전해야 한다는 생각을 하지 않은 것은 아니지만 '너로 인하여 내가……'에서 받은 상처와 하느님을 연관시켜 설명하기에는 자신이 역부족이라는 사실을 깨닫지 않으면 안 되었다. 그렇다고 거기서 만난 어떤 오빠를 들먹일 수는 없는 일이었다. "대신 다른 곳을 소개하마." 그때 아버지가 그녀를 데려간 곳이 바다였다. 그녀는 스쿠버다이빙을 통해 숨 고르기를 배워야 했다. 그런 아버지의 딸이니 영기가 수중 메모장을 모를 리 없었다. 하지만 직접 사용해 본 일은 없을 수도 있다고 그녀는 생각했다. 아버지는 바닷속에서 수중 메모장으로 소통하는 것을 가르칠 만큼 자상하고 아기자기한 사람이 아니었다. 그는 말이 없는 남자였고 없는 말을 알아듣는 사람을 최고의 다이버로 치켜세웠다. 수중 메모장이 필요할 만큼 깊은 바닷속으로 자식들을 데려가지도 않았다. 아버지가 허용하는 바다는 제주도에 있었다. 영기는 수중 메모장에 관해 잘 알고 있지 못한 눈치였고 그녀 역시 굳이 상기시킬 필요를 느끼지 못했다. 그녀는 "뭐야?"라는 물음에 그저 "상표야." 하고 대답하면서 메모장을 덮었다. 영기가 다가와 그녀의 머리카락을 다정하게 어루만졌다.

"참, 언니가 저 수중 메모장을 가지고 온 다음 날 보니까 아까 그 화이트보드에 13이라는 숫자가 씌어 있더라. 물기가 있어서 말리고 지우긴 했는데, 아마 지금도 자국이 남아 있을 걸?"

"13이라고?"

그녀는 어쩔 수 없이 동생을 돌아보았다. 영기 입에서 아무렇지도 않게 수중 메모장이라는 단어가 튀어나왔지만 거기에 연연할 틈은 없었다. 13이라는 소리를 듣는 순간 미세한 전류가 혈관을 타고 흘러들어 오는 느낌을 받았다. 화이트보드는 확인하지 않았다. 그녀는 13과 함께 방금 뽑힌 고구마줄기처럼 우르르 딸려 올라온 이미지들에 압도당했다. 억지로 닫아 놓은 문이 열리려 하는 중이었다. 문을 받치는 바리케이드가 위태로웠다. 그녀는 몹시 허둥거렸고 영기더러 그만 집으로 가라고 말하고 싶었다. 한숨 자고 나면 모든 것들이 내일이라는 이상에 맞게 안정되어 있을 것이다. 그녀는 그저 침대에 뛰어들어 눈을 감기만 하면 될 일이었다.

영기는 집으로 돌아가지 않고 그녀의 냉장고를 열어 이리저리 살피기 시작했다.

잠시 후 영기가 쟁반에 담아 가져온 것은 멜론이었다. 자기 전에 먹어도 나쁘지 않다고 했다. 포크에 찍은 멜론 조각을 건네주는 영기는 어느새 동생의 태도로 완벽히 돌아가 있었다. 고분고분하지 않고 순종적이지도 않지만 언니를 언니라고 부르며 존중해야 한다는 규범을 오롯이 받아들이는 그런 표정이었다. 두 사람은 일상의 이런저런 일들에 대한 의견을 나누었다. 수환의 병세를 듣고 난 영기가 "언니 시아버지도 일찍 돌아가셨다고 하지 않았어?"라며 오래된 일을 상기시켰고 그녀는 "아, 맞아." 하면서 무릎을 쳤다. "그러고 보니 내력인가 보네"라면서 인상을 찌푸린 건 그녀였다. "내력까지 바꿀 수 있는 게 현대의학이야"라는 영기 말에 그녀는 고개를 끄덕였다. 시아버지와 수환이 불운을 겪은 건 사실이지만 그녀의 남편이나 아들은 다를 수도 있다는 현실이 새삼 위로가 되었다.

그때였다. 옆으로 다가앉은 영기가 그녀의 어깨를 아프도록 움켜쥐었다. 그녀는 섬뜩했고 뭔가 이상하다고 느꼈으나 동시에 이미 늦었다는 판단을 내리지 않을 수 없었다. 영기가 그녀를 흔들어 댔다.

"언니야."

노려보는 눈이 매서웠다. 순간 그녀는 이전에도 비슷한 경험을 한 적이 있음을 재빠르게 상기시켰다. 아버지가 베트남으로 출국한 틈에 캐나다 이민 선언을 하고 나선 큰오빠를 두둔하다가 영기에게 따귀를 맞았었다. 기억한 것은 두뇌가 아니라 감각이었다. 그때도 삽에 찍힌 무처럼 옴짝달싹 못했다. 닥치지 못해! 그런 말도 들었다.

"자, 이젠 아버지가 준 그 전화기를 어떻게 했는지 말해 봐!"

영기 목소리는 거의 발작에 가까웠다. "시계도 잃어버리고 전화기도 그렇고." 할 때에는 목소리에 울분이 서려 있었다. "아버지는 뭐든 너한테 주고 너는 다 잃어버리고……." 몸이 오그라드는 것 같았다.

"난 언니 네가 지금까지 그 전화번호를 해지하지 않았다는 걸 알고 있어."

"뭐?"

"사용하지도 않으면서 거기다 돈을 지불하는 이유가 도대체 뭐야?"

소파라는 영역을 벗어날 수 없도록 영기는 양팔을 뻗쳐 몸으로 그녀를 에워쌌다. 분명히 끝장을 보겠다는 태도였다. 너 나한테 왜 이러니, 왜 우리가 모든 걸 하나로 맞추어 행동해야 하는 거지? 너는 너, 나는 나, 그렇게 살면 안 돼? 그렇게 쏘아붙이고 싶었지만 바보처럼 입술만 겨우 달싹거렸다. 영기의 말처럼 그녀는 011 전화번호를 해지하지 않았다. 아니, 솔직히 해지했는지 안 했는지 기억나지는 않지만 아마도 그랬으니까 요금이 청구되었을 거다. 의지라기보다 무심함에 가깝다는 것을 모를 리 없는 영기였다. 하지만 영기는 그녀가 전화 번호를 해지하지 않은 건 해지해야 한다는 걸 몰랐거나 부주의해서 가 아니라 그 이상의 깊은 의미가 있다고 말하는 것 같았다. 오랫동 안 돈을 지불한 것을 증거처럼 내세우고 있었다. 은행에다 요금을 낸 것을 두고 그릇된 것에다 피라도 나눠 준 것처럼 이야기하고 있질 않 은가. 그녀는 영기라는 불가항력의 감옥 속에서 생각해 본다. 없애지 않고 유지하려는 것, 지우는 것이 아니라 보태려는 것, 사라질까 봐 전전긍긍하는 것, 그것은 도대체 무엇인 걸까. 그까짓 전화기가 뭐라 고 그토록 커다란 의미를 부여하려고 기를 쓰는가. 잃어버렸다고 했 지만 난 네가 전화기도 시계도 잃어버리지 않았다는 것을 알고 있어. 혹시 영기 말은 그런 뜻일까. 그녀는 시선을 내리깔았다.

"내일 그 전화번호를 해지하겠어, 네가 원하는 게 그거라면."

순간 영기의 입술이 살짝 비틀어졌다. 그녀는 숨을 죽였다.

"난 그동안 누가 그 전화기를 소유했는지 알고 싶어."

십 센티미터나 될까 한 거리에서 영기의 작은 눈이 하얗게 빛나고 있었다. 영기 말 중에 '누가'에 방점이 찍혔다는 것을 알아챈 순간 그 녀는 거의 공포에 육박한 두려움을 느꼈다. 지금까지 가족들은 그녀 가 노(NO)라고 말한 것에서 터무니없는 비윤리, 부도덕을 꼬집어 내 고 마침내 그녀의 답변을 부정해 왔다. 다시 말해 봐! 그랬으므로 때 로는 부모나 영기가 강요한 언어, 그것을 일종의 열쇠어로 흠모해 온 것도 사실이었다. 답답하게 채워진 문을 열고 나가 큰길로 들어설 수 있는 유력한 방법. 거기에 미치지 못했던 자신의 말이 그토록 많 은 사람들에게 반발심을 불러일으켰다면 그것은 그녀의 아둔함 탓이 지 다른 사람의 잘못은 아니었다. 그녀가 첫 직장에서 한 달 만에 떨려 나온 것도 어리석은 말 때문이었다. 상사는 회의 중에 더 좋은 안건을 선택하라고 요구했고 그녀는 눈총을 받으면서도 그가 선호하지 않는 다른 안의 좋은 점을 설명하면서 많은 시간을 할애했다. 그녀는 다시 편의점에서 아르바이트하는 여자로 돌아가지 않을 수 없었다. 하지만 부조리하고 불온하고 삭막한 것은 정작 그들의 언어인지도 모른다. 영기는 전화기의 행방이 그녀 마음의 행방이기라도 하다는 듯이 말하고 있었다. 수환의 병세를 언급한 것조차 불순한 맥락에서였다고 생각하면 소름이 끼쳤다. 영기는 '누가'라는 말은 말았어야 한다. 그것이 설령 수환이라는 구체적 인물을 염두에 둔 것은 아니라고 하더라도 그녀 앞에서 그런 식의 뉘앙스를 풍기는 것은 옳지 않았다. 그것은 아버지가 정한 금기사항이기도 하다. 영기는 열쇠어가 아니라 자물쇠를 제시하는 옹졸함을 내비쳤다. 아버지 시계에 대한 강박증이 동생을 퇴행시키고 있다. 그 애는 아버지 시계에서 어떤 정통성을 찾으려는 게 분명해 보이지만 사실 그녀는 그런 것에는 아무 관심도 없다. 그녀가 원하는 것은 더 이상 말로써 고통받지 않았으면 하는 거다.

5

　다음 날 아침, 물걸레로 집전화기를 닦으면서 아무런 경계심 없이 0112361234를 눌러보았다. 태극기가 바람에에 펄럭이고 있습니다아 오늘도 하늘 높이이 펄럭이고 있습니다아…… 컬러링이 익숙하고 귀에 익었다. 음악은 끊어지지 않고 오래 이어졌다. 혹시라도 전화기가 꺼져 있다거나 수신이 중단된 번호라는 메시지가 흘러나오지 않을까 기대했지만 허사였다. 말하자면 오래전에 잃어버린 전화기였음에도 불구하고 신호가 살아 있다는 뜻이었다. 실체는 없지만 있는 건 틀림없었다. 만약 영기가 같은 행동을 해보았다고 가정한다면 오해를 하고도 남았을 것이다. 버젓이 살아 있는 011 전화번호를 두고 016 전화를 새로 개설해 6년 동안 사용해 왔으니 말이다. 영기가 011 전화기의 용도를 의심하는 것은 당연할 수도 있는 일이었다. 강산에 노래로 짐작되는 컬러링과 신호음에는 그녀가 한때 선호했던 것, 그녀가 가치로 두었던 순간의 감정이 거짓 없이 배어 있었다. 내일모레 강산에 콘서트도 가야 하고요. 부산의 한 선거구에 출마한 대학 은사님이 며칠만이라도 자신을 도와주면 안 되겠냐고 물었을 때 그녀는 진지한 표정으로 그렇게 말했었다. 변명이나 회피는 아니었다. 그녀에게는 포기하기 힘든 중요한 계획에 속했다. 끊어 놓은 표는 단 한 장이었다. 그녀는 혼자서 그런 곳에 다녔다. 어떤 가수가 이 세상을 향해 그런 식으로 말하는 걸 듣고 있는 게 좋았다. 그렇듯 컬러링 하나에는 말에 어눌했던 과거와 '너로 인하여'에 얽힌 불가항력의 고집까지 표현되어 있었다. 사람들은 하나같이 그녀가 자기들 식으로 말하는 법을 터득하기를 눈이 빠져라 기다렸지만 그녀는 일찌감치 그런 것을 포기했다.

끊어지지 않고 이어지는 신호음을 세 번째 듣고 난 뒤 가까운 매장으로 나가 전화번호를 해지했다. 하지만 태극기는 바람에 펄럭이며 그녀를 계속 따라붙었다. 밥을 먹을 때도, 길을 걸을 때도, 우체부로부터 등기우편물을 받을 때도, 샤워를 할 때도, 막 잠에서 깨어났을 때도 태극기는 바람에 펄럭이며 그녀의 기억을 자극했다. 촛불이 켜지듯 6년 전의 일이 하나하나 환기되기 시작한 것은 아마도 그 태극기 때문이었을 것이다.

고마워.

처음 납득이 된 것은 수환의 말과 아주 낯설지도 않고 익숙하지도 않은 장소와의 연관성이었다. 희미한 바다 냄새. 구름은 희고 바람은 상쾌했다. 값비싼 대리석 바닥 위로 바다 풍경을 짜 넣은 원색의 카펫이 보였다. 폭신한 소파에 앉아 낮은 소리로 떠드는 아랍인들.

베트남에서 귀국한 아버지는 비어 있는 큰오빠 방에 들어가 24시간이 넘도록 나오지 않았다. 밥상도 물리치고 화장실도 가지 않았다. 아버지를 밖으로 불러낸 것은 연락도 없이 들이닥친, 나중에 그녀의 남편이 된 수환의 형, 이기환이었다. 그 남자와 맏딸의, 아주 흡족하면서도 정상적인 결혼 약속에 응하고 나서야 아버지 얼굴에는 다시 핏기가 돌았다.

6

다음 날 아버지는 큰오빠의 행방을 좇아 캐나다행 비행기에 올랐고 그녀는 수환을 찾아 집에서 나왔다. 영기에게 맞은 뺨의 얼얼함이 그때까지 남아 있는 것 같았다.

그녀는 처음부터 자신이 어떤 여행을 하게 될 것이라고는 생각하지 않았다. 사실 집을 나왔다지만 나가겠다고 선언하고 나온 것은 아니었다. 다시 들어갈 생각이 없다는 말 같은 것도 하지 않았다. 그것은 그때껏 마음에서만 통용되는, 자의적인 수준을 벗어나지 못한 것이었다. 핸드백 안에 아버지가 준 값비싼 사탕, 루이비통 손목시계가 들어 있다는 사실마저도 바로 눈치채지는 못했다. 휴대폰은 손 안에 쥐고 있었다.

작고 연약해서 부서지기 쉬운 것.

그녀가 집을 나오는 순간 유일하게 확인한 것은 그 전화기였다. 그것이 그녀의 전화기여서 챙긴 것은 아니었다. 아버지가 물려준 번호는 물론 가족이나 친구들까지 다 지우고 수환의 것만 남겨 둔 까닭은 그만큼 자신의 의지를 확고히 하기 위해서였다.

사실 그녀의 전화기에 입력된 사람은 많지 않았었다. 처음에는 등록되었지만 이런저런 이유에 의해 삭제당한 경우도 적지 않았다. 대학 동창 소정이는 수환 때문에 감정이 상해 그 이름이 삭제되었고 어떤 친구는 분명히 그럴 만한 능력이 없음에도 불구하고 대기업에 취직되었다는 이유로 삭제당했다. 대학원에 진학한 친구는 집안이 부유함에도 불구하고 가난하다고 속여 지자체의 장학금을 받아 낸 게 소문나 삭제되었고 어떤 친구는 전화번호가 바뀌었으며 또 한 친구는 기억나지 않는 다른 이유로 삭제당했다. 그때껏 그녀의 세상을 꾸준히 지키고 있던 사람은 이수환 혼자였다. 그녀는 배타적이고 불성실한 주인이었다. 수환과 연결되어 있었기에 그녀는 그 전화기를 잊지 않고 챙겼을 것이다.

한편으로 생각하면 그 전화기는 불안감이었다. 집을 나오기 전날 갑자기 들이닥친 남편은 아버지로부터 그녀와의 결혼 약속을 받아 간 터였다. 그녀는 자신의 일이 아닌 양 방관한 채 그 남자를 내버려 두었다. 그가 돌아간 뒤 아버지가 그녀를 서재로 불러 말했다. "시계를 채워 주거라, 놈이 그 시계의 임자란다."

그녀는 큰길에 이르러 호흡을 한 번 가다듬고 수환의 전화번호를 오래도록 길게 눌렀다.

"지난번 모임에는 왜 안 나왔어?"

수환은 대뜸 그것부터 물었다. 형과 결혼하기로 했다면서? 그가 만약 화제를 그렇게 시작했다면 어땠을까. 상상할 수 없는 일이었다. 상상이 불가능했다. 차라리 지난번 모임에는 왜 안 나왔냐고 묻는 게 수환이다웠다. 하지만 졸업 후 대학 동기 모임에 나간 것은 단 한 번에 불과했으므로 그런 질문은 왠지 생뚱스러웠다. 꼭 나가야 할 위치도 아니었다. 동기들이 두 사람을 앞에 놓고 어떤 짓궂은 질문을 던질지도 모르는 일이었다. 너희들 노선을 분명히 해, 라며 몰아붙이는 친구도 있었다. 그들은 아무것도 약속한 바 없는데 가까이 있는 친구들은 늘 그 이상으로 그들을 바라봤다. 처음에는 영문도 모른 채 으쓱했지만 나중에는 치욕스러웠다. 약속이 없다는 것은 자신들에 관해 아무것도 말할 게 없음을 의미했다. 그것이 지독한 외로움일 때가 있었다. 그녀는 대충 얼버무리면서 어디냐고 물었다.

"용문사로 이동하는 중이야."

"오래된 은행나무가 있는 그?"

"맞아."

"촬영 때문에?"

"응, 왜?"

"좀 만났으면 했는데……."

"어쩌지?"

할 수 없이 다음에 보자고 하면서 전화를 끊었다. 지난번 모임이 어떻고 할 때만 해도 한가한 모양이라고, 잘됐다고 생각했으나 지방이라고 하니까 갑자기 할 말이 없어졌다. 맥이 빠졌고 막막해졌다. 자신의 전화기 안에서 살아남은 거의 유일한 이름이 수환이었으므로 그와의 만남이 좌절되었을 경우 뭘 어떻게 해야 할지에 관해서는 전혀 준비가 되어 있지 않았다. 문제는 그럼에도 불구하고 용문사라는 이름의 파장은 마음에 계속 남았다는 것이다. 수환이 아니라 마치 용문사라는 절에 볼일이 있었던 것 같았다. 그녀는 알 수 없는 혼돈에 사로잡혀 지하철 입구에서 서성거렸다. 그때 우연히 은행 간판으로 시선이 갔다. 그녀는 홀린 듯 안으로 들어가 만 원짜리 지폐 한 장을 내밀었다.

"이걸 백 원짜리 동전으로 바꿔 주세요."

만 원어치 동전은 짐작만큼 무겁지 않았다. 동전을 핸드백에 넣고 매실 음료 하나를 사 마셨다. 택시를 세워 용문사로 가자고 했더니 기사가 요금을 12만 원이나 요구해 난감한 기분에 빠졌다. 그동안 열 몇 번 구직 원서를 넣었고 그때마다 떨어졌다. 영어 실력이 빌미가 된 것 같았다. 그녀는 아르바이트로 용돈을 벌어 쓰는 처지였으므로 12만 원은 단순한 12만 원이 아니라 열 배 스무 배의 가치를 웃돌았다. 택시에서 물러나 그냥 문을 닫으려는데 기사가 얼른 말했다.

"카드 계산도 가능합니다."

그러자 복잡하던 심경이 슬그머니 누그러들었다. 그녀는 망설이지 않고 뒷자리에 올라탔다. 마치 12만 원이라는 액수를 놓고 주저했던 게 카드 결제가 아니라 현금 결제였기 때문이라도 된다는 듯이. 차 안에서 수환에게 보낼 문자를 만들었다.

나 거기 가서 촬영하는 거 구경해도 되지?

하지만 확인 버튼 대신 종료를 누르고 폴더를 덮었다. 핸드백 안으로 휴대폰을 집어넣는 순간 서걱, 하고 모래소리가 들리는 것 같았다. 동전더미 위에 휴대폰이 얹히는 소리였다. 잠이라도 자 둘까 해서 눈을 감고 등을 기댔으나 마음이 조금씩 들썩이며 움직였다.

"어디로 가니?"

스무 살 때 수환이 그녀에게 처음 던졌던 말이 왜 가끔 조난을 알리는 방송처럼 메아리치는지 알다가도 모르겠는 심정이었다. 술집에서 학교 동아리 신입생 환영회가 끝난 뒤 집으로 가기 위해 거리로 나섰을 때였다. 그날 토론에서 받은 충격이 채 가시지 않아 얼떨떨했던 탓도 있었다. "나는 사람이 아무것도 아닌 채로 살아가도 상관없다고 봐. 단지 이 세상을 스스로 살아가지 않으면 안 된다는 거, 그것만 깊이 새기면 되는 거 아닐까?" 그때부터 그녀는 수환에게서 눈을 떼지 못했던 것 같다. 오래전 그녀에게 비슷한 말을 해 주었던 소년이 있었다. 외할머니를 따라 청량리 교회에 간 건 우연이었다. 사람들이 눈 감은 채 기도에 열중하고 있을 때 소녀는 실눈을 뜨고 옆자리의 소년을 살폈다. 그의 손바닥에는 커다란 벌레 한 마리가 꼬물거리고 있었다. 남자애가 장구하늘소라고 속삭였다. 소녀가 엿본 게 장구하늘소인 것은 아니었다. 소녀의 시선은 남자아이의 뒷목에 오래 머물렀다. 거기에 짐승의 혓바닥 자국 같은 게 나 있었다. 어릴 적 그녀가 그토록 원했지만 결코 가질 수 없었던 강아지가 마음먹고 짓궂은 장난을 친다면 그와 같은 자국이 생기는 게 아닐까. 그것을 가마라고 부를 수 있는지는 잘 알고 있지 못할 때였다. 난 커서 아무것도 되지 않을 거야, 그러니 상관없잖아? 소년이 중얼거렸다. 뭐가 상관없는데? 방금 목사님이 그러셨잖아, 못 들었어? 그녀는 아무것도 듣지 못했다는 말을 할 수 없었다. 난 어차피 아무것도 되지 못할 거야. 목사님 말씀을 자꾸 듣다 보니 알겠어. 난 그렇게밖에 되지 못할 거라는 걸. 헤어질 시간이 되었을 때 오빠가 되어 버린 소년이 물었다. 어디로 가? 그녀는 대답을 않은 채 머뭇거렸다. 바로 집으로 갈지 외가에 들르는 건지 알 수가 없었기 때문만은 아니었다. 잠깐, 아주 잠깐이었지만 문득 자신은 갈 곳이 없다는 생각이 들었고 그 생각은 스스로의 마음에 깊은 상처를 남겼다. 수환이 그렇게 물었을 때도 어디로 가는지를 묻는 게 아니라 넌 갈 곳이 없잖아? 하고 말하는 것 같아 괴로웠다. 긴 꼬챙이가 되어 그녀의 몸속을 후빈 것은 그가 아니라 단지 그의 언어습관에 불과했는지 모른다.

그녀는 그와 같이 구체성이 결여된, 묘하게 살이 어긋났던 물음에 대한 자신의 반응에는 스스로를 각성시키는 중요한 질문이 내포되어 있을는지 모른다는 생각을 해본다. 그녀는 그때 청량리 그 교회 어디쯤에서 길을 잃었던 것 같았고 이후 지금까지 죽 혼자 살아온 기분이었다. 집에서 잠을 자고 가족들과 식사하고 학교에 다녔지만 순간순간 그 모든 것들과의 단절을 실감하면서 지금에 이르렀다. 아버지로부터 교회에 다녀도 좋다는 허락을 받아 내지 못했을 때 그 소년 또한 그 교회를 그만두었을 것이라고 믿는 것은 어렵지 않았다. 그래야만 숨 쉬기가 편하다면 사람은 누구나 그렇게 하게 되어 있다. 그녀가 바닷속에서 숨을 쉴 수 있었던 것도 그곳이 숨 쉬기 편한 장소여서가 아니라 스스로에게 했던 그와 같은 거짓말 덕분이었다. 소년이 없는 교회는 소녀에게 아무런 의미가 없었지만 어딘가에 그 소년이 살아서 함께 숨 쉬고 있다고 생각하면 많은 것을 견딜 수 있었다. 적들의 세상이라고 믿었던 이곳에 자신과 똑같은 종족, 비슷한 유전자를 지닌 또 다른 인류가 산다는 것은 상상만으로도 힘이 되는 일이었다. 그러다가 뜻하지 않은 장소에서 한 남자로부터 '어디로 가느냐?'는 질문을 받았다. 그녀는 그때까지도 채 확정되지 못한 그 말의 의미를 수없이 되새겨 보았다. 그것은 무슨 뜻이었을까. 수환은 무얼 타고 집에 가느냐고 물었던 것일까. 아니면 정말 넌 갈 곳이 없잖아, 라고 말하고 싶었을까.

새삼 그런 것을 궁금해하는 자신이 못마땅해도 그녀는 알고 싶었다. 어쩌면 수환에게서 알아내고 싶은 것은 그것뿐인지도 몰랐다. 그 질문으로 돌아가 모든 것을 처음부터 다시 생각해 보는 게 아주 나쁜 일 같지는 않았다.

그녀는 그렇게 수환을 찾아 나섰다.

택시 기사에게 12만 원을 결제하고 산책로를 따라 언덕을 올라가는데 꽤나 숨이 찼다. 굽 없는 구두는 오래되어 편안했지만 양말을 신지 않은 상태라 발가락에 금세 무리가 왔다.

평일이어서 그런지 사찰 안에는 사람이 많지 않았다. 그녀는 호흡을 고르면서 오백 살 먹은 은행나무 근처 계단 한쪽에 앉아 땀을 말렸다. 촬영 팀은 보이지 않았다. 곧 오겠지. 그녀는 느긋하게 기다릴 작정이었다. 해는 머리 위를 지나가고 있었다.

그때 왼쪽 편에서 배낭을 둘러멘 남자가 뒷걸음질하며 다가왔다. 그녀는 그 남자에게서 즉각, 뭔가 낯익은 것을 발견하고는 자신도 모르게 벌떡 몸을 일으켰다. 동물이 핥아 올린 것처럼 남자의 머리카락은 뒷목덜미 아래에서 위로 방향을 거스르며 드러누워 있었다. 그런 것을 가마 자국이라고 부르는지에 관해서는 그때껏 정리하지 못한 상태였다. 오래전 청량리 교회에서 그 소년을 본 뒤로 목덜미에 그와 같은 자국이 나 있는 사람을 본 적이 없었다. 그 남자는 오른손을 반쯤 치켜든 채 뭐라고 중얼거리고 있었다. 그녀는 무척 혼란스러웠다. 심장이 큰 충격을 받은 것처럼 벌렁거렸다.

　그녀가 지금까지 혼자라는 생각이 들 때마다 그 소년을 떠올려 왔던 것은 결코 아니었다. 사실 소년은 이제 얼굴조차 희미해서 눈앞에 그려지는 어떤 모습이 오래전 교회 마당에서 보았던 그 소년이 맞는지조차 의심스러울 때가 있었다. 그의 얼굴이라고 기억되는 것에는 그동안 세상에서 만난 많은 사람들의 이미지가 덧칠되어 있었다. 시간이 지나면서 그의 모습은 점점 변했고 좀 더 그녀가 원하는 모습으로 뒤바뀌었다. 그는 그녀가 원하는 어떤 존재일 뿐 객관적 대상으로서의 누군가가 될 수 있는지에 관해 한 번도 생각해 본 적이 없었다. 아버지가 교회를 반대했을 때 그는 이미 구체적인 얼굴을 버리고 커튼 속으로 잠적해 버렸는지 모른다. 그녀는 소년을 기다리지 않았고 그럴 필요도 없었다. 그녀가 그리워하고 좇았던 것은 그의 이미지였다. '어디로 가?'라고 물어 주면서 아무것도 되지 않을 것 같은 그녀의 마음을 알아주는 추상적 대상으로서의 남자아이면 족했다. 수환은 오랫동안 거기에 적합한 인물로 그녀 곁에 있었다. 그런데 너무나 생생히 추억을 일깨울 뿐 아니라 그 생생함으로 인해 그것을 넘어서기까지 한 남자가 바람에 흔들리는 헛개나무처럼 눈앞을 스치고 있었다. 순간 그녀가 겁을 집어먹었다는 것은 과장이 아니다. 오랫동안 물을 주며 애지중지했던 나무가 탐스러운 붉은 열매가 아니라 털이 부숭부숭한 벌레 한 마리를 키워 냈음을 새삼 알게 된다면 놀라 자빠지는 건 당연한 게 아닐까. 그랬다. 그에 대한 첫인상은 배추벌레를 처음 봤을 때와 같은 놀라움을 안겨 주었다. 그가 못생겼다거나 징그러웠다는 이야기가 아니다. 그녀가 손을 내뻗는다면 만져질 수 있고 머리카락의 부드러움을 감각할 수 있으며 어쩌면 더불어 가질 수조차 있는, 물기를 머금은 한 그루 나무 같은 존재라는 것을 감지하는 순간 그녀가 느낀 것은 한없는 불안이었다. 그녀는 마치 자신의 영역을 지키려는 수컷 사자처럼 적의 어린 시선으로 그를 쳐다보았다. 그러면서도 어째서 남자의 뒷덜미를 손바닥으로 한 번 쓸어내려 보고 싶은 충동을 느꼈던 건지 지금 생각해도 다 이해하기 힘들다. 다행인지 불행인지 마치 그녀의 시선을 차단하기라도 하려는 듯 가까이 다가온 남자가 손에 들고 있던 수건을 재빨리 목에 두르자 뒷덜미의 흔적은 감쪽같이 모습을 감추었다. 그의 민첩한 동작은 그녀가 자신이 뭘 잘못 보았을지도 모른다는 생각에 빠져들게 했다. 뒷덜미의 흔적이 사라진 남자는 아무런 특징이 없는, 그녀가 수없이 선을 보면서 알게 된, 적진에 가득했던 그저 그런 류의 평범한 그 남자들이었다. 사실 제때 나타나지 않는 수환으로 인해 그녀의 마음은 낯선 나라의 뒷골목을 헤매는 듯 춥고 막막한 상태였다.

남자가 왜 하필 뒷걸음질을 했던 건지는 곧 밝혀졌다. 그가 가까이 다가왔을 때 그녀는 어렴풋이 남자의 말을 알아들었다.

"이제 알겠지? 이런 산 속에 왜 피뢰침이 서 있어야 하는지?"

그녀는 계단에 다시 주저앉으면서 괜히 엉덩이를 들썩거렸다. 남자가 바라보고 있는 것은 은행나무 옆에 서 있는 높다란 철탑이었다. 그 위에 붙어 있는 피뢰침은 은행나무를 대신해 벼락을 맞아야 할 운명이었다. 남자의 뒷걸음질은 계속되었다.

그 남자를 대웅전 뒤에서 또 보았다. 이번에는 옆모습이었다. 남자는 자신의 오므린 손에다 대고 뭐라고 말하였으나 자세히 알아들을 수는 없었다. 굳이 엿보려고 한 것은 아니지만 그녀는 어느 순간 남자의 행동을 이해할 수 있었다. 그는 손 안의 사진에다 대고 뭔가를 설명하는 중이었다. 그녀는 대웅전 안을 한 번 더 들여다보고 난 뒤 약수터 우물가로 내려가 작은 플라스틱 바가지로 물을 마셨다.

십 원짜리와 백 원짜리 동전들이 깊지 않은 물속에서 시원하게 반짝거렸다. 우물 한복판 동그랗게 놓인 돌확에도 동전이 떨어져 있었다. 물속에 잠긴 수많은 동전이 신비스런 빛을 뿜어내고 있었다. 그중에 유난히 반짝거리는 동전 몇 개에서는 금빛 기둥이 생겨나 물 표면을 향해 솟구쳐 오르는 중이었다. 그 위를 납작하고 작은 청개구리 두 마리가 헤엄쳐 다니고 있었다. 오래전 왔을 때처럼 여전히 매력적이라는 느낌이 들었다. 마음을 잡아끄는 데가 있었다. 그녀는 동전을 한 주먹 꺼내 던지기 시작했다. 돌확의 오목한 곳이 목표였다. 동전은 나뭇잎처럼 팔랑거리면서 생각지도 못한 방향으로 달아나다가 슬며시 바닥 아무 데나 내려앉았다. 서른 개쯤 던졌을까. 돌확 가운데로 정확히 들어간 것은 단 두 개뿐이었다. 바가지를 이용해 물을 더 마시고 위치를 바꾸었을 때였다.

"참 오래 참으신 것 같네요."

고개를 들었더니 손 안의 사진에다 말을 붙이던 그 남자가 서 있었다. 남자는 저만치에다 배낭은 내려놓은 채였고 손잡이가 있는 개인용 스테인리스 컵을 들고 있었다. 구멍이 숭숭한 붉은색 반팔 망사 티셔츠에 회색빛 등산용 조끼를 갖춰 입은 모습이 비로소 그녀의 눈에 들어왔다. 선글라스 때문에 얼굴이나 표정이 정확히 드러나지는 않았지만 나지막한 목소리와 입매를 단단하게 받치고 있는 턱에서 풍기는 고상함이 왠지 어울린다는 느낌이 들었다. 그녀는 멀뚱히 그를 쳐다보았다. 그게 무슨 소리냐고 물어보아야 하는데 입이 떨어지지 않았다. 그 역시 그녀의 반응 따위는 안중에도 없다는 표정으로 배낭 위에다 컵을 내려놓고 오더니 주머니에서 동전 하나를 꺼냈다. 그녀는 주춤거리며 옆으로 물러났다.

“잘 보세요.”

남자는 매우 그럴듯한 폼으로 동전을 날렸다. 하지만 자신감 있고 느긋해 보이는 태도와는 달리 동전은 돌확을 한참 벗어나 보기 좋게 빗나갔다.

“아이쿠.”

그는 주저앉을 듯이 과장된 반응을 보였고 이번에는 배낭 앞주머니에서 동전 몇 개를 꺼내 다시 한 번 시도했다. 두 번, 세 번, 동전은 계속해서 빗나갔다.

“에이, 저는 이미 다 털었습니다.”

남자가 말했다. 그녀는 동전이 가득한 손바닥을 남자 앞에 제대로 펼치고 싶었으나 용기를 내지 못한 채 엉거주춤 서 있었다. 다행히 남자가 고개를 갸웃거리며 다가와 신중한 태도로 그녀의 동전 더미를 뒤적거렸다. 얼결에 그녀는 양손을 널따랗게 펼쳤다.

“아무래도 동전에 문제가 있었던 게 아닌가 싶어요. 새 돈을 찾아서 한 번 던져 보겠습니다. 어디 2001년 게 있나 없나……”

결국은 핸드백 안에 있던 백 원짜리까지 모두 꺼냈다. 2001년도라고 표시된 동전은 모두 일곱 개였다. 동전을 고르는 동안 여러 차례 손이 부딪혔고 한순간 기분 좋은 느낌이 일어나 얼굴 한복판으로 몰려들다가 사라졌다. 남자가 던진 백 원짜리 하나가 부메랑처럼 빙그르르 도는 모습을 지켜보다가 그녀는 동전을 봉지에 넣어 땅에 내려

놓고 다시 돌확을 겨냥했다. 동전은 대부분 오목한 곳을 피해 원하지 않는 곳에 떨어졌다.

7

　수환에게 전화를 걸었으나 받지 않았다. 통화 버튼을 다섯 번째 누르고 난 뒤 폴더를 덮었다. 뭔가 이상하다는 생각이 들었다. 그녀가 전화를 걸었을 때 용문사로 막 출발하는 길이었다고 하더라도 이미 도착했을 시간이었다. 만약 용문사에 도착하기 직전이었다고 하더라도 일의 속성상 벌써 촬영을 끝냈을 리는 만무한 일이다. 수환의 행적은 오리무중이었다. 어쩔까 하다가 그녀는 남자를 따라 산을 내려가기 시작했다.

　수환에게서 전화가 걸려 온 것은 남자와의 동행이 퍽 어색하다는 느낌을 받기 시작했을 무렵이었다. 그녀는 남자와 멀찌감치 떨어진 곳으로 가서 전화기에 대고 다짜고짜 소리쳤다.

　"왜 안 와?"

　"무슨 소리야?"

　"용문사에서 촬영이 있다고 했잖아."

　"용문사? 난 지금 제주도에 있는데?"

　"뭐야?"

　그녀는 기가 막혀 수화기를 오른손에 바꿔 쥐며 버럭 소리를 질렀다. 약속을 하고 내려온 건 아니지만 왠지 속은 기분이 들었다.

　"지금 장난하니?"

56

“너야말로 웬 시비야?”

　결국 한참 동안 옥신각신 다투었다. 수환은 용문사라는 이름을 입에 담은 적이 없다며 발뺌했고 그녀는 아침의 통화 내용을 조목조목 들추어냈다. 그녀는 점점 불리해졌다. 수환은 이전에 있었던 비슷한 상황을 환기시키며 “넌 잘못 듣고 잘못 해석하는 유형이야.”하며 못을 박았다. “남의 말을 어떻게 그토록 빈틈없이 네 마음에 덮어씌울 수가 있는 거니?”라며 비꼬았을 때에는 비위가 상했다. 용문사에 와 있을 걸 뻔히 알면서도 자기와는 상관없다는 듯 끝내 모르는 척하는 것도 고까웠다. 그럴 때 그와 쉽게 소통할 수 있는 방법을 그녀는 모르지 않았다. 너무나 확고부동해서 결코 그가 부정할 수 없는 하나의 진실은 그가 생각하는 그의 형이었다. 엄밀하게 말하면 그가 꾸미고 싶어 하는 그의 형인지도 모른다. 난폭하지는 않지만 무례하기 짝이 없는 수환이 형이라는 우산 앞에서는 어쩔 수 없이 다소곳해진다는 것을 그녀는 오래전에 터득한 바 있었다. 수환으로 하여금 그녀의 이야기를 진지하게 받아들이도록 하려면 형이라는 소로(小路)를 우회해야 하는 것이다. 그것만이 수환에게 다다를 수 있는 길이었다. 아닌 게 아니라 그걸 서투르게 이용하려다가 난데없이 그의 형과 결혼할지도 모르는 모순된 상황에 처하지 않았는가 말이다.

　하지만 과연 그녀에 대한 수환의 마음이 그것뿐인 걸까. 형과 결부될 때만이 그녀는 그에게 의미 있는 존재인가. 아니, 그 역시 다른 이들처럼 아버지의 세계를 떠받치는 공허한 돌기둥에 불과하단 말인가. 만약 그렇게 믿었다면 그녀는 그를 만나기 위해 집을 나오는 모험 따위는 벌이지 않았을 것이다. 수환이 자신을 형과 불가분의 존재라고 믿는 것이 환상에 불과하다는 것은 막연한 짐작이 아니라 확신에 가까웠다. 이후 남편과 결혼하게 되었을 때 그것이 보다 확실한 양상을 띠게 됨을 그녀는 생생히 체험하게 되는 것이다. 동남아 어느 별 다섯 개짜리 호텔에서 성스러운 첫 행사를 치른 뒤 남편은 마치 성에 차지 않았던 밥상을 물린 가장처럼 그녀에게 물었다. "수환과는 어땠어?" 그녀가 말귀를 잘 알아듣지 못했던 것은 그런 일이 있을 수 없는 일이라고 생각해서는 아니었다. 다만 남편에게서 왜 그런 이야기를 들어야 하는지가 몹시 의아스러웠다. 그녀는 그에게 아무것도 잘못한 게 없었다. 그렇듯 남편은 묘한 방법으로 수환과 자신의 관계를 밝혔다. 수환과 형 사이에는 각자를 가르는 경계가 있을 것이라고 그녀는 보았다. 그것이 모습을 드러내는 순간 그녀는 거기에 나무처럼 팔을 벌리고 서 있을 예정이었다. 스무 살 이후 그 자리에서 수환을 똑바로 바라본다는 꿈을 놓지 않았다. 그런 다음 남편에 의해 '너희'로 밀려난 수환을 챙겨 '우리'로 뭉쳐 볼 요량이었다. 그 꿈은 그녀의 삶을 둘러싼 그 어느 것보다 우선했다. 그녀는 늦기 전에 형이라는 주제로 화제를 바꿔야 한다는 것을 알고 있었다. 하지만 도대체 그의 형에 관해 무슨 할 말이 더 남았단 말인가. 그녀는 투덜거리고 싶은 것을 겨우 참았다. 목소리가 딱딱하게 흘러나왔다.

"네 형에 관해 물어볼 게 있어."

"뭘?"

"만나면 이야기할게."

"암튼 난 지금 제주도야, 널 만나러 가기 힘든 상황이야. 그렇다고 여기까지 오라고 할 수도 없는 거잖아."

"네가 오라고 하면 난 갈 수도 있어."

'제주도쯤은'이라는 말을 더 이어 붙이려다가 그만두었다. 사실은 제주도가 아니라 더 먼 곳이더라도 갈 수밖에 없는 입장이었다. 수환은 잠시 침묵을 지키더니 곧 이어 예상했던 대답을 꺼내 놓았다.

"올라가면 보자. 내가 전화할게."

그녀는 수화기에 대고 한숨을 쉬었고 알지 못할 말을 중얼거렸으며 완강한 침묵으로 그의 무심함에 저항했다. 하지만 할 수 있는 대답은 이미 정해져 있었다.

"알았어."

통화는 거기서 끝났다. 정말 어쩔 수 없는 일인 것 같았다. 전화기의 배터리를 빼고 핸드백 안에 집어넣었을 때 남자가 다가왔다. 그때껏 내려가지 않고 그녀를 기다린 모양이었다.

발에 땀이 찬 탓인지 내리막길이 힘들었다. 오른쪽 엄지발가락이 쓰라려서 하릴없이 절뚝거렸다. 한참 만에 그녀의 상태를 눈치챈 남자가 놀란 듯 물었다.

"발 아파요?"

그녀가 고개를 끄덕이자 그가 얼른 계곡을 가리켰다. 그녀는 신을 벗어 들고 뒤뚱뒤뚱 남자를 따라 계곡으로 내려갔다. 깨끗한 바위 하나를 골라 걸터앉고 발을 물에 담그자 저절로 탄성이 터져 나왔다. 시원해서 살 것 같았다. 다행히 엄지발가락 윗부분은 붉게 성이 나기는 했지만 물집이 잡힌 상태는 아니었다.

"저도 신을 좀 벗어야겠습니다."

남자는 조금 떨어진 바위에 비스듬히 자리를 잡고 앉았다. 선글라스를 벗자 피부의 질감이 표현되어 있지 않은, 평면적인 그림 속에서 방금 빠져나온 인물처럼 비현실적인 느낌이었다. 잠시 후 하얗고 잘생긴 남자의 발이 물속으로 들어가는 게 보였다. 그는 양다리를 가볍게 뻗은 상태로 세수를 하다가 간간이 정강이에다 물을 끼얹었다. 나뭇잎을 뚫고 들어온 햇살 한 줌이 그의 오른쪽 발등에서 멈추었다. 잠시 후 남자가 손을 뻗어 물속으로 집어넣는 순간 그의 뒷목덜미가 그녀 앞에 또렷이 정체를 드러냈다. 오래전, 누군가의 손에 의해 그의 형상이 만들어질 때 악의 없는 동물이 그곳에다 혓바닥 자국을 내고 도망친 게 분명했다. 그와 같은 장난질이 그의 창조에 얽힌 비화일 것 같았다. 나뭇잎을 뚫고 들어온 햇살이 사연 많은 머리카락에 조명처럼 머물렀다. 있었구나! 이 세상에 달랑 나 혼잔 줄 알았는데……. 가슴속에서 그런 울림이 일어났다 사라지고 난 뒤 그녀는 남자로부터 얼른 시선을 거두었다. 이전 언젠가 받았던 인상이 그대로 되풀이 반복되는 것은 아무래도 이상했다. 없는 줄 알았는데 있었던 사람은 수환이 아니었던가. 그녀는 남자의 얼굴을 쳐다보지 않은 채 물었다.

“서울에서 자라셨어요?”

그녀가 알고 싶은 것은 그가 청량리시장에 있던 그 교회를 다닌 적이 있는지, 있다면 언제인지 하는 것이었다. 짐작되는 나이로 봐서는 가능할 것도 같고 아닐 것도 같았다. 그가 어떤 대답을 하든 흔들리지 않는다는 게 그 순간 그녀의 마음이었다. 남자는 자신이 지방 출신이라고 했다. 스무 살 무렵 서울에 처음 올라왔다는 말에는 많은 시간이 흘러도 좀처럼 변하기 힘든, 촌사람만이 갖는 수줍음 같은 게 서려 있었다. 그녀는 오랫동안 고개를 끄덕였다. 그러다가 스스로도 의식하지 못한 사이 떠벌떠벌 자신의 사연을 털어놓았다. 동전 던지기를 실컷 해보려고 은행에서 백 원짜리 동전을 백 개나 바꿔 왔다는 식의 이야기가 잔뜩 부풀려졌다. 하지만 서울에서 거기까지 택시 탔다는 말은 하지 않았다. 그러자 오래전 아홉 살 때의 일이 저절로 떠올랐다. 온 가족이 함께 봉고차를 타고 여행을 하던 중이었고 용문사에서는 잠깐 머물렀다. 그때도 아버지의 간섭은 변함없이 발휘되었다. 그녀는 왠지 모를 감상에 빠져, 남의 뒷담화를 하는 기분이 되어 남자에게 말하고 있었다.

"제가 동전을 던지려고 여기저기 뒤져 십 원짜리며 백 원짜리를 손 안에 잔뜩 쥐었는데 가족들이 나서서 말리는 거예요. 아버지가 말했어요. 돈을 가지고 장난쳐서는 안 된다. 부드럽지만 단호하게 들리는 목소리였어요. 저 역시 별 미련 없이 약수를 마신 다음 가족들을 따라 산을 내려왔지요. 그러고는 잊어버렸어요. 그런데 꿈을 꾸었어요. 지금도 가끔 그 일이 꿈에 나타나요."

"꿈에서 동전을 신나게 던져 봤겠군요."

"아니에요. 그런 꿈이 아니에요."

"그럼요?"

"아버지가 동전을 제게 쥐어 주면서 한번 던져 봐, 정확히 저 안에다 넣을 수 있어야 해, 알았지? 하고 귓속말로 속삭이는 꿈이었어요."

남자가 이를 드러내며 큰소리로 웃어 댔다. 그녀는 웃지 않았다. 내면 깊고 어두운 어딘가에 숨어 있던 불가해한 감정이 둑을 터뜨릴 것처럼 위태로웠다. 이 세상이 결코 그녀 편이 아니라는 생각을 그때 처음 한 거라는 말은 하지 않았다. 그녀는 감정을 감추기 위해 허리를 숙여 물속을 들여다보며 돌멩이 하나를 집어 올렸다. 돌이켜보면 그때 어떤 인생이 시작되었다는 생각이 든다. 세상에 태어나 신이 나서 말을 배우고 규칙을 습득하고 아버지 어깨 위에 무동 타고 올라앉아 세상을 내려다보다가 갑작스러운 사이렌 소리에 놀라 토끼 굴로 뛰어들기를 강요당한다면 누구라도 당황할 수밖에 없지 않을까. 그녀는 어쩌면 그 굴에서 기어 나와 겨우 어느 도랑가에 다다른 것인지도 모른다는 생각을 하게 되었다. 그러자 차라리 마음이 편안해졌다. 길을 잃는 것보다 자신이 어디 있는지를 분명히 아는 게 더 나을 것 같았다. 남자가 바위에다 물을 끼얹는 식의 무의미한 장난을 시작하자 얼결에 그녀도 따라 했다. 한순간 그에게 물을 뿌리고 싶은 충동을 강하게 느낀 후 그녀는 화들짝 놀라 몸을 움츠렸다. 왜 가끔 당치 않은 충동이 조건반사처럼 튀어나와 자신을 간질이는지 알 수가 없었다. 동전 던지기에 비한다면 그런 식의 충동은 정말 문제적이었다. 그 충동에서 그동안 수없이 많았던 실수와 어눌함이 생겨났다. 그녀는 주눅이 들어 얌전하고 소극적인 태도로 바위에 물을 뿌렸다. 그녀가 물에서 발을 빼내자 남자가 손수건을 건넸다.

"이걸로 발을 닦아요."

그녀는 발등 여기저기를 건성으로 문질러 닦았다. 배에서 꼬르륵 소리가 들렸다. 또 한 번의 충동이 그녀를 사로잡았다.

"저 혹시……"

"말씀하세요."

"우리 같이 식사해요. 저 사실 얼마나 배가 고픈지 몰라요."

남자가 낯선 눈으로 그녀를 쳐다보았다. 순간 뇌에서 퓨즈가 나가는 기분이었다. 백 원짜리 동전 더미가 심장으로 와르르 쏟아져 내렸다. 하지만 여기서 거절당하더라도 본 사람은 없다…… 나는 그저 익명의 처녀일 뿐…… 그녀가 그런 식으로 스스로를 위로하고 있을 때였다. 구름을 벗어난 달처럼 남자의 표정이 말개지는 게 느껴졌다.

"아, 저야말로 배가 고픈데 감히 말씀도 못 드리고…… 좋아요, 요

앞에서 같이 밥 먹어요. 아마 맛있는 집이 있을 것 같아요.”

남자가 기분 좋게 맞장구를 치더니 배낭을 메면서 일어섰다.

우와, 무지 이상한 짓이었는데 그게 다 먹히네!

그녀는 화끈거리는 얼굴을 손바닥으로 꾹꾹 눌렀다. 난생처음 불합리하고 얼토당토않은 자신의 개성이 타인에게 받아들여진 거라는 생각을 해보았다. 수환을 통해서는 한 번도 경험하지 못한 놀라움, 인간적인 경이로움의 연대감이 거기 있었다. 따지고 보면 수환의 마음은 얼마나 복잡한 굴절 속에 깊이 은폐되어 버렸는가. 그녀가 느낀 외로움은 순간순간 얼마나 통렬했던가. 비록 자신이 서 있는 곳이 여태까지 비굴을 감수하며 살아온 ‘지금 여기’가 아니가 ‘거기 어디’라 한들 어쩔 것인가. 그토록 강하던 ‘너로 인하여……’라는 자기장의 힘도 미치지 못하는 안전한 구역이 여기라면…… 그런 거라면…… 그러다가 그녀는 문득 제정신으로 돌아왔다. 안간힘을 다해 남자로부터 몇 걸음 옆으로 물러났다. 하지만 자신도 모르는 사이 이렇게 중얼거리고 말았다.

“고마워요.”

다행히 남자는 듣지 못한 것 같았다.

8

매표소 바로 밑에 있던 식당으로 들어가 막 자리를 잡고 앉는데 남자의 휴대폰으로 전화가 걸려 왔다. 그는 일어서 나가면서 “응, 나야. 당신 이제 일어났어?” 하고 소리쳤다. 그녀는 천천히 물을 마시면서 시선을 반대편으로 돌렸다. 남자는 식당 앞에 서성대며 뭐라고 떠들더니 시야에서 사라졌다. 얄궂은 느낌이었다. 단지 밥을 먹자고 해봤을 뿐 다른 생각이 없었는데 마치 큰 음모를 꾸미다가 발각이 된 것처럼 뒤가 켕기고 이상했다. 태연하려고 헛기침을 두어 번 했으나 그럴수록 어딘가로 더 깊이 빠져드는 느낌은 처연하고 외따로웠다. 탁자에 오른쪽 팔꿈치를 받치고 손바닥으로 턱을 고이는데 부르르 경련이 전해졌다. 손을 빼 자세를 고쳐 앉았으나 몸의 일부가 떨어대는 느낌은 사라지지 않았다.

"된장찌개 나왔어요, 뜨겁습니다."

홀을 돌아다니며 시중들던 아주머니가 상을 내왔다. 작은 된장 뚝배기 두 개가 각각 놓였다. 야채바구니가 나오고 밑반찬이 차려졌다. 바깥을 살폈으나 남자의 모습은 보이지 않았다. 그녀는 가만히 앉아 있기도 불편해서 숟가락을 들고 찌개 간을 보았다. 뜨겁기만 했지 맛을 알기는 힘들었다. 고춧가루를 풀지 않아 국물은 밍밍하였고 허여멀건 빛깔이었다. 그녀는 젓가락으로 팽이버섯 몇 가닥을 건져 천천히 씹었다.

몰래 빠져나가자.

슬그머니 수저를 내려놓고 막 몸을 일으키려 할 때였다.

"미안해요. 제 아내가 전화를 해서."

남자는 전화기를 탁자 위에 내려놓으면서 바지의 넓적다리 부분을 슬쩍 치켜올린 다음 통나무 의자에 걸터앉았다. 산바람 냄새가 훅 끼쳤다.

"맛있어요?"

"뭐 그런대로."

남자를 정면으로 응시하는 게 부담이 되어 그녀는 얼른 눈을 내리깔았다. 그는 된장찌개 국물을 두어 번 떠먹더니 고개를 끄덕였다.

"아주 좋네요."

그때 쌈 싸먹는 방법을 설명하겠다며 주인남자가 다가왔다. 주인은 먼저 상추 한 장을 손바닥에 펼친 다음 그 위에 기다란 야채 하나를 거꾸로 얹었다. 뿌리가 달려 있는 나물이었다. 남자가 재빨리 이름이 뭐냐고 물었다.

"고들빼기입니다. 여기에 취나물과 산미나리를 얹은 다음 밥을 조금 올려서 쌈장에 싸 먹는 겁니다. 자, 드셔 보세요."

주인이 남자에게 완성된 쌈을 건넸다. 남자가 입안 가득 쌈을 집어넣는데 주인이 고들빼기 뿌리 못 미친 부분에서 그만 끊으라고 했다.

"이걸 엄지와 검지, 그리고 중지를 합쳐 이렇게 꽉 쥐고 있다가 입안의 쌈을 두어 번 씹은 다음 앞니 끝으로 사각사각 토끼처럼 먹어들어가는 겁니다. 절대로 중간에서 끊지 말고 끝까지 드세요. 녹즙이 따로 없습니다."

주인은 그녀에게도 해보라며 권했다. 그녀가 상추를 손바닥에 펼쳐 차례차례 야채를 올려놓는 것을 보고 만족한 듯 주방 안으로 사라졌다. 그녀는 쌈을 입에 넣고 고들빼기의 뿌리까지 시키는 대로 씹어 보았다. 쌉싸름하고 화한 쓴맛이 쌈장의 단맛과 어우러지면서 묘한 맛을 냈다. 남자도 신이 나서 야채를 골랐다.

"나중에 제 집사람과 같이 여길 한번 와 봐야겠어요. 이 분위기와 음식, 쌈 같은 걸 무지 좋아할 거예요. 뿌리째 먹는 쌈이라니, 참. 게다가 맛은 또 어떻고요."

남자는 턱을 치켜든 채 쌈 뭉치 하나를 입안 가득 집어넣었다.

"제 아내는 채식주의자랍니다."

자랑이라고 해야 할지 사랑이라고 해야 할지 모를 그리움이 남자의 표정으로 배어났다. 시선을 돌렸다가도 다시 쳐다보게 하는 마력 같은 게 느껴졌다. 남자는 아내가 런던에서 삼 년째 문화정책을 공부하고 있으며 자신도 비슷한 계통에서 일한다고 했다. 지금은 휴가를 받아 여행 중이라고 했다. 런던으로 휴가를 가지 그랬느냐고 하자 그는,

"그럴 수 있다면 얼마나 좋았겠습니까. 하지만 그러기엔 휴가가 짧고 또 결정적인 건 제가 월요일 오후에 꼭 참석해야 할 심포지엄이 있거든요. 제주도에서. 그러다 보니……."

하고 말했다. 그 때문에 일요일인 내일 제주도로 갈 생각이라고 했다. 그녀는 화들짝 놀라며 정색을 했다. 수저를 내려놓고 박수까지 쳤다.

"어머, 그러세요? 저도 내일 제주도 가요. 만날 사람이 있어서."

그녀로서는 지금껏 한 번도 발휘해 본 적이 없는 대단한 순발력인 셈이었다. 자신이 무슨 짓을 했는지 알아차리고 나자 경악스러운 심정에 빠졌다. 그것이 거짓말이어서 그랬고 의도하지 않았던 의도를 내포하는 것 같아 그랬다. 그녀는 단지 밥을 먹자고 남자를 유혹한 게 아닐 수도 있었다. 스스로는 몰랐지만 내면 어딘가에 다른 생각이 있었음이 분명해졌다. 새파란 처녀가, 그때껏 남자와는 키스조차 해본 적 없는 숙맥이 아내 있는 남자에게 눈길을 주다니. 아버지의 영역에서 멀리 벗어난 이곳은 얼마나 위험한 곳인가. '너로 인하여 내가'라는 어머니의 울부짖음이 들리는 것 같았다. 영기에게 뺨을 맞았던 것도 당연한 일처럼 느껴졌다. 하자(瑕疵)는 그녀에게 있었다. 지금까지 이 세상이 불편했다면 그녀라는 유전자가 지닌 구조적인 결함 탓이었다. 벼락처럼 밀려드는 죄의식에 그녀는 정신을 차리기 힘

들었다. 하지만 몇 초 지나지 않아 태연하게 자신의 세계로 돌아왔다. 물론 자신을 최대한 감추어야 한다는 것을 잘 알고 있었다. 그녀는 재빨리 속으로 중얼거렸다. 안 가면 그만인걸 뭐.

"아, 그러십니까? 저는 오전 여섯 시 사십 분 비행기인데 대한항공으로……"

남자의 목소리 톤이 높아졌다. 또다시 박수로 반응하는 그녀.

"어머어머 우연치고는 진짜 특이한 우연이다. 저도 그 비행기로 가거든요."

"정말입니까?"

남자야말로 흥분했는지 얼굴이 붉어져 있었다. 그는 큰 몸짓으로 고개를 끄덕였다. 그녀는 낭패감에 치를 떨면서 내면에서 자꾸 고개를 내미는, 끔찍하면서도 파렴치한 어떤 인격을 나무라기 바빴다. 그녀는 귀찮게 들러붙는 자식을 밀쳐 내는 어미처럼 사나워졌다.

글쎄, 안 간다니까!

남자의 휴대폰으로 두 번째 전화가 걸려 온 것은 그가 전화기를 둔 채 공원 화장실에 갔을 때였다. 전화를 받을 수도 없고 그렇다고 내버려 두자니 남의 눈치가 보였다. 우리는 서로가 누군지 몰라요. 전화기의 요란한 벨소리가 그렇게 광고하는 것 같았다. 그녀는 휴대폰을 집어 들어 얼른 통화 버튼을 누르고 귀에다 댔다.

안녕하십니까? 윤기훈 고객님 맞으십니까?……

이건 또 뭐야? 그녀는 모니터를 노려보다가 피식 웃으며 종료 버튼을 눌렀다. 순간 윤기훈이라는 이름이 자신의 뇌리에 각인되고 말았다는 것을 알았다. 너 남자를 보자마자 딱지 놓았다며? 언젠가 선을 보고 돌아왔더니 어머니가 그렇게 몰아붙였다. 하필이면 그날은 한껏 낮춰 지망했던 회사의 서류전형에서 어이없이 물먹었다는 사실을 알고 꽤나 분개했던 날이었다. 어느 학교 나오고 형제가 몇이냐고 묻는 게 도대체 뭐가 문제야? 그녀는 그때까지 마흔 몇 번이나 선을 보았었다. 처음에는 자포자기로 끌려 나갔지만 어느 때부턴가 이력이 붙었다. 그냥 모르는 사람 만나 차 마시고 들어오는 것도 습관 붙이니까 아주 죽을 맛은 아니었다. 뿐만 아니라 그것을 보다 더 즐길 수 있는 방법이 있다는 것도 알았다. 이름도 모르고 내력도 모르고 아무런 정보도 주고받지 않은 가운데 한 사람을 그 자체의 인상부터 파악해 나가는 게 자유롭게 보장된다면 선보는 것을 죽을 때까지 직업으로 삼을 수도 있지 않을까. 그녀는 그런 생각을 한 적도 있다. 문제는 어느 맞선 상대와도 그것이 가능하지 않았다는 것이다. 그들은 하나같이 아주 바빴고 이미 일정한 정보를 듣고 자기가 생각하는 상대의 이미지를 몽타주처럼 그려서 나왔다. 그들의 질문은 그것을 확인해 나가는 과정에 불과한 것이다. 그들은 잘 훈련된 매너로 적절한 때에 열쇳말을 제시했고 거기에 맞추어 문이 열리기를 기다리는 사람들이었다. 그녀는 남자들이 질문하면 이렇게 말하곤 했다. 저는 당신이 어느 집안의 몇 번째 자식인지에 관해서는 도무지 궁금하지 않아요. 그러면 열 명 중 여덟은 알겠습니다, 라고 하면서 몸을 일으켰다. 결국 그녀가 남자들을 통해 유일하게 알아낸 것은 그들의 이름 석 자인 것이다. 윤기훈이라는 이름은 그들 중 누군가 지니고 있었을 법한, 흔하디흔한 이름의 하나라고 말할 수 있었다. 얼결에 버튼 하나를 짧게 눌렀더니 통화목록이 떴다. 방금 걸려 온 전화는 1588-

9999번이었다. 그 외에는 온통 '영국'이라고 적힌 목록뿐이었으나 티눈처럼 '우리 집'이라고 박힌 항목 하나가 시야에 들어왔다. 아내가 부재한 '우리 집'에서 전화를 받는 사람은 누구일까. 자동 전화기인 양 방향키가 순식간에 이동하고 확인 버튼이 저절로 눌러졌으나 자신의 실수에 놀란 그녀는 얼른 폴더를 닫고 물 잔을 집어 들었다.

서울로 돌아오는 길이었다. 그녀는 운전석 옆자리에 앉아 라디오에서 흘러나오는 포르투갈 전통음악인 파두에 귀를 기울이고 있었다. 그때 남자가 다시 유학 간 아내 이야기를 꺼냈다. 남자는 먼 곳을 바라보는 몽롱한 표정으로 "제 아내를 유학 보낸 건 저예요. 안 가겠다는 걸 억지로 등 떠밀어 보냈어요"라며 혼잣말인 듯 중얼거렸다. 왜요?라고 물었더니 "글쎄요, 혼자 있고 싶었던 것 같기도 하고……." 하면서 말꼬리를 흐렸다. 옹이가 박힌 듯 쓸쓸하고 얄궂은 말투였다. 그녀는 왠지 넋이 나간 채 남자를 바라보았다.

"전 제 아내에게 아무런 불만도 없어요."

역시 혼잣말 같았다. 그녀는 침묵을 지켰다.

잠시 후 그녀는 용문사 대웅전 뒤에서 보았던 장면을 떠올린 뒤 불쑥 물어보았다.

"아까 절에서 보니까 사진을 쥐고 계시던데, 누구예요?"

"아, 그거요?"

남자는 선뜻 대답하지 않고 뜸을 들였다. 발설하기 곤란함보다는 호기심 유발을 통해 흥미를 돋울 작정인 것 같았다.

"애인이죠? 맞죠?"

"아유, 아니에요."

눈을 동그랗게 뜨고 정색을 하면서 남자가 손을 내저었다. 천부당

만부당하다는 표정이었다. 운전석에서 엉덩이를 들썩이기까지 했다.

"그럼, 누구예요?"

"누구긴요, 제 아내죠."

거들먹거리다시피 한 남자의 말끝이 뾰로통하게 말려들었다. 왜 그렇게 기분을 못 맞추느냐며 불만스러워하는 것 같았다. 그녀는 남자가 쥐고 있던 것이 아내의 사진일 거라고는 상상하지 않았다. 그 밖의 다른 누구일 것이라는 짐작이 따로 있었던 것도 아니었다. 다만 말장난하는 기분으로 다그쳐 본 것에 불과했다. 남자는 아내 자랑을 하지 못해 안달 난 사람 같았다. 배우자에게 그토록 취해 있는 사람은 처음이었다.

"그런데 사진을 가지고 뭘 한 거예요?"

자신이 받은 느낌에 시달리는 것이 싫어 얼른 다른 질문을 던졌다. 말투가 딱딱하게 들리지 않도록 최대한 애를 썼다. 토라진 것 같은 남자의 표정이 조금 밝아졌다.

"그건 비밀이에요. 말하기 싫어요."

남자가 정면을 향한 채 쓸쓸하게 중얼거렸다. 순간 어떤 상처의 기미가 감지되었으나 그녀가 했던 몇 마디 말 때문인지, 아니면 그만이 간직하고 있던 비밀스러운 사연 때문인지는 알 수 없는 일이었다. 어쨌거나 이야기가 거기서 중단되어 다행이었다.

9

그녀는 잠실역 지하도를 이용해 백화점 쪽으로 걸어갔다. 롯데리아로 들어가 자리 하나를 차지하고 앉았으나 뭘 해야 하는지, 어디로 가야 하는지 막막하고 심란했다. 휴대폰을 꺼내기 위해 핸드백을 열었다가 그 안에서 아버지가 준 루이비통 손목시계를 발견했다. 그녀는 못 볼 것을 본 듯 안쪽에 달린 지퍼를 열고 그 안에다 시계를 감추었다. 휴대폰을 꺼내 전원을 켰더니 예상대로 먹통이었다. 롯데리아에서 나와 충전할 만한 곳을 찾기 시작했다. 한참 만에 편의점으로 들어가 배터리 두 개를 다 충전시켰다. 문자와 부재중 통화가 감지되었으나 확인하지는 않았다. 그 사이에 아메리카노 한 잔을 마셨다.

그만 집으로 들어갈까.

말도 안 되는 생각 같았다. 수환을 만나야 했다. 문자 들어오는 소리가 들리자 가족 중 누군가 질책하는 글을 띄운 거라는 생각에 얼른 전화기를 꺼 버렸다. 설사 영기가 자신의 행동에 관해 사과해 온다 한들 기분이 달라질 일은 아니었다. 지나다니는 사람들의 가뿐한 활력이 그녀를 상처 입히는 것 같았다. 핸드백에서 펜을 꺼내 커피 영수증 뒷면에다 몇 글자 적어 나갔다.

오늘 비슷한 남자 만나 기쁨과 외로움을 다 느껴 보았다.

쓰고 나서 읽어 보다가 '비슷한'이라는 구절 때문에 얼굴이 화끈거렸다. '특이한'을 거쳐 '이상한'으로 바꾸었다가 다시 '비슷한'으로 고쳤다. 마지막에는 '동종의'로 수정하고는 얼른 종이를 구겨 버렸다. 하지만 조금도 위로는 되지 않고 마음 밑바닥을 긁어 대는 것 같은 허전함은 여전했다. 그녀는 롯데리아를 나와 지상으로 올라갔다.

어두워진 거리 저편을 세세히 살펴보았다. 그녀를 내려놓은 남자가 차를 운전해 사라진 방향이었다. 길에는 다양한 차들로 빽빽한 상태였으나 연녹색 SM5는 눈에 띄지 않았다.

차가 잠실대교를 지나올 때 그의 휴대폰으로 전화가 걸려 왔다. 그녀가 옆에서 들은 목소리는 "안녕하십니까아?"라는 애교스럽지만 결코 가까운 사이에서는 잘 쓰지 않는 인사말이었다. 어쩌면 1588-9999에서 걸려 온 전화인지도 몰랐다. 그런데 남자는 "도서관에서 공부하다가 쉬는 중이라고?" 하는 거였다. 놀라고 당황할 틈은 없었다. 옆에 불청객이 있다는 생각 때문인지 어색하게 전화를 끊고 난 남자는 "어디서 내리면 돼요?" 하고 물었다. 목소리가 가볍게 떨리고 있었다. 이미 집 근처를 지나친 지 꽤 되었던 그녀는 얼결에 "잠실역에서 내려 주세요." 하고 말했다.

문득 실룩실룩 입이 벌어지면서 웃음이 터져 나왔다. 전화기에서 들린 음성과 남자가 대답한 것 사이의 묘한 괴리, 그것은 핑계일 뿐 본질이 아니라는 생각이 들었다. 수환이 늘 지적했던 것처럼 어쩌면 그녀는 자신의 환상을 그에게 일방적으로 대입시킨 것인지도 모른다. 무엇보다 남자는 아내가 있었다. 그들은 행복감 속에 도취되어 있는 것으로 짐작되었다. 그런 완벽에 가까운 그림을 보고도 아무것도 못 본 것처럼 일방적으로 길을 나설 수는 없는 일이었다. 그녀는 그걸 인정하라고 스스로를 다그쳤다. 은행 같은 데서 걸려 온 전화를 아내의 것으로 둔갑시킨 남자의 급박했던 사정을 다 이해하면서 모르는 것처럼 시치미 떼는 자신이 한없이 못마땅했다. 그 역시 흔들렸는지는 중요하지 않았다. 실제로 손을 내밀어 잡아 주지 않는 한 마음은 세상에 태어나지 못한 아이와 다를 바 없었다. 분명한 것은 그녀는 그가 누구인지 모르고 어디 사는지도 알지 못한다는 거였다. 그러면

된 거였다. 그게 다인 것이다.

그녀는 버스를 타고 집 앞으로 갔다.

멀리서 파란색 집 대문을 바라보다가 영기에게 뺨 맞은 일을 기억해냈다. 순간 수환을 만나러 집을 나온 것인지 동생에게 모욕당한 사실이 불편했던 건지 헷갈리기 시작했다. 큰오빠가 앞으로 올케와 잘 살았으면 하는 생각이 없는 것은 아니었지만 큰오빠가 올케를 잘 지켜 내든 말든 그녀로서는 상관하고 싶지 않았다. 이미 해 버린 큰아들의 결혼을 아버지가 물리라고 난리치는 것은 맞지 않지만 애초에 올케가 다른 남자와의 사이에서 낳은 딸이 존재하고 그 애를 돌봐야 한다는 사실을 숨겼다는 것은 납득하기 힘들었다. 어쩌면 그녀는 공연히 뺨만 맞은 것인지도 모른다. 어쨌거나 당장 집에 들어가는 것은 불가능한 일이었다. 아버지가 큰오빠를 찾아 캐나다로 떠났다는 게 이유인 것 같았다. 아버지가 있는 집이 무겁고 답답한 건 사실이지만 아버지가 없다고 해서 집이 집이 아닌 것은 아니었다. 아버지라는 권력보다 아버지를 대신하는 것이 때로는 더 무섭고 직접적이다.

그녀는 거리를 한참 헤매다가 늦은 밤이 되어서야 찜질방으로 들어갔다. 집과는 좀 떨어진 곳이었으나 그런 장소는 처음이라 몹시 어색하고 낯설었다. 눈을 어디다 두어야 할지 모르겠는 것이야말로 큰 고민거리 중 하나였다.

하지만 버글거리는 사람들과 눈을 맞출 필요가 없다는 사실을 깨달은 후 그녀는 편안해졌다. 눈이 마주쳐도 그건 보는 게 아니므로 눈을 맞추지 않기 위해 애쓸 까닭이 없었다. 아무도 간섭하지 않는데 군이 구석진 곳을 찾아 등을 돌리고 눕는다면 그게 도리어 우스운 행동 같았다. 자유를 보장하는 것은 시선이나 몸이 아니라 감추어 두었으므로 부딪칠 필요조차 없는 각자의 마음이었다. 그는 그것을 이해하고 있는 남자일까. 아침이 오기도 전에 저 많은 사람들은 각자가 원하는 옷으로 갈아입고 일사불란하게 출입구를 빠져나가 제 갈 길을 향해 알아서 갈 것이다. 그 대열에 어떤 혼란도 일어나지 않을 것임을 그녀는 알고 있었다. 그녀는 집은 없고 방들만 빽빽하게 들어차 있는 것 같은 그 공간이 갑자기 마음에 들었다.

그녀는 찐 계란 두 개와 식혜를 사서 텔레비전과는 멀리 떨어진 곳으로 가서 엎드렸다. 계란을 까서 한입 막 베어 물었을 때였다.

제주도!

그녀는 벌떡 몸을 일으켜 앉았다. 무엇엔가 붙잡힌 사람처럼 꼼짝할 수조차 없었다. 마치 제주도라는 게 지명이 아니라 찜질방 어딘가에 숨어 있다가 타인에 의해 하릴없이 발각된 그녀의 마음 같았다. 그녀는 주변을 둘러보았다. 아무도 그녀에게 신경 쓰지 않았다. 그녀가 무슨 생각을 하든, 무엇을 향해 마음을 작동시키든 그들과는 상관없는 문제라는 것이 확실해졌다. 그녀는 생각했다. 그가 누군지, 어디 사는지 모른다는 건 얼마나 다행한 일인가. 이 모든 터무니없는 호기심을 잠재울 수 있는 확실한 안전장치를 가지고 있는 셈이었다. 그녀는 갑자기 자신이 뺄 것도 더할 것도 없는 완전한 존재처럼 여겨졌다. 전진과 후진이 자유롭게 가능하다는 것이 그 증거였다. 실로 위협이 되는 것은 마음이 아닌 것 같았다. 하지만 안심하기는 일렀다. 그녀는 몇 가지를 알고 있었다. 아무런 단서도 되지 못하지만 그의 이름이 그중 하나였다. 게다가 전화번호를 구성하는 몇 개의 숫자가 불규칙하게 움직이며 그녀를 자꾸 압박하고 있었다.

'내일은 일요일인데 비행기 표가 있을까.'

어느새 그녀는 혼잣말을 하듯 그렇게 중얼거리고 있었다.

10

밀물 같이 몰려든 사람들이 차례로 줄을 서 안으로 들어가자 피로처럼 무거운 허탈감이 몰려들었다. 비행기표를 움켜쥔 손에서 힘이 빠져나갔다.

심포지엄이 취소된 거야.

그런 판단을 내리면서도 연신 주위를 살펴보았다. 탑승 마감시간은 5분가량 지났고 한두 사람이 가끔 입구 안으로 뛰어들고는 있었지만 그건 남자를 다시 만날 가능성을 시사한다기보다 그러니 그만 체념하라는 식의 경고성 카운트다운으로 읽혔다.

난 지금 수환을 만나러 가는 길이야.

그녀는 휴대폰을 만지작거리면서 길지도 않은 머리카락을 뒤로 젖히는 시늉을 했다. 수환을 만나 무슨 말을 어떻게 꺼낼지 억지로라도 상상해 보아야 한다고 스스로를 다잡았다. 고맙다, 내가 널 얼마나 든든하게 여기는지 모를 거야. 인스턴트 커피에 빨대를 끼우던 수환의 손등에는 담뱃불 자국이 나 있었다. 고등학교 때 상대편을 겁주기 위해 자기 손등에 대고 담뱃불을 비벼 껐다는 이야기는 대학 동아리 친구 소정이한테 들었다. 그 이야기를 듣고서야 수환이 그녀보다는 소정이와 더 친했을지도 모른다는 의심이 생겼다. 그렇다고 그것을 사실처럼 인정했던 것은 아니었다. 그녀는 지금도 기억하고 있다. 그녀를 바라보던 수환의 빛나는 눈빛, 제 파장 안에다 그녀를 가두기

위해 기도했던 갖가지 술책, 동아리 모임 장소라며 경기도 어느 이름
도 모르는 기차역에 도착해 보니 달랑 그 혼자만이 그녀를 기다리
고 있었을 때의 선뜻했던 충격. 그녀에게 어쩌다가 쫓아다니는 남자
애라도 생기면 수환은 쥐도 새도 모르는 방법을 동원해 떼어 놓았다.
그 와중에 다툼이 생기는 일은 비일비재했다. 그러다가 그녀의 마음
에도 차츰 물이 고이고 싹이 트고 줄기가 무성해져 갈 무렵 소정이
와의 연애 소문이 들렸다. 하필 소정이여서 문제가 되기도 했던 사건
이었다. 짝꿍으로서의 소정이가 그동안 해 왔던 가장 의미심장한 노
릇은 수환과의 미묘한 감정의 결들에 관해 그녀가 털어놓았을 때 적
절하게 잡아당기고 늘리고 수축시켜 가면서 진지하게 들어준 것이었
다. 그것은 새로운 세상을 꾸미는 일처럼 유쾌했으며 그 어떤 놀이보
다 흥미로웠다. 가끔 소정이가 끼어들어 훈수를 두는 것도 재미있었
다. 처음에는 그녀와 수환 사이에 제3의 눈이 있다는 것이 퍽 어색했
고 때로는 흐름을 좌지우지하는 것 같아 부자연스러웠으나 차츰 익
숙해져 갔다. 오히려 잘만 줄을 타면 제3의 눈이 그녀의 성취를 더욱
확고히 한다는 사실에 고마움을 느껴야 할 정도였다. 소정이의 임신
이라는 최악의 불운이 자신을 찾아왔을 때 그녀는 울지 않았다. 이
혼한 소정이가 미국으로 출국하던 날 그녀는 공항까지 배웅 나갔다.
차 안에서 소정이와 말을 섞으면서도 벌벌 떨리거나 하지 않았던 것
은 소정이와 다시는 만나지 않아도 될 것 같다는 안도감 때문이었다.
바다 건너란 가끔 타인으로부터 많은 것을 분리시킬 수 있다는 착각
을 불러일으킨다. 하지만 타인을 마음에서 삭제하고 제거하는 것은
바다가 아니었다. 몇 년 뒤 다시 들어온 소정이가 결혼하게 되었다며
만나자고 제안했을 때 그녀는 "또?"라고 운을 뗀 뒤 "왜?"라고 질문

했다. 그러고는 아무 말도 하지 않았다. 소정이는 어색하게 몇 마디 버벅대다가 전화를 끊었다. 그녀를 가끔 혼자 웃게 만드는 복수의 무용담은 그렇게 시시하지만 그 시시함에서 그녀는 위안을 얻곤 했다. 수목한계선처럼 더도 덜도 아닌 딱 그만큼이 그녀의 마음이 유연하고 안전하게 살아 움직이는 영역이었다. 선도 악도 그 안에서 사이좋게 공존했다. '너로 인하여'라는 핀잔을 받고 거짓말을 하지 못해 주저해 온 곳도 거기 어디였다. 그렇지만 김포발 제주행 비행기 입구 앞에 서 있는 그녀는 달랐다. 그녀는 자신이 과거와는 영 다른 곳에 서 있다는 것을 확실히 자각하고 있었다. 영애 버릇을 못 고친 건 당신 때문이에요. 무동을 태울 때는 신발을 신기랬잖아요. 신을 신지 않은 사람은 목적지를 함부로 바꾸게 된다니까요. 어머니의 우려가 현실이 되어 가고 있었다. 하지만 그녀는 아무것도 모르는 척 남자의 모습이 눈앞에 나타나기를 고대하고 있었다.

마침내 저만치로 키가 훤칠한 남자 하나가 빠른 걸음으로 다가왔다. 커다란 여행용 가방의 손잡이가 작은 크로스백 뒤에 부끄러운 듯 감추어져 있었다. 처음에는 허깨비인 줄 알았다. 그를 닮은 전혀 다른 사람이라고 착각할 뻔했다. 남자는 땀에 전 등산복을 걸쳤던 전날의 그 사내로 보이지 않았다. 레드 컬러 티셔츠에 심플한 원 버튼 재킷과 밝은 계통의 청바지를 갖춰 입고 있어 하루 전의 그와는 신분이 다른 사람, 나이가 다른 사람 같았다. 새로 산 옷이 아니라 방금 전 높은 온도에 맞춰진 다리미로 한껏 정성을 들이고 나온 것 같은 인상을 주는 것도 나쁘지 않았다. 그의 모습 어디에도 백 원짜리 동전을 던지던 소박한 아저씨의 모습은 찾아보기 어려웠다. 그녀는 힐끗 남자의 뒷덜미로 시선을 주었지만 동물의 혓바닥 자국을 분간해 내기에는 붉은색 티셔츠 칼라가 너무 빳빳하게 살아 있었다.

"짐이 거창해 보이죠? 며칠 치를 챙기다 보니."

그녀는 남자의 티셔츠 앞에 수놓인 상품 마스코트를 들여다보면서 어색하게 눈길을 피했다. 하지만 그녀의 태도를 달리 해석할까 봐 애써 고개를 들어 그를 마주 보았다. 남자는 가슴에 손을 얹고 얕은 숨을 내쉬었다.

"오다가 제가 탄 버스와 오토바이가 충돌해서 사고가 난 거 있죠. 길에서 이십 분가량이나 기다려야 했어요. 늦으면 어쩌나 얼마나 걱정이 되든지."

"저도 방금 도착했어요."

뱉어 놓고 보니 자신이 너무 바보 같다는 생각이 들었다.

"그런가요? 그만 들어가야죠?"

남자가 그녀의 팔뚝을 가볍게 잡으며 부축하듯 이끌었다. 그녀는 움츠러드는 기분을 티 내지 않으려고 원피스 옆 자락을 공연히 만지작거렸다. 남자의 옷차림이 달라졌듯 그녀 역시 마찬가지였다. 시스루 소재의 은색 프릴 블라우스 위에 검정색 벌룬 스타일의 슬리브리스 원피스를 입어 화려하고 무난하면서도 로맨틱한 느낌이 들도록 신경을 썼다. 다음 달에 지불해야 할 카드 값은 이제 포화상태를 향하고 있었지만 그녀가 느끼는 건 안도감이었다. 구지레한 청바지와 티셔츠, 그것도 작은오빠가 다니는 여행사 로고가 찍힌 옷을 입고 비행기 타고 싶지는 않았다. 그나마 동대문이라는 야간매장이 있어 모든 것이 가능했다. 작은 흰색 클러치백을 어깨에 멘 그녀는 두 손을 앞으로 모으고 들어가 티케팅을 끝냈다. 비행기 안에 들어가 각자의 자리를 향해 돌아서면서 그녀는 슬쩍 남자의 얼굴을 엿보았다. 그녀의 좌석은 남자의 것보다 두 칸 앞이었고 방향은 반대였다. 그의 표정 어딘가에 그녀의 거짓말을 듣던 순간의 놀라움이 남아 있을 것 같아 그녀는 자꾸만 남자 쪽을 주시했다.

좌석에 기대 앉아 이제 뭘 어떻게 해야 하나 걱정하고 있을 때 여기저기서 휴대폰 끄는 소리가 들렸다. 종료 버튼을 누르려고 폴더를 열다가 문자 하나를 발견했다.

　다시 만나 반가워요.

모르는 번호였다. 그녀는 얼른 남자 쪽을 돌아보았다. 그가 웃으면서 손을 흔들고 있었다. 각자의 자리로 갈라서기 전에 남자가 전화번호를 물었을 때 무슨 까닭인가 싶으면서도 거리낌 없이 번호를 불러주었다. 제주공항에서 곧장 헤어져야 하거나 헤어져야 할 거라고 그가 짐작했을 수도 있는 일이었다. 그녀는 글자를 쳤다.

　저도요.

하마터면 늦을세라 쫓기는 사람처럼 얼른 확인 버튼을 눌렀다. 편지가 도착하기도 전에 또 다른 문자가 날아들었다.

　제 이름은 윤기훈이에요.

알고 있어요, 하려다가 참았다. 비행기에서 휴대폰을 끄라는 방송이 연거푸 들렸다. 그녀는 남자의 전화번호를 입력하고 싶은 충동을 느끼고 메뉴를 눌렀다. 순간 왜 그랬을까. 휴대폰 끄라는 방송이 그녀의 마음을 조급하게 만든 걸까. 그녀는 이수환이라는 이름을 찾아 편집을 눌렀다. 잠시 후 남자의 전화번호는 이수환이라는 이름 속으로 들어갔다. 이수환의 이름 위에 그의 전화번호가 얹힌 것이다. 분명히 우발적으로, 장난 삼아 벌인 일이었다. 저장을 누르고 나서 휴대폰을 껐다. 뒤돌아보고 싶은 충동을 억제하며 그녀는 가만히 앉아 있었다. 자신이 방금 했던 행동의 의미가 되새겨졌다. 그녀의 손에 의해 두 남자는 한 사람으로 편집되고 말았다. 그렇다면 새로 생겨난 그 사람은 이수환인가 윤기훈인가. 아니면 이수환도 윤기훈도 아닌 또 다른 사람인 걸까. 그녀는 도리질을 쳤다. 그건 그냥 장난 삼아 벌인 일이었다. 어떤 의미부여도 곤란하다. 정 찜찜하다면 제주에 도착해 이수환이라는 이름에서 전화번호를 빼내 와 윤기훈이라는 새로운 항목을 만들면 그만인 문제였다. 그러면 한 사람은 다시 두 사람으로 분열되지 않을 수 없을 것이다. 그러니 아무 일도 아닌 것이다. 만난 지 겨우 하루밖에 안 된 남자가, 유부남에 불과한 이가 이수환이라는 긴 그림자를 먹어치울 수 있단 말인가. 그런저런 생각을 하다가 까무룩 잠이 든 것이야말로 불가사의한 일이었다.

십오 분가량 푹 자고 났더니 실내의 빛깔이 바뀌어 있었다. 구름에 반사되었다가 되돌아온 햇볕에는 촉촉한 물기가 스며 있었다. 꺼진 휴대폰을 아쉬운 듯 만지작거리다가 핸드백에 집어넣는데 입에서 커다란 재채기가 터져 나왔다. 몸의 밑바닥까지 흔들리는 느낌을 추스르며 남자를 돌아보았더니 그는 자리에 없었다. 그녀가 통로에 서 있는 그를 찾아내 다가갔을 때 남자가 말했다.

"아침에 겪었던 교통사고를 생각하고 있었어요."

“누군가 다쳤나요?”

“네. 중상을 입은 것 같았어요. 목을 가누지 못하더군요.”

“아, 안됐네요.”

그녀는 걱정이 가득한 얼굴로 혀를 찼다.

“인상에 남는 것은 부상자가 들것에 실려 가면서도 부서진 자기 오토바이에서 눈을 떼지 못했다는 거예요.”

“오토바이요?”

“네. 제가 탄 버스와 오토바이가 충돌했었다니까요.”

“아 네, 죽지 않은 게 다행이군요.”

“그러게 말이에요.”

그때 뚱뚱한 중년 여성이 다가오더니 길을 비켜 달라는 듯이 두 사람 곁에서 걸음을 멈추었다. 화들짝 놀란 남자가 몸을 납작하게 돌려세우며 그녀를 구석진 자리로 이끌었다. 방해받지 않는 곳에 자리를 잡고서야 남자는 그녀의 어깨에서 손을 놓았다. 오토바이가 좀 비싸 보였어요. 자신의 음성이 좀 허황되다고 느꼈는지 남자는 자꾸만 침을 삼켰다. 그녀는 무슨 이야기인지 다 안다는 듯이 고개를 끄덕였고 좀 더 낮은 소리를 내기 위해 그에게 바싹 얼굴을 들이댔다.

“몇 년 전에 전철역에서 보았던 건데요, 학생처럼 보이던 청년이 계단을 다 올라오더니 갑자기 쓰러지는 거예요. 헌혈을 한 모양인지 팔뚝에 주사 자국이 나 있더라고요. 그런데 그는 기절하지 못했어요. 왜 그랬는지 알아요?”

“설마 오토바이 때문은 아니었겠죠?”

그가 하하하 웃으면서 재미있는 말 아니냐는 표정으로 그녀의 어깨를 툭 쳤다. 그녀는 눈을 내리깔면서 앞자리에서 빵 봉투를 끄르는 아이의 행동을 지켜보고 있었다. 방부제가 들어 있지 않을 것 같은 식빵은 고소한 냄새를 풍기며 몸을 반으로 접었다.

"가방 때문이었어요. 그는 옆으로 내팽개쳐진 자기 가방에서 눈을 떼지 못했어요. 어떤 센스 있는 아저씨가 가방을 청년의 머리에 받쳐주고 나서야 잠들 듯이 기절하더군요. 어깨 힘이 풀어지면서 표정이 부드러워지니까 제가 다 안심이 되던데요."

"아, 그랬군요."

그 뒤로는 한참 동안 서로가 아는 희귀한 교통사고 사례에 관한 정보를 주고받았다. 그것이 바닥났을 때는 서로의 헌혈경력으로 넘어갔다. 그녀는 생각했다. 이야기는 무궁무진하고 해야 할 말은 끝이 없구나. 그녀가 거기서 느낀 것은 또다시 그 연대감이었다. 그것은 어쩌면 '있었구나!'에서 비롯된 감정인지도 몰랐다. 그러다가 자신이 방금 전 이수환이라는 이름에다 윤기훈의 전화번호를 덮어씌운 것을 기억해 내고는 아찔한 현기증을 느꼈다. 남자의 전화번호가 핏물처럼 이수환이라는 이름 속으로 흘러들어 가는 장면이 눈앞에 펼쳐졌다. 마침 그때 스튜어디스의 안내방송에 따라 다시 자기 자리로 돌아가지 않으면 안 되는 상황이 벌어졌다. 각자의 자리로 갈라서면서 그가 그녀의 팔에 슬며시 손을 댔다 놓았다.

비행기의 트랩을 내려오면서 다시 어깨가 부딪쳤을 때에는 약간의 두려움이 그녀를 엄습했다. 이건 아니라는 생각이 드는 순간 '난 지금 수환을 만나러 가는 길이야'라는 결심을 구명밧줄처럼 붙잡았다. 하지만 그건 지푸라기와 같이 너무 나약했고 실체도 분명하지 않았다. 트랩을 다 내려갔을 때 그녀는 쓸데없는 우려에 종지부를 찍고 싶다는 강한 열망을 담아 이렇게 말했다.

"제가 만나야 할 친구는 사진작가예요. 그는 자신이 원하는 걸 찍기 위해 자연에서 한뎃잠을 자는 것도 불사하는 남자랍니다."

11

렌터카를 인수받으러 간 남자는 십오 분이 되어도 돌아오지 않았다. 그녀는 500밀리리터 생수병을 절반 가까이 비운 상태였다. 제 이름은 윤기훈이에요. 출구를 빠져나오고 난 뒤 남자는 그녀에게 다시 한 번 주지시켰다. 알아요. 그녀는 속으로 그렇게 중얼거린 뒤에야 자신의 이름을 묻는 것일지도 모른다는 생각을 했다. 저는…… 전영애라고 해요. 하지만 차마 입 밖에 꺼내기는 어려웠다. 그녀의 이름은 그녀가 소속된 패밀리의 윤기로 반짝거리는 중이었다. 휴대폰 번호가 노출된 것은 어쩔 수 없는 일인 것 같았다. 그에게 가짜 이름을 대고 싶지는 않았다. 그러니 거기까지였다. 저도 렌터비 낼게요. 그녀는 호들갑을 떨면서 지갑을 열었다. 남자는 그녀의 손을 이용해 그녀의 지갑을 조용히 닫았다. 여기서 기다려요. 그가 보이지 않자 부끄러움은 약 오른 고추처럼 탱탱해졌다. 단지 서귀포로 데려다 주시면 돼요, 겨우 십 분 전에 그렇게 부탁해 놓고 렌터비를 낸다고 하다니. 미친 거 아니야, 정말? 그녀는 자신을 나무라고 또 나무랐다. 거기에 배어 있을, 그녀에게조차 분명치 않은 어떤 욕망을 그가 읽어 냈을까 봐 두렵고 겁이 났다. 께름칙한 기분에 떠밀려 수환에게 문자를 보냈다. 목소리를 듣는 것만으로도 외로움을 덜 수 있을 것 같았다. 언제나 툭툭거리는 것처럼 보여도 속이 얼마나 따뜻한 남자인지 누구보다 잘 알고 있는 그녀였다. 어디든 그가 제주도에만 있어 준다면 왠지 모르게 안심이 될 것 같았다.

지금도 제주도야?

'지금도'를 '여전히'로 바꿨다가 다시 '오늘도'라 고치고 확인 버튼을 눌렀다. 답은 오지 않았다. 보나마나 늦게까지 술을 마셨을 테니 깊이 잠들어 있을 시간이었다. 솔직히 그는 성실한 남자는 아니었다. 가끔 한뎃잠을 자기는 하지만 자신이 원하는 사진을 찍기 위해 그런다고는 믿지 않았다. 그녀는 생수병을 열어 벌컥벌컥 물을 들이켰다.

저만치에서 빵빵거리는 소리가 들렸다. 운전석에 올라타 빨리 오라며 손을 저어 대는 남자의 모습이 우스워 픽 웃고 났더니 가슴을 조이던 긴장감이 스르르 풀어졌다. 그녀가 자동차로 다가갔을 때 남자가 말했다.

"문자 왔던데 잘못 보낸 거죠?"

"네?"

그녀가 어리바리하게 반응하자 남자가 자신의 휴대폰을 치켜들며 흔들어 댔다. 그러고도 한참이 지나서야 그녀는 무슨 일이 벌어졌는지 비로소 이해하게 되었다. 그녀의 문자 메시지를 받은 사람은 윤기훈이었다. 보내기는 이수환에게 보냈으나 받은 사람은 윤기훈인 것이다. 남자는 수환과 그가 한 사람이 되었음을 선언하고 있는 것인가. 윤기훈은 이수환이고 이수환은 윤기훈이란 말인가. 그렇다면 그들을 동일한 코드 안으로 통합시킨 것은 그녀였다. 윤기훈의 전화번호가 이수환이라는 심장을 먹어치우도록 도운 것은 그녀임이 자명해졌다.

전화기 안에는 여전히 이수환이라는 항목으로 묶여 있지만 그건 더 이상 어제와 같은 이수환이 아닌 것이다. 그녀는 멍하게 서서 고개를 갸웃거리다가 낭패감에 짓눌리며 남자의 옆자리로 올라탔다.

"생각이 안 나요."

"뭐가요?"

"제가 만나기로 한 친구의 전화번호 말이에요, 어떡하죠?"

그랬다. 의미가 달라진 것은 이수환이라는 이름만이 아니었다. 그의 전화번호 역시 그녀의 기억에서 감쪽같이 사라지고 말았다. 어제까지만 해도 술하게 걸었던 전화번호가 오래전에 꾸었던 꿈처럼 까마득해졌다. 기억나는 건 고작 017까지였다. 그건 아무래도 문명의 농간인 것 같았다. 일일이 번호를 눌러야 통화가 가능했던 시절이라면 그런 일은 일어나지 않았을 것이다. 단축번호 1번을 누르면 그의 전화번호와 그의 이름이 화면에 나타나는데 그녀가 주시한 것은 이름이지 숫자는 아니었다. 거기에 재앙의 씨앗이 숨어 있었다고 단정할 수밖에 없다. 그녀는 주먹으로 자신의 명치를 쳤다. 그렇더라도 이건 너무한 일이 아닌가. 마음이라는 게, 10년 가까운 시간을 걸다시피 몰두했던 사랑이 고작 이런 거였나, 이토록 무력한 것이었나.

그녀는 자신의 어떤 실수가 그와 같은 사고를 불러일으켰는지 약간의 징징거림을 섞어 가며 설명했다. 그러자 때맞춰, 마치 그녀 내면에서 일어나고 있는 과장된 반응을 다 읽고 있었다는 듯 남자가 말하는 것이었다.

"통화목록을 확인하면 되는데."

무심을 가장한, 아주 가벼워서 지나치는 말투 같았다.

"아하!"

그녀는 재빨리 고개를 끄덕였다.

"사진 찍어요."

아무려면 무슨 상관이냐는 듯 휴대폰 자판을 두드려 촬영 준비를 끝낸 남자가 그녀의 볼에다 자신의 볼을 갖다 댔다. 뭔가를 생각할 틈도 없이 찰칵, 하고 한순간이 지나갔다. 그에게서 나는 좋은 냄새가 취기처럼 그녀를 사로잡았다. 오랜 친구 이수환과의 연대감은 그렇듯 한 순간이 다른 순간과 함께 거두어 가고 있었다.

"제 이름은 전영애예요."

다시 한 번 찰칵!

"여기 찍힌 것은 우리들 이름이라는 거, 알죠?"

그녀가 말했다. 남자가 그녀의 옆구리에 팔을 둘렀다. 부끄러움이 얼굴을 향해 솟구치는 표정을 다시 찰칵! 세 번째 찰칵 소리가 들리면서 그녀는 자신이 어떤 일에 동조했는지 서서히 깨달아 가기 시작했다. 유부남과의 다정한 포즈라니. 자신의 입에서 맙소사, 라는 한숨이 터져 나옴과 동시에 기겁을 하면서 남자의 휴대폰을 빼앗아 방금 찍힌 장면을 사사삭, 지웠다. 그것은 유부남이라는, 그를 지칭하는 최악의 단어를 향한 시퍼런 노기요, 적개심이었다. 지금은 무관해 보여도 그 단어 하나가 그녀의 인생을 어떻게 망칠지 알 수 없는 노릇이 아닐까. 남자는 멋쩍게 웃으면서 돌려받은 휴대폰을 주머니에 쑤셔 넣었다.

자동차는 서귀포로 길을 잡았다.

잠깐 비가 뿌리는 듯했으나 이내 해가 나더니 텁텁한 공기가 차 안으로 밀려들어 왔다. 쌓아도 쌓아도 자꾸 흘러내리는 모래성처럼 어색함은 순간순간 파고들며 깊은 침묵을 숙제처럼 던져 놓았다. 방금 자신의 행동이 몹시 비겁했음을 알아차린 그녀는 스스로 무안했고 그 무안함을 합리화하는 과정에서 방어적인 감정이 발생했다. 제주도 참 좋다! 무성의한 멘트가 효력을 발휘하지 못하자 눈 좀 붙여요, 라는 소리와 함께 음악이 흘러나왔다. 네 마음을 굳이 다스릴 필요는 없어 너의 상상을 향해 좇아가는 너 자신을 사랑해 러뷰 러뷰…… 눈을 감자 길게 늘어진 붉은 천이 섬 바람에 나부끼면서 슬몃슬몃 그녀의 몸을 건드렸다. 그녀는 내키지 않는 차에 억지로 올라탄 거만한 여행객처럼 팔짱을 낀 채 의자에 등을 기댔다.

"만나기로 한 분이 남자친구인가요?"

불쑥 끼어든 질문에 그녀는 멈칫 놀랐다. 선잠에서 깨어난 기분을 떨치려고 손잡이를 꽉 움켜잡았다. 남자의 음성이 왠지 따지는 말투 같다고 그녀는 느꼈다. 특히 남자친구라는 단어에 방점이 찍혀 있는 게 불쾌감을 유발시켰다. 말끝을 위압적으로 내린 것도 수상하기 이를 데 없었다. 뭔 상관인데?…… 그녀는 더듬어 보았다. 아무래도 렌터비를 내겠다고 했던 말, 거기서 오해가 생겼을 거라는 진단이 내려졌다. 자기가 저지른 실수지만 무지 찜찜하고 아니꼬운 행동이었다. 그런 말은 하지 말았어야 했다는 반성만으로는 아무것도 보상되지 않았다. 그렇다고 방금 전에 했던 그 말은 실언이니까 염두에 두지 마세요, 라고 할 수도 없는 일이 아닌가. 남자는 염두에 두지 말라는 말을 마음껏 염두에 둘 것 같은 표정이었다. 혹시 그는 렌터비 운운한 걸 두고 함께 시간을 보내자는 뜻으로 받아들인 것일까. 그런 걸까. 이 반질반질하게 생긴 유부남 아저씨가.

그게 연애하자는 말이 아니면 뭐였는데?

생각이 거기에 이르자 그녀는 어쩔 수 없이 자신의 전화기를 떠올렸다. 이건 그 전화기가 초래한 저주이지 마음과는 상관이 없었다. 변질된 것은 마음이 아니라 전화기였고 거기에 입력된 정보였다. 남자가 대답을 재촉하듯 그녀를 힐끗 쳐다보며 웃었다. 조도가 알맞게 드러난 그의 표정을 엿보는 순간 아무 생각도 나지 않았다.

"네, 그는 아마 서귀포에 있는 미도호텔에 묵고 있을 거예요."

거기까지 말하고 난 뒤 그녀는 고개를 숙였다. 남자가 예약된 호텔이 서귀포에 있다고 이미 밝혔던 사실과는 아무 연관도 없었지만 왠지 그가 연관을 시킬 것 같아 찜찜했고 그 찜찜함을 견디기 힘들어 미도호텔이라는 구체적 이름을 댔으나 결과적으로 그게 더 꺼림칙한 노릇이 되고 말았다. 미도호텔이라면 그녀의 가족들이 제주도에 올 때마다 이용하던 숙박업소였다. 그녀가 더 이상 아무 말도 하고 싶어 하지 않는다는 걸 눈치챘는지 남자도 입을 다물었다. 그가 고개를 끄덕였는지 갸웃거렸는지는 보지 않아 알 수 없었다.

"저를 미도호텔로 데려다 주시면 고맙겠어요."

그녀는 잠시 말을 끊고 뚜껑을 열어 생수를 조금 마셨다. 남자는 그게 어디쯤에 있는 호텔인지 묻지 않았다. 그녀 역시 제주시에서 그를 위해 예약해 두었다는 호텔이 어느 호텔인지 궁금하다는 말은 하지 않았다.

그때였다.

바로 옆으로 요란한 굉음을 내며 빨간 스포츠카 한 대가 따라붙었다. 성별을 구별할 수 없는, 하지만 몹시 늙은 것임에는 분명한 사람이 집시 킹이 부르는 '호텔 캘리포니아'에 맞춰 상체를 흔들어 대고 있었다. 이글스의 '호텔 캘리포니아'가 오토바이를 타고 낯선 도로를 시원하게 질주하는 것 같은 데 반해 집시 킹이 부르는 그 노래는 왠지 고정된 자전거 위에 앉아 헛발질을 하는 느낌이었다. 그래서일까. 소란스러운 굉음에 비해 차의 속도는 그다지 빨라 보이지 않았다. 늙은 주인의 우스꽝스러운 몸집도 차의 속도를 떨어뜨리고 있는 것 같았다. 수많은 주름을 덕지덕지 포개 놓은 몸이 어찌나 뚱뚱하던지 몸이 흔들릴 때마다 스포츠카는 이리저리 위태롭게 기우뚱거렸다. 언뜻 보기에도 운전석에 들고나는 것이 거의 불가능할 것 같은 몸매였다. 하지만 하얗고 깨끗한 옷을 펑퍼짐하게 걸친 그는 어쨌거나 운전석에 끼어 앉아 있었고 혼자였으며 혼자인 게 몹시 편안해 보였다. 머리에 모자처럼 씌워 놓은 붉은 수건에는 어딘가의 지도가 그려져 있었다. 그녀의 입에서 '미쳤어'라는 말이 튀어나올 뻔했으나 딸꾹질을 참을 때처럼 잠깐 숨을 멈추고 물을 더 마셨다. 물맛은 처음에는 밍밍했으나 뒷맛은 떫었다. 뚜껑을 닫고 소리 내어 흔들어 대다가 병을 발밑으로 내려놓고 굴렸다. 멀리 앞서 가던 스포츠카는 더 이상 보이지 않았다.

차가 단지 언덕 같은 곳으로 접어들었다고 느꼈는데도 귓속이 멍멍하고 머리가 무거워져 왔다. 해발 일천 미터 가까이 이르면 나타나는 증상이었으므로 처음에는 그러려니 했으나 눈앞에 펼쳐진 길이 한없이 생소해 보이는 것은 조금 의외였다. 제주도를 꽤 안다고 생각했던 그녀로서는 눈에 선 길은 그 자체로 이미 모험이었다. 그녀는 화산재로 짐작되는 검은 바위가 길가 여기저기 듬성듬성 놓여 있는 것을 구경하다가 자기도 모르게 그것을 세기 시작했다. 하나 둘…… 다섯 여섯…… 그러던 어느 순간이었다. 자동차만 한 크기의 바위 하나가 길 한가운데 버티고 있는 것이 눈에 딱 들어왔다. 눈 깜짝할 사이 벌어진 일이라 그녀는 바위가 갑자기 길 가운데로 뛰어든 것 같은 착각을 느꼈다.

"피해요!"

그녀의 다급한 외침이 다 끝나기도 전에 렌터카의 핸들이 남자가 보여 준 의지와는 역방향으로 180도가량 돌아갔고 잠시 후에는 또다시 반대 방향으로 360도가량 회전했다. 주체하기 힘든 어지럼증에 그녀는 재빨리 눈을 감았다. 그것만이 두려움을 잊을 유일한 방법이라는 듯이. 그 뒤로는 아무것도 기억나지 않았다.

12

잠시 후 눈을 떴을 때 그녀의 한쪽 얼굴은 흙 속에 깊이 파묻혀 있었다. 바로 코앞까지 안개가 밀려와 있었다. 저만치로 이름을 알 수 없는 들꽃이 희미한 빛깔을 드러낸 채 숲의 물기를 게워 내는 중이었다. 그녀는 입술 언저리가 왠지 흥건하다는 느낌을 받고 슥 문질러 보았다. 다행히 손에 묻은 것은 피가 아니라 흙과 뒤범벅된 침이었다. 그녀가 숯처럼 검은 흙 속에서 얼굴을 꺼내 왼쪽으로 살짝 뒤틀었을 때 남자 역시 흙 속에서 막 얼굴을 끄집어내는 중인 것 같았다. 그녀가 고개를 완전히 치켜드는 순간 짐승의 혓바닥 자국으로 짐작되는 흔적이 그녀의 시야를 꽉 채워 왔다. 거기에 검은 흙이 묻어 있는 것을 발견하고 그녀는 얼굴을 찡그렸다. 아주 오래된, 버리기 싫은 장난감에 이물질이 묻어 있는 것을 본다는 것은 그리 유쾌하지 않았다. 그녀는 흙을 털어 내고 싶은 충동을 어쩌지 못해 손을 내뻗었으나 자기 손등의 빛깔이 자기가 소속된 패밀리의 기름진 윤기라는 것을 알아차리고는 시무룩이 거두어들였다.

그때 어디선가 짜자자자작, 하는 이상한 소리가 들렸다. 매우 크고 날카로웠으며 마음 저 밑바닥까지 전달되는 울림은 아닌 게 아니라 섬뜩하고 요사스러웠다. 밥이 끓는 것 같은가 하면 바위가 쪼개지는 것 같기도 했다. 온 우주의 에너지가 그 소리를 향해 모아져 있었다. 낯선 소리는 그녀와 남자가 안간힘을 다해 일어나 앉을 때까지 이어졌다. 두 사람은 동시에 몸을 일으켰고 부름이라도 받은 듯 소리를 따라 안개 속으로 휘적휘적 걸어 들어갔다. 풀숲 저 안쪽 희끄무레한 그림자에 도착했을 때조차 그것이 무엇인지 그녀는 분명하게 상상할 수 없었다. 그녀가 호기심 어린 눈을 빛내며 막 그림자에 손을 대려는 순간이었다. 하얗고 깨끗하던 숲이 갑자기 거대한 용틀임을 하는가 싶더니 공중으로 붕 떠오르며 솟구쳤다.

"어이, 씨원~하다."

그녀는 남자와 함께 벌렁 뒤로 나자빠지고 말았다. 무엇보다 소리의 위력 때문이었다. 세상의 어떤 질서조차 그 소리 앞에서는 움츠러들지 않고서는 배기지 못할 정도로 뭔가에 대한 확신과 가늠하기 어려운 권위로 가득 차 있는 목소리였다. 위가 아래가 되고 하늘이 땅이 되는 것 같았다. 뾰족한 돌멩이에 엉덩방아라도 찧었는지 어쨌는지 남자가 혼비백산 비명을 질렀다. 흰 숲이 몸을 획 돌렸을 때서야 그녀는 어렴풋이 뭔가를 알아차렸다. 흰 숲은 나무나 풀이 아니라 엄청난 몸집을 가진 사람이었다. 그가 자라처럼 속에다 깊이 집어넣었던 얼굴을 자신감 있게 들어 올리는 순간 모든 것이 분명해졌다. 그의 머리에는 어딘가의 지도가 그려진 붉은 수건이 모자처럼 씌워져 있었다. 그는 새빨간 스포츠카를 타고 달리던 그 노인이었고 그녀의 짐작이 틀림없다면 할아버지가 아니라 할머니였다.

할머니가 비켜선 자리에는 폭이 10센티미터는 됨직한 물길이 기다랗게 나 있었고 소변이 아니라고는 도저히 말하기 힘든 액체가 뜨거운 열기를 피워 올리며 막 땅 속으로 잦아들고 있었다. 말하자면 방금 전 할머니는 쪼그리고 앉아 오줌을 누고 난 뒤 엉덩이를 털며 몸을 일으킨 것이었다. 거인할머니가 히죽 주름으로 포개진 살집을 일그러뜨리며 웃음을 터뜨리자 가까운 곳에서 놀란 까마귀 떼가 포르르 날아올랐다.

"일어나서 다행이다. 안 그래도 오줌 누고 나서 깨울 참이었는데."

거인할머니는 방금 혼자 힘으로 자신의 스포츠카와 남자가 빌린 렌터카를 길 위로 끌어올렸다며 자랑을 늘어놓았다. 그런 다음 두 사람을 데리러 다시 내려왔다고 했다. 내 덕에 목숨 건진 줄이나 알아. 그 순간 할머니의 목소리는 너무나 평범해서 그것이 거인의 입에서 나온 그 음성이 맞나 의심이 갈 정도였다. 목소리가 사실적인 감각을 일깨운 것일까. 그녀의 정신을 아찔하게 했던 혼미함, 일말의 환상성 같은 것이 사라지면서 노인은 그저 지나치게 뚱뚱한 어떤 할머니로 다가왔다.

"가자."

거인할머니가 살집을 출렁거리며 앞장섰다. 숲을 헤치고 앞으로 나아가는 솜씨가 예사롭지 않았다. 할머니가 발걸음을 옮겨 놓을 때마다 엄청난 몸집에 놀란 나무며 가시넝쿨들이 알아서 사사삭 길을 터 주었다. 뒤에서 보면 할머니의 어디가 엉덩인지 다리인지 허리인지 도저히 분간이 가지 않았다. 하지만 몸놀림은 빠르고 가볍고 경쾌해서 대책 없는 비만환자라는 생각은 들지 않았다.

"둘이 무슨 사이야?"

저만치 뒤처진 남자를 돌아보며 거인할머니가 속삭였다. 남자는 손톱 밑을 들여다보며 뭔가를 긁어 내고 있었다. 친구들에게 수환과의 관계를 추궁당할 때만큼은 아니지만 그래도 부끄러웠다. 자신을 사로잡았던 저속한 욕망들에 관해 어쩐지 이 할머니는 다 알고 있을 것 같았다. 다행히 쪼글쪼글한 살결과는 달리 할머니의 눈빛은 아이처럼 투명하고 맑아서 그녀는 그와 같은 수치심을 금세 잊을 수 있었다.

그러다가 할머니 얼굴을 마주 보며 그녀는 픽, 웃지 않을 수 없었다. 단단하게 각진 오른쪽 턱 아래에는 커다란 사마귀 하나가 나 있었는데 울퉁불퉁 쥐어뜯긴 것 같은 사마귀 위에는 하얗고 기다란 털 하나가 솟아나 자라는 중이었다. 또다시 대책 없는 충동이 솟구쳐 올랐다. 그 털은 마치 자기를 뽑아 달라고 호소하는 것 같았다. 털은 주체할 수 없이 길었지만 꽤 뻣뻣하게 살아 있어서 그것을 제거하는 것은 살아 있는 생명에게 악의를 드러내는 것과 비슷한 느낌일 것 같았다. 아무 짓도 하지 않았으나 형언할 수 없는 죄의식이 그녀를 상처 입혔다. 그것은 아마 지금까지 느꼈던 모든 충동이 사람들에게 강한 반발과 저항을 불러일으켰기 때문일 것이다. 그녀는 노인의 흰 털과, 사마귀와 바늘땀을 뜬 것 같은 얼굴 여기저기를 눈으로 더듬으며 자신의 알 수 없는 충동과 거기에 반드시 따라붙는 죄의식에서 해방되려고 안간힘을 다하고 있었다. 그러고 나서 봤더니 붉은 두건 밑으로 드러난 노인의 머리카락은 완전한 백발이었다.

"그게……."

그녀는 어떤 식으로든 대답을 해야 한다는 강박에 떠밀려 뭔가를 말하려고 했지만 자신에게는 아무 할 말이 없다는 사실을 깨닫지 않을 수 없었다. 다행히 거인할머니의 표정은 대답을 꼭 듣겠다는 사람의 그것이 아니었다.

"난 결혼식에 가는 중이야. 빌어먹을 사고 때문에 조금 늦은 것 같아."

그녀는 노인을 따라잡기 위해, 가급적 나란히 걷기 위해 종종걸음을 쳤다. 거인할머니 역시 길 한복판에 놓인 바위를 피하려다 사고가 났다고 했다.

"어떤 놈인지 바위를 아무렇게나 취급한 자식을 찾으면 가만두지 않겠어."

할머니가 커다란 주먹을 도깨비 방망이처럼 치켜들었다. 할머니는 장난을 친 게 누군지 짚이는 데가 있는 것 같았다. 그러면서 커다란 덩치에 걸맞지 않는 걱정거리를 드러냈다.

"아무래도 신랑이 오해하는 건 아닌지 모르겠어."

"무슨 오해요?"

"내가 혹시 딴맘을 먹었는지 의심할 거 아니냐."

거인할머니는 말귀를 즉각 알아듣지 못하는 게 답답한 모양인지 선량하게 생긴 눈으로 그녀를 흘겨보았다. 무슨 소린지 도통 알 길이 없던 그녀는 잠자코 걷기만 했다. 뭐부터 물어봐야 할지 감이 잡히지도 않았다. 남자는 어느새 바로 옆까지 따라와 걷고 있었다. 그가 자기 존재감을 알리려는 듯 헛기침을 연거푸 하자 그녀는 얼굴을 찡그리며 눈치를 주었다. 할머니가 말했다.

"오늘이 나의 3,214번째 결혼식이거든."

"겨, 결혼식요? 할머니가 신부라고요?"

"그래, 내 결혼식, 신랑이 아무래도 토라졌을 것 같아. 이번 남자는 좀 옹졸한 인물이거든. 가진 것도 없고. 그래도 벌을 다루는 솜씨 하나는 끝내주지, 흐흐흐흐흐."

"벌이라니요?"

"이 섬에 못된 벌들이 날아든 건 알고 있니?"

"처음 듣는데요."

"하여간 기자놈들이란…… 그렇게 방송에 내보내 달라고 부탁을 했는데……."

"무슨 말씀이세요?"

"한 이삼 년 전부턴가. 매년 8월 중순만 되면 어디서 왔는지 알 수 없는 벌떼가, 토종벌이 아닌 게 분명한 녀석들이 쳐들어와 내가 경영하는 과수원을 망쳐 놓곤 했단다. 이놈들은 꽃을 찾아다니는 게 아니라 과일을 탐내요. 주제도 모르고. 작년에도 애써 지은 배 농사를 완전히 망쳤잖아. 너 작년에 배 많이 못 먹었지, 비싸서?"

"네? 네에……."

"하여간 이놈들이 배 꼭지 부근에 한 번 앉았다 가기만 해도 하루도 안 돼 다 썩어 버려요. 새파란 곰팡이를 피우면서…… 그래도 사람이 죽으라는 법은 없는지 다행히 휘파람 하나로 이놈들을 다룰 줄 아는 남자가 나타났지 뭐니. 원래는 한라산 서쪽에서 뱀을 다스리던 작자여서 좀 꺼림칙하긴 했는데 뭐 배 농사를 망치는 것보다는 그 인물을 3,214번째 남편으로 맞아들이는 게 훨씬 유익한 일이지. 곧 팔월 중순도 다가오고……."

그녀는 헉, 하고 큰 숨을 내뱉었다. 정신이 하나도 없었다. 쪼글쪼글하고 뚱뚱한 할머니가 결혼식을, 그것도 삼천 몇 번째 결혼식을 한다는 것도 말이 안 되는 판에 벌이고 뱀이라니. 도대체 삼천 몇 번 결혼을 하려면 일 년에 몇 번이나…… 자식은 얼마나 되고…… 그녀는 당연한 듯 떠오르는, 지극히 인간적인 질문을 던져 보았다.

"그럼, 할머니는 3,213번이나 이혼하신 건가요?"

"이혼? 그게 뭔데?"

"이혼, 모르세요? 결혼을 물리는 거잖아요. 결혼을 하시려면 이혼을 하셨어야 하는 거 아닌가요?"

"결혼을 물리다니, 왜?"

"그야 처음에 원했던 것이 점점 아니다 싶어서……."

"내겐 원하는 게 많아. 그래서 결혼을 하지. 난 결혼이 좋아. 그런데 내가 원하지 않는 것까지 생각할 필요가 뭐 있어."

"살다 보면 그게……."

"대지의 온갖 것들에게 공명정대하게 마음 써 주는 거, 배려하는 거, 그게 내가 할 일이야. 뭔 말이 더 필요해?"

오 맙소사, 그렇다면 할머니 말씀은 그 많은 남자들을 한꺼번에 거느리고 산다는 이야기가 된다. 도대체 그들을 다 어떻게 감당하며…… 어떻게 먹여 살리고…… 그중에 질투하는 남자는 없는 걸까. 할머니 말을 들어 보니 있는 것 같았다.

"안 그렇게 봤는데 2,748번째 신랑이 질투가 유난한 것 같아. 길 가운데다 바위를 던져 놓은 것도 그 인간이 틀림없어. 저기 마라도에서 바람을 다스리는 영감인데 생긴 건 아주 곱상하고 점잖아. 하지만 속에 뭐가 들었는지 알 수가 있어야지. 하여간 속이 투명하지 않은 남자가 젤 골치 아파, 못써요, 못써……."

거인할머니가 혀를 내둘렀다. 그녀는 입을 딱 벌린 채 남자를 쳐다보았다. 그는 놀라운 이야기 앞에서 어떤 반응을 보이는지, 너무 놀라 질릴 것 같을 때는 어떤 표정을 짓는지 알고 싶었다. 그런데 남자는 어이없게도 풀숲으로 들어가 딸기밭을 헤매는 중이었다. 그가 쥐고 있는 산딸기에서 새빨간 액즙이 흘러내리고 있었다. 거인할머니가 손가락질을 하면서 고함을 질렀다. 됐어, 이제 그만 됐어, 하면서.

"그래도 결혼을 너무 많이 하신 거 아닌가요?"

노인이 화를 낼지도 모른다는 생각이 들어 얌전하면서도 목소리에 존경심을 가득 담아 물었다. 할머니는 그걸 말이라고 해?라며 눈을 치떴다.

"그럼, 나 혼자서 이 넓은 대지를 어떻게 해? 숲은 어떻게 다스리고 바람은 어떻게 잠재울 것이며 불과 용암은 또 어떡할 거야? 남편 없이 자식은 어떻게 키울 거며 땅속 두더지들 때문에 잠 못 잔다는 하찮은 이유로 전쟁을 일으키는 두꺼비 떼들을 어떻게 설득할 거야? 저 많은 밭과 바다와 염전과 해와 별들의 짓거리를 나 혼자서 어떻게 다 감당해? 결혼을 해서라도 이 섬에 사는 영감탱이들을 적절하게 눌러놓지 않으면 언제 다른 섬에 사는 경쟁자들이 나타나 내 것을 가로챌지 모르는 거야, 알아듣겠니?"

그래서 두더지하고도 결혼하고 두꺼비하고도 결혼했다는 말에는 더 이상 대꾸할 말을 찾을 수 없었다. 거인할머니는 흥분한 것 같았다. 하지만 "내가 두꺼비하고까지……"라고 넋두리 할 때조차 안됐다는 생각이 들기보다는 무섭고 겁이 났다. 그나마 오줌을 누고 나서 시원하다고 소리칠 때와 같은 위력적인 목소리는 아니어서 죽을 것처럼 주눅이 들지는 않았다. 아니, 그것은 부러움에서 비롯된 두려움인지도 몰랐다. 그녀는 이상하게도 할머니가 친근하게 느껴졌다. 위축되고 오그라든 감정 속에는 우와, 라는 감탄사가 숨어 있었다.

"막 결혼식을 끝낸 청춘남녀가 이곳으로 왜 몰려오는지 알아? 그건 내가 그들을 불렀기 때문이야. 하지만 아무도 나와 같은 꿈을 꾸지는 않더구나."

거인할머니의 불만스러운 어조가 산자락을 울릴 때였다. 먼 산에서 천둥이 울고 번개가 치더니 갑자기 사위가 깜깜한 어둠으로 조여들기 시작했다. 막 큰 바위를 돌아가던 할머니가 깜짝 놀라 펄쩍 뛰면서 길을 서둘렀다.

"아이구, 늦어 놓고 내가 지금 뭔 지랄이야. 3,214번째 우리 신랑이 화가 나서 결혼식 취소하면 큰일인데. 올 농사를 어떻게 하라고. 빌어먹을! 얘, 저 앞에 보이는 언덕 있지, 저기가 바로 큰길이야. 조심해서 가고…… 어쨌거나 너도 될 수 있으면 결혼을 많이 해라. 자식도 많이 낳고. 여자에겐 그게 힘이야, 알아듣겠니?"

그러더니 거인할머니는 쏜살같이 빠른 걸음으로 언덕을 넘어갔다. 잠시 후 스포츠카의 요란한 굉음이 들리다가 사라졌다. 그녀가 남자와 함께 언덕을 다 오르기도 전에 굵은 빗줄기가 쏟아지기 시작했다.

13

어딘지도 모르는 곳에서 그녀가 최초로 감지한 기억은 자신이 어떤 이상적인 감각 상태로 존재하고 있는 것 같다는 것이었다. 그게 뭔지를 골똘히 생각해 봤을 때 퍼뜩 따뜻하다는 단어가 떠올랐다. 그토록 더운 날씨에 미지근하면서도 불쾌하지 않다면 그건 좋은 징

조일 터였다. 그녀는 한 점 불빛을 키워나가는 심정으로 내면화된 온기를 조용히 더듬으며 응시해 나갔다. 그러자 자신의 몸이 군데군데 지각되기 시작했다. 머리와 몸통과 손과 발, 다리 같은 것…… 그 모든 감각이 손에 모아져 있다는 것도 차츰 분명해졌다. 일 초, 이 초…… 시간이 경과함에 따라 손의 느낌은 점점 더 뜨거워졌다. 그때의 기분을 뭐라고 설명하면 좋을까. 지금까지 알던 것과는 다른, 전혀 새로운 시간이 도래했다는 느낌이랄까. 손 안에 가득 채워진 감각과 거기서 생겨난 맑은 의식은 이전 기억에는 없던, 방금 세상에 태어났으므로 이름조차 붙이기 어려운 또 다른 현재였다. 하지만 경이로운 그것을 온전히 가져 보지도 못한 채 그녀는 갑작스럽게 눈을 뜨고 말았다. 알 수 없는 습관의 힘이 그녀를 당혹감에 빠뜨린 것이다. 그러자 동시에 찾아든, 절대로 뒤돌아보지 말라는 금기에도 불구하고 궁금증을 이기지 못해 돌아섰을 때와 같이 가슴이 덜컥 내려앉는 낭패감.

그녀가 엎어져 있는 곳은 차 안이었고 운전석 옆자리였다. 누군가 그녀의 손을 쥐고 있었다. 아니, 그녀가 상대편의 손을 잡았는지도 모른다. 그것이 어떤 의미를 품고 있다는 생각이 들자마자 그녀는 얼른 손을 빼냈다. 윤기훈, 그 남자였다. 그 역시 서서히 정신을 차리고 있는 중이었다.

"괜찮아요?"

남자의 어깨를 흔들면서 그의 전신을 훑어보았다. 눈에 띄는 외상은 발견하기 어려웠다. 자신의 몸을 살폈을 때도 마찬가지였다. 바깥은 안개 한 점 없이 훤한 날씨였다. 그녀는 발밑에 굴려 놓았던 물병을 집어 들고 물을 마셨다. 남자가 얼굴을 찡그리며 그녀를 향해 고개를 돌렸다. 눌린 자국이 나서 이마가 빨갰다. 방금 다려 입고 나온 듯했던 그 티셔츠는 많이 더러워져 있었다.

"아, 어떻게 된 거죠? 그 할머니는?"

"할머니요?"

그제야 그녀는 거인할머니를 떠올렸다. 그러고 보면 꿈이 아니었던 모양이다. 두 사람은 문을 열고 밖으로 나왔다. 언덕 위에 극성스럽게 피어 있는 범부채꽃과 가까운 곳에서 들리는 뻐꾹새 울음소리는 그곳이 '저기 어디'가 아니라 틀림없이 '여기 어디'임을 새삼 각인시키는 것 같았다.

"어땠어요?"

"뭐가요?"

"그 할머니 말이에요."

"어떻긴 뭐가 어때요."

남자가 쑥스러운 표정을 지으며 고개를 숙였다. 그러고는 킥킥거렸다. 그녀는 그의 정확한 마음이 짚히지 않아 고개를 갸웃거렸다. 시간이 조금 지났을 때에는 의외의 사실을 알게 되었다. 남자와 함께 거인할머니를 경험한 것은 사실이지만 그가 본 것은 그냥 길가에서 오줌을 누는, 엉덩이 큰 할머니였다. 그가 부끄러워한 것은 할머니의 커다란 엉덩이를 보았기 때문이었고 그녀의 질문을 그 엉덩이가 어떠냐고 묻는 것이라 오해했기 때문이었다. 게다가 남자는 마치 그 할머니가 대단찮았던 사고의 원인인 것처럼 말하고 있었다. 길 가운데 서 있던 바위는 보지도 못했다는 거였다. 그렇다면 그 바위는 어디에 있느냐고 그가 되물었을 때에는 그녀도 약간 당혹스러웠다. 화산재를 연상시키는 바위는 아무 데도 없었다. 어쨌거나 그와 같이 신비스러운

100

체험을 해 놓고도 겨우 남아 있는 기억이 할머니의 엉덩이라니, 그녀는 자신이 모욕당한 것 같은 기분이 들어 갑자기 소리를 빽 질렀다.

"정말 할머니가 3,214번째 결혼식에 가던 중이라고 한 말을 못 들었단 말이에요?"

"3,214번째 결혼식이요?"

"네, 3,214번째."

"아유 무슨 그런…… 그냥 평범한 농부 할머니를 가지고 무슨 상상을 하신 거예요. 그런 할머니랑 결혼할 3,214명의 남자가 세상에 어디 있다고."

"어머머머, 그런 할머니요? 지금 말 다하셨어요?"

그러자 남자는 웃음기를 싹 거두며 굳어졌다. 그 모습을 보자 더할 말도, 해야 할 행동도 없었다. 그들은 낯선 사이였고 그는 미궁이었으며 그 순간 그녀가 맛본 것은 쓰디쓴 단절이 불러온 낭패감이었다.

그녀는 그늘이 거의 없는 허술한 소나무 아래에 앉아 손으로 부채를 만들어 부쳤다. 남자는 문을 활짝 열어놓은 채 운전석에 앉아 담배를 피우고 있었다. 그녀는 자신이 그토록 큰소리로 시비를 건 이유가 무엇인지 곰곰이 생각하는 중이었다. 낯설다는 것은 분명 막막함과는 달랐다. 거기에는 알 수 없는 설렘과 두려움이 교차하고 있었다. 그녀는 궁금했다. 저 남자는 어떤 사람일까. 이미 결혼을 해 버린 유부남인 그가 그녀에 관해 생각하고 있는 것이 무엇이기에 지도에도 나와 있지 않을 것 같은 그 산등성이에 함께 머무르며 얼굴을 폈다 찡그렸다 하는 것일까. 과연 방금 전 그녀는…… 눈을 뜨지 말아야 했던 걸까.

그런 생각을 하다가 그녀는 오래전 수환의 술잔 밑바닥을 툭 쳐서 그가 생맥주를 뒤집어썼던 일을 떠올렸다. 수환은 입에 머금고 있던 맥주 한 모금을 그녀의 얼굴로 내뿜었다. 그렇게 시작된 장난은 술집 주인이 제지한 뒤에야 끝났다. 옷을 말린다는 핑계로 수환의 집에 따라갔다가 처음 보는 여자애와 부딪쳤다. 여자애는 거리낌 없이 집 안으로 밀고 들어왔고 "오빠 뭐야?" 하면서 오른쪽 검지로 수환의 가슴을 쿡쿡 찔러 댔다. 그가 잠깐 부엌으로 들어가자 여자애가 그녀를 향해 재빨리 일갈했다. "빨리 안 꺼져? 한 번만 더 오빠한테 지랄해 봐." 그때 어디서 그런 용기가 솟아났을까. 싸움이라고는 해본 적 없던 그녀였지만 왠지 물러서면 안 될 것 같았다. 절정을 앞둔 무대의 막을 서둘러 내리면 두고두고 후회하게 될 것 같았다. "너 방금 지랄이라고 그랬니?" 그녀는 히스테릭하게 소리치며 다짜고짜 여자애 머리끄덩이를 잡고 달려들었다. 끝장을 보고 싶었다. 죽어버리고 싶었다. 누군가로부터 품위보다는 치열함이 더 훌륭한 미덕이며 그것이야말로 승리를 보장한다는 지침을 내려 받기라도 한 것처럼 당당하고 자신만만했으며 거침이 없었다. 으르렁대는 소리를 듣고 부엌에서 달려 나온 수환이 여자애 팔을 움켜잡더니 다짜고짜 따귀를 올려붙였다. 긴 머리카락이 립스틱으로 범벅된 여자애 입술에 들러붙었다. 다음 장면은 지금까지도 다 이해 못할 수수께끼로 남아 있다. 여자애는 수환의 품에 철썩 안겼고 수환은 그 애를 감싸며 끌어안더니 머리에다, 그녀가 방금 죽어라 잡아당겼던 그 머리카락에다 입을 맞추었다. 복잡한 화학방정식으로 비쳤던 것은 두 사람의 이해 못할 행동이 아니라 그 배면에 숨어서 그들을 한 덩어리로 묶어 버렸을 시간이었고 그 시간에 대한 참을 수 없는 적개심이었다. 여자애와 안면이 전혀 없었던 것을 감안해 보면 수환을 먼저 안 것은 그녀였고 더 오래 가까이 있었던 것도 자신일 것 같았다. 그런데 시간은 어째서 그녀의 꾸준함, 변하지 않는 성실성을 편들지 않는 것일까. 그날 수유리 그곳에서 천호동 집까지 걸어서 갔다. 밤이었고 많이 헤맸으며 수없이 길을 우회해야 했다. 하지만 아무리 걷고 또 걸어도 다 소진되지 않는 외로움이 혓바늘처럼 남아 있었다. 길 위에서 그녀가 줄곧 응시했던 것은 시간이라는 원망스러운 벽과 그것에서 속수무책 소외되어 버린 한심하고 무능하기 짝이 없는, 슬픔이라는 옷을 걸친 자기 자신의 비루함이었다. 그녀는 생각해 본다. 그때 자신을 그토록 외롭게 만들던 그를 어떻게 용서할 수 있었을까. 그녀의 마음이 누구에게 무슨 거짓말을 어떻게 늘어놓았기에 몇 년이 지난 뒤에 다시 그를 찾아 제주도의 산간마을을 헤매고 있는 것일까. 자신은 정말 대책 없는 바보인 걸까.

그녀는 소나무 아래에서 벌떡 몸을 일으켰다. 어쩌면 그건 당연한 집착이었다. 그녀는 그의 심장을 통과한 적이 없다. 이수환이라는 남자를 마스터하지 못했다. 그뿐이었다. 그것이 집착을 만들고 스스로를 속이는 거짓말쟁이로 만든 거였다.

하지만 과연 한 사람이 다른 사람을 진정으로 마스터할 수 있을까. 그게 가능한 일일까. 그렇다면 그 후로 어째서 그 여자애를 다시 보지 못했으며 그 애는 왜 수환의 여자로 확정되지 못했을까. 그녀 앞에서 그들이 펼쳐 보인 랑데부는 환상이었을까. 그녀가 확신할 수 있는 것은 아무것도 없었다. 수환 역시 언제나 미궁이었고 손에 잡히지 않는 신기루였다. 그래서 더 수수께끼 같은 일이기도 한 것이다.

그녀는 천천히 자동차로 다가가 안으로 들어가 앉았다. 담배냄새가 티 나지 않게 그녀를 괴롭혔다. 남자는 문을 닫았고 자세를 고쳐

앉으며 에어컨의 온도를 한 단계 더 낮추었다. 그녀는 다짜고짜 남자
를 향해 손을 내밀었다.

"저도 담배 하나 주세요."

"네? 아, 예."

당황한 그는 운전석에 걸쳐 놓은 재킷과 바지 주머니를 더듬고 뒤
지면서 수선을 피웠다. 앉은 자리에서 일어나 문을 열었고 어디에다
떨어뜨린 건 아닐까 하는 시늉을 하면서 바닥까지 살피었으나 담배
는 우습게도 그의 빨간색 티셔츠 윗주머니에서 나왔다. 담배는 초록
색 에쎄로 은은한 박하 향이 났다. 그녀는 불을 붙이려고 라이터를
만지작거리다가 웃음을 터뜨리고 말았다. 남자는 쩔쩔맸다.

"왜 웃어요?"

"웃기잖아요."

"뭐가요?"

"그냥요. 모든 게."

마침내 불을 붙인 그녀가 연기를 한 모금 빨아들였다. 순간 목구멍
이 타들어 가는 충격을 느끼고는 기침을 해대기 시작했다. 사람을 한
껏 방심에 빠뜨리는 박하 향 속에 누가 그와 같은 독기를 은폐해 놓
은 걸까. 그렇게 쓰고 불쾌하고 간담을 서늘하게 하는 통증에도 불구
하고 사람들은 왜 담배를 피우는 것일까. 남자는 담배 피우는 법을
설명하기 시작했다. 초보자가 연기를 콧구멍 저 안쪽으로 들이켤 때
는 집중력을 배가시키기 위해 입을 벌리지 않아야 한다는 조언은 새
겨 둘 만한 것 같았다. 그러다가 연기가 콧구멍 안의 피부를 통과해
폐부 깊숙이 스며들 때의 감각을 체험하는 게 다름 아닌 담배 맛이
라는 말에는 솔깃해지고 말았다. 그가 담배에 대한 개똥철학을 늘어

놓았다. 이건 해로움에서 쾌감을 찾는 경우예요. 마치 금기라는 것에 필 받아야만 에로틱한 감정을 불러일으킬 수 있는 변태적인 사랑과 비슷하죠. 담배 피우는 사람은 다 변태인가요. 그녀의 질문에 남자의 대답은 좀 가관이었다. 담배를 피우는 것이 변태적인 게 아니라 변태 적인 기질을 담배로 풀어내는 것이죠, 누구나 조금은 변태성을 가지 고 태어나잖아요. 하지만 자기는 정신을 예리하게 가다듬기 위해 담 배를 피우는 건전한 남성이라고 했다. 그때부터 담배 한 개비가 이 손 저 손으로, 이 입 저 입으로 거침없이 옮겨 다니기 시작했다. 기침 은 좀처럼 멎지 않았지만 얼굴과 얼굴을 마주한 채 여기저기 함부로 담배연기를 뿜어 댈 때의 기쁨은 독특하고 경이로웠다. 자기 안에 가 득 찼던 꿀꿀함과 해묵은 죄의식 같은 것들이 스스로도 모르는 사 이 승화되는 것 같았다.

"자, 이제 어깨 힘을 빼고 편안히 숨을 내뿜어 봐요."

아무리 연습해도 담배 맛이라는 게 쉽게 경험되지는 않았다. 하지 만 어느 덧 그녀는 담배연기가 주는 불쾌감에서 서서히 놓여나고 있 었다. 싫은 것은 아무것도 없었다. 그녀는 태어나 처음으로 자유롭다 고 느꼈다. 자유란 싫은 것, 혐오하는 것, 원하지 않는 것이 생각나지 않는 순간의 느낌과 연관된다는 것을 그때 처음 알았다. 어쩌면 그런 순간이야말로 오래전 수환의 여자애한테 빼앗겼던 그 시간의 회복인 지도 모를 일이었다.

잠깐 말없는 시간이 지속된 뒤에 킥, 하고 웃음을 터뜨린 건 그녀 였다. 남자는 왜요? 라며 그녀를 마주 바라보았고 그녀는 고개를 가 로저었다. 사실은 뭐가 우스운지 자신도 잘 몰랐다. 다만 마음이 편 안했다는 것만은 말할 수 있었지만 그런 말을 굳이 해야 할 필요는 없는 것 같았다. 과거도 미래도 존재하지 않는 그곳으로 계절에 한껏 도취된 새소리가 들려왔다. 바람은 눅눅하였고 공기는 무겁지도 가볍지도 않았다. 가끔 정체 모를 벌레가 윙윙거리며 차 안으로 들어왔지만 극성맞지는 않았다. 남자가 자신의 얼굴 앞에다 대고 가볍게 손뼉을 쳤다. 벌레를 잡으려는 것 같았다. 그 순간 그녀는 또 왜 그랬을까. 얼결에 그의 눈앞에 대고 과장된 몸짓으로 손바닥을 마주쳐 흉내를 내고 말았다. 그러자 지지 않겠다는 듯 남자도 따라 했다. 두 사람은 한동안 배를 구부려 안고 낄낄댔다. 그러다가 눈이 마주쳤고 남자가 그녀를 끌어안으며 입을 맞추었다. 하지만 곧 몸을 떼어 내면서 죄를 지어 버린 두 손을 결박하기라도 하듯 자신의 사타구니 사이에다 쑤셔 넣고는 고개를 푹 숙였다. 그녀 역시 그와 보조를 맞추며 고개를 아래로 떨어뜨리지 않을 수 없었다.

그가 혼잣말처럼 중얼거린 것은 그때였다.

"나는 내 아내에게 아무런 불만이 없어요. 그녀를 두고 다른 여자와 사랑에 빠질 수는 없어요. 왜냐하면 난 그녀와 결혼했으니까."

그러더니 그는 얼른 자동차에 시동을 걸었다.

"서귀포로 가야죠, 미도호텔로."

그가 울 것 같은 목소리로 명령하자 자동차는 동정심 많은 하인처럼 끼익, 하고 슬퍼하며 앞으로 나아갔다. 그때 그녀가 재빨리 "잠깐만요." 하면서 그의 팔을 붙잡은 것은 막 자신을 향해 화려한 꽃망울을 터뜨렸던 그 시간에 대해 예의를 갖추고 싶어서였다. 밀리고 싶지 않았다. 그것이 영원히 정지시킬 수 없는 거라면 문이 닫히기 전에 그 안으로 직접 걸어 들어가 보는 것이야말로 시간을 가지는 방법이 아닐까. '지금 여기'를 외면하지 않으면 그녀를 결코 소외시키지 않는다는 점에서 시간은 원래 편견도 없고 공명정대할는지도 모른다. 그것을 열지 못하는 것은 사람의 마음인 것이다. 시간은 자신이 실현되기를 언제나 갈망한다. 과거의 기억이야말로 시간의 꿈을 방해하는 훼방꾼인 것이다. 아니, 정말 중요한 것은 그녀 자신이 이미 그 시간 속에 똬리를 틀고 앉아 하나의 세상을 창조하기 시작했다는 것이다. 남자가 길가에 차를 세우고 브레이크를 걸었다.

“왜요?”

순간 그녀는 분명히 보았다고 느꼈다. 그의 눈은 무언가를 간절히 염원하고 있었다. 대기 상태에서 합격자 발표를 기다리는 사람의 두근거림이 그럴 것이었다. 그것이 자신이 원하는 것과 같은 것인지 다른 것인지를 따져 볼 필요가 있다고 느꼈다.

그녀는 자신이 원하는 것을 털어놓았다. 오래전 교회에서의 일은 말하지 않았다. 그저 짐승의 혓바닥자국에 대한 갈망이 얼마나 지독한지를 신중하게 이해시키려 했다. 그것을 머리카락 결에 따라 손바닥으로 마음껏 쓸어 보는 것. 장난치며 간질이고 입술을 대 보고 꼬집어도 보고 침도 묻히고 깨물어도 보고 냄새도 맡아 보고 소리도 들어 보는 것. 그런 것을 욕망하는 그녀를 그가 어떻게 받아들일 것인지에 관해서는 깊이 생각하지 않았다. 그럴 틈이 없었다. 그녀는 그것을 허락해 줄 수 있겠냐고 물었다. 남자는 왠지 좀 충격을 받은 것 같았다. 고개를 숙인 채 자신의 손바닥을 내려다보며 한참 동안 골똘히 생각하더니 “당신이 원하는 게 사랑에 빠지는 건 아니라는 거죠?”하고 되물었다. 그녀가 힘차게 고개를 끄덕이자 마침내 그가 입을 열었다.

“내가 원하는 건 결혼이에요.”

“결혼요?”

그녀는 인상을 찌푸렸다. 지금 뭐하자는 거야, 라고 불평할 뻔했으나 겨우 자제할 수 있었다. 그 남자와 평생을 함께 살아가는 것? 그건 자신이 원하는 게 아니라고 분명히 말할 수 있었다. 그가 결혼했거나 결혼한 적이 있던 남자여서 고려할 필요조차 없다는 뜻은 아니었다. 그런 문제는 왠지 다른 차원에서 결정되어야 할 것 같았다. 나중에는 어떻게 될지 모르지만 그때는 아니었다. 그녀에게 떠오르는 참을 수 없는 욕망은 오로지 하나였다. 그거면 충분할 것 같았다. 그런데 결혼이라니. 그는 자신은 이미 결혼한 남자라고 단정하고 한정 짓지 않았던가. 게다가 사랑에 빠지지 않아야 하는 결혼? 아니, 사랑에 빠질 위험성이 없는 결혼을 원하는 건가, 그는?

“당신은 이미 했잖아요. 그 결혼에 대해 아무 불만이 없다면서요?”

“아니요, 그거 말고 그냥 결혼식이요.”

“결혼식만?”

“맞아요, 바로 그거예요.”

그가 힘없이 중얼거렸다. 이번에는 그녀가 충격을 먹었다. 이유를 물었을 때 아무것도 할 말이 없다는 것 때문에 더 난감해졌다. 그가 원하는 것은 말 그대로 그냥 결혼식이었다. 영국에서 공부한다는 아내와 결혼식을 치르지 않았냐는 질문에는 가타부타 답을 하지 않았다. 그녀는 할 말을 잃고 멍하니 입만 벌리고 있었다. 정말 지독한 미궁이 아닐 수 없었다. ‘지금 여기’라는 시간이 부담스러워지기 시작한 것도 그 때문이었다. 그녀는 비꼬는 말투로 중얼거려 보았다.

“말하자면 결혼한 이후 최소한 방으로 함께 들어갈 필요는 없는 거네요, 우리가.”

"그렇죠. 그건 저도 반대예요."

그렇다면 아주 말이 안 되는 것은 아닐 수도 있었다. 입장을 바꿔 보면 남의 남자 뒤통수를 마음대로 만져 보고 싶다는 것이나 함께 살 생각도 없는 여자와 결혼식을 올리고 싶다는 거나 피장파장이었다. 둘 다 불완전하고 둘 다 비정상이었다. 만약 그런 마음으로 피아노 소리에 맞춰 성스러운 식장으로 걸어 들어간다면 그건 바보들의 행진인 것이다. 낭패감 정도가 아니었다. 미쳤다는 말로도 부족할 것 같았다. 혹시 우리들에게 거인할머니의 영혼이 씐 것은 아닐까. 그런 생각도 들었다. 물론 그렇다고 해서 그런 감정이 그녀를 완전히 압도해 버린 것은 아니었다. 그녀는 더 신중할 필요가 있다면 얼마든지 그렇게 할 수 있겠다고 생각하면서 자신이 원하는 게 무엇인지를 다시 한 번 곰곰이 떠올렸다.

그녀는 남자의 뒤통수를 만져 보고 싶었다. 그러고 나면 그에 대해 무엇이 남게 될지도 궁금했다. 그를 마스터하겠다는 불가능의 꿈을 꾸지 않는 한 비극은 초래되지 않을 것이다. 뒤통수를 만져 보기 위해 결혼하는 게 아니라 뒤통수를 만지기 위해서라면 결혼까지도 불사할 수 있어야 하는 게 아닐까. 오, 맙소사! 자신의 모순된 그 마음이 뭘 의미하는지 그녀는 잘 알고 있었다. '너 때문에 내가……'라는 어머니의 절규가 바람처럼 그녀를 공격하고 있다는 것도 알고 있었다. 하지만…… 결혼보다 더한 짓도 할 수 있을 것 같은데 겨우 결혼식 정도야. 아니, 그나마 결혼식 정도로 그칠 수 있다는 게 다행한 일 아닐까. 단지 결혼식, 그게 뭐가 어떻다는 건가. 결혼이라는 절차를 거치지 않고 남의 남자 뒤통수를 쓸어내릴 수 없는 거라면 결혼하면 될 일이었다.

"윤기훈 씨!"

그녀는 덥석 남자의 손을 잡았다. 그가 어색하게 손을 꼼지락거리고 있었다. 순간 망설여졌지만 자신이 느낀 것을 믿는 것 외에는 도리가 없음을 깨달았다. 그녀는 용기를 냈다.

"그럼, 우리 결혼해요."

그러자 남자는 순간적으로 피식 웃었고 잠시 후에는 백만 년쯤 된 소망을 이루어 낸 사람처럼 감격한 표정이었다. 그가 고맙다고 하는 바람에 그녀는 다시 이상한 기분에 빠져들었으나 그 또한 잠깐이었다. 두 사람은 담배를 배우고 가르칠 때처럼 서로를 마주 보았고 상대방의 손을 굳게 맞잡았다.

이제 말은 필요 없었다. 그냥 있는, 눈앞에 존재하는 그 시간 속으로 걸어 들어가 앞으로 계속 나아가는 것, 그것만이 방법이었다. 그녀는 다짜고짜 휴대폰을 꺼내 현재의 시간을 확인하였고 남자의 코 앞으로 그것을 들이밀었다.

"윤기훈씨, 시간이 얼마나 있어요?"

"시간요?"

"오늘 다른 일정이 있는지, 우리가 헤어지지 않으면 안 되는 게 언제냐고요."

"글쎄요. 뭐 특별히, 스쿠버다이빙을 하기 위해 하루 일찍 온 거니까……."

"스쿠버다이빙? 그거 나도 할 수 있는데."

그녀는 시간을 계산해 보았다. 시계는 오전 11시를 향하고 있었다. 그와 함께 밤을 보낼 수는 없을 것 같았다. 그것은 그녀가 원하지 않는 일이었다. 그 이유를 오래 생각할 필요는 없었다. 그녀는 돌아가야 할 곳이 있었고 한정된 시간은 그것을 전제로 한 타협안인 셈이었다. 꿈처럼 세상을 살아갈 수 없다는 것을 모르는 사람이었다면 자신이 그런 일을 벌이지는 않았을 것이라고 그녀는 생각했다. 그녀는 안간 힘을 다해 손가락을 셌다.

"우리 지금 결혼하고 자정쯤에 깨끗이 헤어져요. 딱 13시간이에요, 어때요?"

남자는 잠시 멍한 눈으로 그녀를 바라보았다. 정말 이상한 여자도 다 있지, 하는 표정이었으나 몹시 절제되고 억눌려 있는 것을 들추어 내면 끝을 알 수 없는 슬픔의 심연, 괴로움의 늪이 웅크리고 있음을 그 순간의 그녀가 간파하기는 어려운 일이었다. 그녀가 받아 낸 것은 그가 그녀의 말뜻을 완전히 파악했다고 시인하는 사인이었다. 그의 눈에 핏발이 섰다.

"궁금한 걸 물어봐도 될까요?"

그가 말했다. 그녀는 과장된 동작으로 어깨를 으쓱거렸다.

"그럼, 이미 한 약속은 어떻게 되는 겁니까?"

이미 한 약속이란 영국에서 공부하는 아내와의 첫 번째 약속임을 그가 굳이 설명하지 않더라도 그녀는 알아들을 수 있었다. 하지만 그런 질문 자체가 그 남자 안에 존재하는 무수한 혼돈의 실타래가 복잡하게 움직이기 시작했음을 뜻한다는 것은 미처 알아차리지 못했다. 그녀는 그의 이름 외에는 알고 있는 바가 없었다. 서로의 특이한 소원을 충족하는 결혼이라면 알 필요가 없는 사항이었다. 행복의 예감에 설레는 것으로 충분했던 한 여자가 곧 결혼식을 앞둔 남자를 향해 들뜬 목소리로 이렇게 외치고 있었다.

"그건 그 약속대로 지키고 우리는 우리 약속을 지키면 돼요. 시간

은 단순한 외길로만 흐르지 않아요. 하나가 아니라 여러 갈래로 가
닥 지어진 것들이 제각기 다른 흐름을 따라 앞으로 나아가는 거라고
요. 그렇지 않나요?"

14

그에게 전화가 걸려 온 것은 3시 가까이 되어서였다. 제주의 날씨
는 변화무쌍하기 이를 데 없어 비를 뿌리는가 싶더니 어느새 밝은
해가 쨍쨍했다. 베란다에 나가 담배를 피우던 그녀는 진동소리를 듣
고 휴대폰을 열었다. 화면에 뜬, 새로 고쳐 입력한 '남편'이라는 글자
를 확인한 다음에야 폴더를 열면서 안으로 들어왔다.

"저예요."

그를 기다리는 동안 머리를 스쳐 간 온갖 혼란스러운 생각과 원망
스러움, 분노, 잡다한 걱정에도 불구하고 목소리는 안타깝고 다급하
게 터져 나왔다.

"미안해요."

입술을 깨문 것처럼 끝소리가 아물리는 것 같았다. 당연한 일이었
다. 그를 기다리는 동안 시간은 수동으로만 움직일 수 있었던 옛날
배처럼 지루하고 고통스럽게 흘러갔다. 그녀는 그 고통을 고스란히
견뎌 냈을 때의 의연함으로 단단히 숨을 참았다.

"많이…… 기다렸어요?"

신중하면서도 겁먹은 목소리였다. 만수위에서 수문을 잠깐 열어놓
듯이 그녀는 살짝만 숨을 내뿜었다. 그가 겁먹은 이유를 알 만했지

만 부드러움으로 유인해야 할지 화를 내면서 쌀쌀맞게 반응하는 게 나을지 언뜻 판단이 서지 않았다. 그러고 보면 그녀에게는 밀고 당기는 식의 남녀 간 경험이 전무 한 셈이었다. 수환과 그녀는 상대편을 향해 제각기 일방적이었고 어쩌면 서로 닿을 것도 같던 평행선은 끝내 만나지 못했다.

"……어떻게 된 거예요?"

그녀는 단도직입적으로, 다소 차갑게 물었다. 하지만 금세 후회하고 말았다. 그의 말을 들어 보지도 않은 채 무조건 밀어내서는 곤란하다는 판단이 들었다. 두 시간이나 연락하지 않았다지만 사정에 따라 겨우 두 시간이라 생각할 수도 있는 일이었다. 13시간이라고 해서 천재지변 같은 것에서 완전히 자유롭다고 단정하는 건 곤란했다. 그가 결혼식이라는 자신의 욕망만을 채운 채 도망쳤거나 도망치려 했었다는 설정도 무리한 추측이었다. 자신이 그런 생각을 했었다는 것 자체를 그녀는 부끄러워하고 있었다. 그냥 서울로 가 버리자는 결심은 수도 없이 했다. 소지품을 챙기고 신을 신다가 벗어던진 건 세 번이었다. 수환에게 전화를 걸어 볼까 망설인 것은 여섯 번쯤 되었다. 수환과 이야기를 나누고 나면 편안해질 것 같았다. 답이 보이고 길이 정해질 것 같았다. 후회할 일은 그렇지 않았을 때보다 훨씬 줄어들 것이다. 하지만 윤기훈과의 문제를 그와 의논할 수는 없었다. 남의 일인 양 위장해도 수환은 금세 알아채고 말 것이다. 아예 제주도에 와 있다는 눈치를 보여서는 안 될 일이었다. 그러니 우선은 기다려 보는 것 말고는 방법이 없었다. 무엇보다 이대로 헤어지는 건 그녀가 원하는 게 아니었다. 결혼식만 올렸달 뿐 그때껏 그녀는 그의 뒤통수를 만져 보지도 못했다.

"······혹시 지금 가도 괜찮겠어요?"

"그러기 위해 전화한 거 아니에요?"

그녀는 간신히, 그러나 힘 있게 받아쳤다. 하지만 은근히 부아가 치밀었다. 어쨌거나 그들은 각자가 원하는 것을 성취하기 위해 결혼한 사이였다. 결혼식만 겨우 끝낸 남자는 볼일 보러 나간 후에 연락을 끊어 버렸다. 그래 놓고 두 시간 뒤에 전화를 걸어 지금 가도 괜찮으냐고 묻다니······ 침묵이 흘렀다.

마침내 그가 결심을 내비쳤다.

"알겠습니다. 지금 갈 테니까 기다려요. 15분쯤 걸릴 것 같아요."

그녀는 전화를 끊은 다음 정신없이 룸 안을 서성거렸다. 마음을 빨리 가라앉혀야 했으나 쉽지 않았다. 그러다가 놀란 듯 화장실로 들어가 양치질을 시작했다. 그가 가르쳤지만 그도 없이 피운 담배에 관해 그가 어떤 반응을 보일지 알 수 없는 일이었다. 아니, 그녀는 그에게 담배냄새로 상징되는 걸 원하지 않았다.

양치질이 다 끝났을 때는 그가 정말 올 것인지 확신이 서지 않았다. 전화를 끊고 마음이 바뀌지 말라는 법은 없었다. 그녀는 초조하게 또다시 담배 한 대를 피워 물면서 망연한 심정으로 먼 바다를 내려다보았다.

결혼식은 서귀포 바닷가에서 간결하고 소박하게 치렀다. 아버지의 묵직한 루이비통 손목시계가 그의 팔목에 채워졌고 남자는 어디선가 들꽃 한 다발을 꺾어 와 그녀에게 안겼다. 이 세상에 단 하나뿐인 특별한 부부가 탄생했음을 바람이 선언하자 두 사람은 서로를 힘껏 끌어안았다. 몇 번째인지는 모르지만 그 바람 역시 거인할머니의 남편일 거라고 생각하면서 그녀는 몰래 흥분했다. 남자가 물었다.

“난 백양자리예요, 당신은?”

“쌍둥이자리요, 그건 왜요?”

“백양자리는 외로운 운명을 타고났대요. 당신한테 부탁할 게 있어요.”

“말해 봐요.”

“날 외롭게 만들지 마요. 13시간만이라도. 약속할 수 있어요?”

고개를 들고 올려다봤더니 그는 시선을 피한 채 먼 곳을 바라보고 있었다. 옆모습이 많이 외로워 보였다.

13시간만이라도?

공감이 가거나 이해할 수 있다는 느낌 이전에 더럭 겁이 났다.

“돌이켜보면 단 13시간이라도 행복한 적이 있었나, 외롭지 않은 적이 있었나, 문득 그런 생각이 들어요. 나도 남들처럼 평범하게 살고 싶어요. 집에 가면 늘 누군가 기다려 주고 자질구레한 일상이 함께하는. 아내의 호통소리를 들으면서 스팀 청소기를 밀고 금요일 저녁에는 시내에서 만나 극장에 가고. 나 있잖아요, 저녁마다 집에 들어가기 싫어 밖에서 많이 서성거려요. 괜히 아무도 없는 집에 전화 걸어 보고. 행여 불이라도 켜져 있나 아파트 층수를 세어 가며 확인하고. 어휴, 그런데 이제는 13시간이라니…… 당신은 그런 약속을 하면서 정말 아무렇지도 않아요?”

‘우리 집’ 통화 내역의 비밀이 밝혀졌다고 환호할 수는 없었다. 번역본을 낭송하는 것처럼 그의 말은 아리송하고 이상했다. 단어와 문장의 결들이 군데군데 묘한 삐걱거림을 보이고 있었으나 그것이 어디서 비롯되는지는 오리무중이었다. 그는 그녀가 결혼하기로 합의했을 때보다 더 커다란 미궁으로 부각되었다. 그의 마음은 요량이 안 되고 헤아릴 수가 없었다. 남편이 된 그 남자는 겨우 13시간이라고 말하고 있었다. 겨우 13시간 가지고 결혼 운운해도 되는 거예요? 급소를 가격당한 느낌이었다. 자신들이 해낸 게 결혼식이었는지 결혼인지 다시 생각해야 할 것 같았다. 그가 만족할 수 없는 것이 시간인지 아니면 다른 무엇인지도 혼란스러웠다. 그러다가 그녀는 재빨리 입장을 바꾸었다. 그건 그의 마음일 뿐이었다. 13시간의 의미가 같아야 한다는 법은 없었다.

"약속해요, 약속할게요."

"그럼 먼저 휴대폰부터 꺼요. 나도 끄겠어. 지금부터 나와 관계된 것 외에는 아무것도 생각하지 말아요. 알겠어요?"

"이런 권위적인 사람 같으니라고. 알았어요, 알았어."

순간 그녀는 알았다. 그가 그녀와 치른 결혼은 사람들이 생각하는 그 결혼과 유사하다는 것을. 단지 다른 게 있다면 '죽음이 그대를 갈라놓을 때까지'가 아니라 13시간만 함께 사는 것이었다. 마음 안에서 그가 생각하는 결혼이라는 게 어떤 식으로 운동하는지를 그녀가 다 알 수는 없는 일이고 다 알 필요도 없었다. 그녀로서는 함께 나란히 방에 들어간다는 식의 강요만 없다면 상관하지 않을 자신이 있었다. 그러니 휴대폰을 끄라는 것 정도는 얼마든지 협력할 수 있는 문제였다. 그녀는 휴대폰을 꺼내 종료 버튼을 눌렀다. 음악소리와 함께 전원이 나가는 순간 뭔가가 단절되었다는 것을 알았지만 그게 무엇인지에 관해서는 깊이 생각하지 않았다.

잠시 후 결정적인 난관에 부닥쳤다. 자정 이후에 그녀가 기거할 방을 잡아 놓고 스쿠버다이빙을 나갈 계획이었으나 일요일이라 쉽지가 않았다. 차를 타고 세 군데 호텔을 돌아다닌 뒤로는 전화로 알아보았다. 그 사이 남자는 롯데호텔로 가서 숙소와 내일 일정을 확인하고 오겠다며 떠났다.

소심한 사람은 미련할 정도로 아는 길로만 다닌다고 이전에 가족들과 스쿠버다이빙 할 때 와서 묵었던 곳을 중심으로 찾아다녔다. 미도호텔은 가급적 피할 생각이었다. 일요일인데 예약을 안 하셨다고요? 종업원의 불친절도 들어 넘길 만했다. 그러다가 공교롭게도 미도호텔에서 방 하나의 예약이 취소되었다는 연락을 받았다. 11층이었고 바닷가 쪽으로 나 있는 방이었다. 재빨리 달려가 예약을 해 버렸다. 운이 좋았던 거라며 스스로를 위로했다. 계약을 끝내고 방으로 들어가 문자부터 찍었다. 처음에는 장난스럽고 로맨틱한 말과 기호로 화면을 가득 채웠다. 하지만 그대로 보내기가 멋쩍어서 간단한 문구가 담긴 메모만을 보냈다.

예약 완료.
기다림이 나를 먹었어!

답은 없었다. 순발력이 떨어지는 남자라며 욕을 퍼부었다. 서귀포 시내에서 쇼핑을 하면서 내내 전화기를 주시했다. 안개가 번화가 한복판을 뒤덮었을 때에는 마음 한구석이 우중충한 빛깔로 물들었다. 티셔츠처럼 편안한 블라우스 한 장과 청바지를 샀다. 남자 것은 구매하기 힘들었다. 그러다가 생각지도 않은 속옷 가게로 들어갔고 이것저것 실없이 만져 보다가 슬립 한 장을 골랐다. 흰색 자가드 망사 원단으로 된, 레이스가 화려하고 부피감이 느껴지지 않는 하늘하늘한 옷이었다. 가격도 만만치 않았다. 가게를 나오면서 미쳤어, 미쳐! 중얼거리면서도 남몰래 웃었다. 그 사이 카드는 한도액을 넘어 버렸다.

방으로 돌아와 전화기에서 눈을 떼지 않았다. 2시가 넘고 '기다림이 나를 먹었어!'라는 구절을 떠올렸을 때에는 더럭 겁이 났다. '먹었어요'라든가 '먹었다'라고 했더라면 오죽 좋았을까. 아니, 그런 문구는 절대 넣지 말았어야 했다. 자신이 생각하는 결혼의 의미를 망각한 처사가 아닐 수 없었다. 결국 다시 문자를 보냈다. 이번에는 간단히, 쿨하려고 애썼다.

어디예요?

수없이 글자를 지운 끝에 겨우 결정한 문구였다. 하지만 이번에도 답은 없었다. 평정심이 완전히 무너졌다. '도망'이라는 단어가 떠오른 것은 그때였다. 하지만 그게 사실이라고 하더라도 그녀가 할 만한 조처는 거의 없었다. 사기결혼으로 경찰에 신고할 수도 없고 누군가에게 하소연하기도 어려웠다. 그녀가 했던 결혼은 법적인 보호를 받을 수 있는 것이 아니었다. 두어 번 망설이다가 기어코 전화를 걸었다. 통화 버튼을 눌렀더니 '남편'이라는 명료한 글자가 화면에 나타났다. 일 초, 이 초, 숨 막히는 순간이 지나면서 심장은 둥둥거리며 비명을 질렀다. 신호가 가기도 전에 낯선 여자의 멘트가 흘러나왔다.

고객님의 전화기가 꺼져 있는 상태입니다.

하마터면 전화기를 바닥에 떨어뜨릴 뻔했다. 두 번 세 번 계속 전화를 걸었으나 멘트 내용은 같았다. 그녀는 처음부터 되짚어 보았다.

두 사람이 약속한 범위 내에서 생각해 보면 무엇이 잘못된 것인지 알 수가 없었다. 기억나는 거라곤 전화번호부 목록에서 윤기훈을 지우고 그 자리에 남편이라는 명칭을 적어 넣었다는 것이다. 그러자 왠지 그가 돌아오리라는 확신이 들었다. 그리고 잠시 후에 정말 전화벨이 울렸다.

약속대로 그는 나타날까.

장담하기 힘들었다. 그녀는 선 채로 전화기를 들여다보면서 충동을 참았다. 폴더를 밀어 올려 통화 버튼을 누르고 싶을 때마다 베란다로 나갔다. 시간을 계산해 보니 전화가 걸려 온 지 16분가량 지난 뒤였다. 지나친 조급증이었다. 우왕좌왕하던 그녀가 조금 더 기다려 보는 게 낫겠다며 전화기를 탁자 위에 내려놓으려고 할 때였다. 손에서 거짓말처럼 부르르 진동이 느껴졌다. '남편'이 뜨고 폴더를 여는 데 이초도 걸리지 않았다. 여보세요? 하는, 조금은 밝아진 그의 목소리가 흘러나오자 말할 수 없는 안도감이 밀려들었다. 그가 "호텔에 와 있어요. 미안하지만 아래로 내려와 줄 수 있어요?"라고 말했다. 순간 무언가가 몹시 실망스럽다는 느낌이었으나 실망스러울 수도 있겠다고 받아들이니까 그럭저럭 괜찮아졌다. 그녀는 재빨리 엘리베이터로 나가 버튼을 눌렀다.

15

4시 조금 넘어 두 사람은 나란히 1117호에서 나왔다. 잠시 전의 다툼과는 달리 문을 닫고 돌아설 때의 기분은 나쁘지 않았다. 섭섭함도 아쉬움이라는 감정도 남의 것인 양 희미해졌다. 새로이 놓인 것은 그와의 사이에 생겨난 끝없는 친밀감이었다.

어두운 복도의 비릿한 공기와 어렴풋한 습기, 멀리서 들려오는 누군가의 기침소리가 일상의 나른한 향수를 일깨웠다. 남자는 그녀 목에 걸린 발렌시아 목걸이를 바로잡아 주며,

"피곤하지 않아요?"

하고 물었고 그녀는,

"괜찮아요."

라고 대답했다. 그가 허리로 팔을 두르자 그녀의 몸이 움찔 놀랐다. 하지만 그의 손을 더듬어 찾아 쥔 다음에는 평정심을 되찾을 수 있었다. 따뜻하고 보송보송한 그의 손에서 그녀가 느낀 것은 어디서 비롯된 건지 알 수 없는 평화로움이었다.

남자가 미도호텔에 도착하자 두 사람은 바닷가로 나갔다. 그녀의 소망을 이루기 위해서는 적합한 장소를 물색해야 했다. 잠시 뒤 인적이 드문 곳을 찾아 겨우 자리를 잡았다. 하지만 그녀는 곧 실망스러운 감정에 빠졌다. 남편의 뒤통수를 만지고 키스하고 꼬집고 깨물어 보고 냄새 맡고 침 묻히고 소리를 들어 보는 데 걸린 시간은 단 십 분도 되지 않았다. 그녀가 그의 뒤통수를 깨물었을 때 그가 아, 하고 비명을 지르면서 몸을 뒤틀었던 것을 제외하면 그는 고개를 숙여 뒤통수를 내준 채 나무토막처럼 뻣뻣이 굳어 있었다. 아무리 반복하고 또 반복해도 그것은 즐거운 일이 아니었다. 그의 뒤통수에는 아무런 맛도 없었다.

장소 탓을 하며 자동차로 옮겨 갔지만 결과는 마찬가지였다. 거기서 새롭게 시도한 것은 몸의 다른 부위로 남편을 애무하는 것이었다.

그녀는 얼굴과 목으로 그의 뒤통수를 비벼 댔다. 하지만 그 모두는 바위를 끌어안고 낑낑거리는 것처럼 하나같이 시시했으며 거기에는 어떤 흥분도 설렘도 숨어 있지 않았다. 한참 그 짓을 반복한 뒤 그녀는 고개를 들었고 혹시나 싶어 손으로 자신의 뒤통수를 만져 보았다. 보드라운 살에 땀이 촉촉이 배어 있었다.

"당신이 한번 해봐요."

그녀는 원피스와 블라우스를 목에서 느슨하게 분리시킨 뒤 남편 앞으로 몸을 숙였다.

"이건 약속에 없던 거잖아요."

그가 불만을 털어놓았다.

"뭔가 이상해서 그래요."

하지만 남자는 선뜻 행동에 나서지 않았다. 그러기는커녕 갑자기 심각한 질문을 던지면서 그녀를 혼란스럽게 만들었다.

"당신이 기대한 건 뭔데요?"

"기대?"

"무슨 맛을 기대했느냐고요."

"글쎄요."

그녀는 막연해졌다. 남편은 그걸 잘 생각해 보라고 했다. 결국 그녀는 포기하지 않을 수 없었다. 그의 뒤통수를 만져 보는 일이 생각보다 무료할 뿐 아니라 안전하기까지 하다는 사실을 깨닫자 그녀는 쉽게 남자를 방으로 데려갈 수 있었다. 물론 거기에 오래 머무를 생각 같은 것은 하지 않았다. 구체적인 방법을 생각해 두지는 않았지만 잠깐 쉬고 나서, 어쩌면 숨을 돌리고 나서 스쿠버다이빙을 하러 떠날 예정이었다.

그녀는 장난처럼 남편이 된 그 남자에게 자신의 뒤통수를 내밀었다. 미도호텔 1117호 방에 놓인 간이탁자 위에 이마를 내려놓은 것이다. 머뭇거리는 그에게 한 번만 애무해 보라고 사정했다. 그는 얼른 입술을 붙였다 떼었다. 그런데 그 순간의 느낌은 나쁘지 않았다. 뒷목에서 일어난 찌릿한 쾌감이 심장 부근을 꿰뚫고 지나가는 것을 그녀는 분명히 느낄 수 있었다. 다만 너무 짧아서 아쉬울 따름이었다. 그러자 불현듯 일말의 의심이 생겼다. 이 남자는 분명하리만치 생생한 그 감각을 느끼고도 아무것도 아닌 것처럼 어떻게 위장할 수 있었을까. 그가 뭔가를 견딘 거라면 왜 그래야만 했을까.

"한 번 더!"

그녀는 단호히 명령을 내렸다. 이번에는 이 초가량 그의 입술이 머물렀다 떨어졌다. 순간 그녀는 멍한 눈을 한 채 상체를 일으켰고 재빨리, 늦기 전에 그의 입술과의 감각을 방금 전의 것과 연속시키기 위해 다짜고짜 덤벼들었다.

달콤한 키스의 몸부림이 오래 이어졌다. 두 사람의 몸은 저절로 침대 위로 옮겨 감으로 해서 자기들이 해야 할 노릇을 다 했으나 남자가 명백한 거절을 표시하여 갑작스럽게 방향이 틀어졌다. 그녀는 모든 것을 열었으나 그는 아무것도 받아들이지 않았다.

"난 내 아내를 배신할 수 없어요."

또 그 이야기였지만 그에게는 아무런 잘못이 없다는 사실 앞에서 그녀는 이러지도 저러지도 못하는 상태에 처하고 말았다. 그는 화장실로 도망쳤고 그녀는 참담한 심정으로 침대 위에 엎드렸다. 그녀가 막 울음을 터뜨리려고 할 때 화장실 문이 삐죽이 열리더니 그가 늙은 염소처럼 고개를 내밀고 소리쳤다.

"난 유부남이고 당신은 처녀잖아요, 법적으로는."

우리 결혼의 조건은 그게 아니었지 않느냐는 식의 충고보다는 훨씬 효험 있는 한마디였다. 놀랍게도 울음은 잦아들었다.

십여 분 동안 두 사람은 도란도란 이야기를 나누다가 밖으로 나왔다. 그의 '거절'에서 그녀가 발견한 것이 믿음이었다는 것은 의심할 여지없는 사실이다.

1층 카페테리아에서 햄 치즈 양송이 오믈렛과 빵 한 바구니를 시켰다. 그걸 다 먹었는데도 배가 부르지 않아 야채 샐러드를 추가로 시켰다. 결혼식 직후의 아점이 너무 간단했던 모양이었다. 식당에 그대로 앉아 커피를 마시면서 이런저런 이야기를 나누었다. 그중에 자신의 성격에 관한 고백이 있었다. 남자는 그동안 살면서 남을 거절해 본 적도 없고 다가오는 사람 내친 기억도 없는데 옆에는 늘 사람이 없다고 말했다. 그녀는 왠지 공감이 갔다.

"나도 그런데."

"당신은 언제나 남자들한테 둘려싸여 있지 않았어요?"

듣기 좋은 소리에 그녀는 "그런가?" 눈을 굴리며 생각하는 척했다. 잠시 후 그녀는 풀 죽은 채 중얼거렸다.

"그렇긴 했지만 스무 살 때 만난 어떤 친구가 제 가까이 다가오는 남자들을 부당하게 차단하고 쫓아 버렸어요."

그가 재미있다는 듯이 하하 웃었다. 그나마 미도호텔에서 만나기로 한 남자친구를 연상해 내고 그를 어떻게 했냐는 식의 질문을 하지 않아 다행이었다.

남은 커피를 마저 마신 남자는 화장실에 다녀오겠다며 나갔다. 10여 분을 기다려도 돌아오지 않아 그녀는 식당에서 나와 버렸다.

멀찌가니 서서 그가 화장실서 나오기를 기다렸다. 그러다가 살금 살금 그 안으로 들어간 것은 드나드는 사람을 좀처럼 발견할 수 없었기 때문이다. 그녀는 거기가 남자 화장실이 맞는지 확인해 보고 싶었다. 안의 구조는 간단했다. 칸막이가 네 개, 입식용 소변기가 두 개였다. 그는 보이지 않았고 어떤 인기척도 없었다.

화장실을 나와 정신없이 남자를 찾아다녔다. 그녀는 겁에 질린 채 결혼과 결혼식과 각자가 원했던 결혼의 조건 따위와는 한참 무관한 지점을 헤매고 있었다. 그녀는 서서히 느끼기 시작했다. 그가 좋았던 것은 뒤통수를 마음껏 만져 볼 수 있어서도 아니고 수환을 연상시켜서도 아니며 오래전 아버지의 억압으로 한 소년과의 단절을 경험했던 것에 대한 분풀이도 아니지 않을까. 그녀는 순식간에 또다시 '도망'이라는 단어에 압도되고 말았으며 기원을 알 수 없는 그 상실감은 스스로를 자책하는 결과로 이어졌다. 그녀는 방에서 남자의 입술을 향해 달려들었던 자신의 못난 행동을 후회하기 시작했다. 그가 원하지 않는 행동이었다는 점에서 저속했고 염치도 없었다.

다행히 얼마 후에 비상용 계단에서 그를 발견했다. 행여 그녀의 눈에 띌까 두려웠던 걸까. 남자는 참이 많은 원형계단의 몇 층인지도 모르는 곳까지 올라가 거기서 통화하고 있었다. 나지막한 목소리가 아니었더라면 그가 거기에 있는지 알기도 힘들었을 것이다. 그녀는 계단을 밟아 올라가다가 멍하니 발을 멈추고 남자의 목소리에 귀를 기울였다.

"몇 번을 말해야 믿어 줄 거야. 아침에는 제주도로 이동하는 중이어서 정신이 없었고 오후에는 방에서 낮잠을 좀 잤어. 어젯밤 늦도록 잠들지 못한 거 당신도 알잖아. 심포지엄 때문에 정말 스트레스 많이 받았어."

　계단의 구조상 목소리가 낮을수록 더 명료하게 잘 들린다는 것을 그는 몰랐을 것이다. 그녀는 그 숨소리의 미세함까지 다 느낄 수 있었다. 남자는 전화를 꺼 놓았다고 화를 내는 아내에게 신경질적인 기색이라고는 조금도 드러내지 않았다. 부드러움은 아마 천성인 모양이었다. 좋은 남자랑 함께 있다는 거, 그것만으로 위안을 삼아야 하는 걸까. 아니, 남자는 13시간을 살고 있지 않았다. 그와 함께 있는 것은 그의 첫 번째 아내였다. 다음 통화 내용은 그녀에게 충격이었다.

　"그럼, 우린 늘 함께 있잖아. 어제 용문사 구경을 같이한 것처럼 제주도에도 매 순간 당신과 있어. 그럼, 어딜 가나 당신 사진을 손 안에 꼭 쥐고 있어. 내가 보고 경험하는 모든 것을 당신한테 들려주고 있잖아, 다 듣고 있지? 아까 호텔에 들자마자 김광석 노래를 불러 줬는데 〈어느 육십 대 노부부의 이야기〉 말이야. 잘 들었지?"

　다리 힘이 다 빠져나갔지만 주저앉기는 일렀다. 용문사에서 그가 손 안의 사진에다 뭐라고 중얼거리며 말을 붙인 게 아내에게 자신의 경험을 들려주는 것이라는 짐작을 미처 하지 못했던 것은 순전히 그녀의 아둔함 때문이었다 치더라도 제주도에서마저 그녀와 함께하고 있다니. 게다가 '아까 호텔'이라는 그 호텔은 혹시 롯데호텔? 결혼식 직후 볼일 보러 나가 두 시간이나 돌아오지 않더니 그가 말한 볼일이 혹시 그 볼일? 그녀의 심정에는 아랑곳없이 남자의 연애질은 계속 이어졌다.

　"전화를 할 수 있을지는 잘 모르겠어. 휴대폰 배터리가 거의 다 됐어. 충전기를 안 가져왔거든. 충전을 할 수 있으면 하는데 어쩌면 힘들 수도 있어. 아무리 그래도 제주도는 시골이잖아. 불편한 게 없지는 않아."

그녀는 거기까지 엿들은 다음 살그머니 철문을 닫고 1층 로비로 돌아갔다. 카운터 앞 넓고 푹신한 소파에 앉아 있는데 기분이 묘했다.

자신을 외롭게 하지 말라며 신신당부하던 남자의 모습이 떠올랐다. 그는 뭔가 절박해 보였는데 그녀는 그 절박함 속에서 기분을 고양시키는 무언가를 발견했던 것 같다. 그래서 자신의 그 결혼이 흥미로웠고 때로는 뿌듯하게 여겨졌다.

그러면 된 게 아닐까. 좋았다면 그걸로 만족해야 하는 게 아닐까. 하지만 그녀 안의 또 다른 인격은 그것을 용납하지 못하겠다며 날뛰기 시작했다. 기분이 나쁘다고 투덜거렸다. 두 사람은 결혼을 한 거였다. 최소한 13시간 동안은 상대방을 외롭게 하지 말아야 할 의무가 있었다. 그녀는 그가 생각하는 결혼의 의미가 자신과 상이하다는 것을 알았을 때조차 그것을 은근히 묵인해 주었다. 그런데 그는 그녀의 휴대폰은 끄게 해 놓고 자신은 몰래 주머니에 넣고 다니면서 첫 번째 아내랑 통화하고 있었다. 이건 명백한 배신행위가 아닐까. 그 시간 그 공간에서 누가 뭐래도 주인공은 그녀였다. 그녀가 그 남자의 파트너다. 얼굴도 모르는 남자의 아내는 엑스트라에 불과하다. 그러니 남자의 첫 번째 아내는 호시탐탐 13시간 안으로 머리를 들이민 채 남의 남자를 훔쳐 가려는 도둑이고 간첩인 것이다.

그때 화장실 쪽에서 그가 걸어왔다. 표정이 무척 어둡고 비극적이었다. 그녀는 애써 손을 흔들어 자신이 거기 있음을 알려 주었다.

"미안해. 배가……."

남자가 손바닥으로 아랫배를 문질렀다. 미소를 짓기 위한 노력으로 주먹이 쥐어졌다.

"부인, 그만 일어나시죠."

남자는 영화에 나오는 좀 우울한 공작처럼 손짓으로 그녀를 이끌었다. 그녀는 할 수 없이 일어나기는 했지만 공작부인이 되고 싶은 기분은 아니었다. 그가 내민 손을 탁 쳐 버린 다음 앞서서 호텔 로비를 걸어 나갔다.

"왜 그래, 당신 화났어요?"

그가 그녀 옆으로 다가와 보조를 맞추며 걸었다. 그녀는 클러치백을 단단히 멘 채 말없이 앞만 보고 걸었다. 날씨는 적당히 흐린 편이었다. 정원 왼쪽에서 샛길로 빠져 바다로 향했다. 남자는 따라붙으며 그녀의 얼굴을 들여다보았다.

"내 아내가 토라졌네. 어떡하나 이거."

그녀는 걸음을 멈추며 휙 그를 노려보았다. 벌룬형의 스커트가 심술 맞게 통째로 흔들렸다. 순간 그가 어찌나 혼비백산하던지 하마터면 웃어버릴 뻔했다. 그녀가 정말 화났으리라고는 상상하지 못한 듯 어지간히 놀란 표정이었다.

"왜 그래요?"

남자는 타이르듯 속삭였다. 비극적인 우울은 여전히 그의 얼굴에 옅은 그늘을 드리우고 있었다. 그녀는 가던 길을 계속 걸어갔다. 그때 놀라운 일이 벌어졌다.

"이봐요, 전영애 씨!"

그는 걸음을 멈춘 채 비통한 음성으로 그녀를 불렀다. 그가 내민 것은 휴대폰과 낯선 여자의 증명사진이었다.

"나 말이지, 아무래도 당신 몰래 바람을 피운 것 같아요. 런던에 있는 아내와 통화하고 말았어요. 내가 먼저 전화한 겁니다. 당신한테 고백하지 않으면 안 될 것 같아서. 내 안에서 시간이 헝클렸던 것 같아요. 아니면 내가 미쳤든가. 자세한 건 제발 묻지 말고, 무조건 나를 용서해 줄 수 있겠어요?"

예상치 못한 그의 태도에 그녀의 입은 딱 벌어졌다.

"이건 당신한테 맡길게요. 남은 시간에는 결코 그런 일 없을 거요."

그녀는 한참 동안 어둡고 불길하게 떨고 있는 그의 눈을 응시한 다음 아무런 대꾸 없이 모래밭을 걸어갔다. 휴대폰과 사진은 알 바 아니었다. 하지만 '남은 시간'이 아니라 '다음부터는'이라고 말했으면 더 좋았을 걸, 하는 생각을 했다.

16

이중섭 미술관을 돌아보고 롯데호텔로 갔다. 정원을 구경하자는 그의 제안이 어딘지 모르게 부자연스러웠지만 흔쾌히 따랐다. 카운터 로비는 8층에 있었다. 5시 22분이었다.

넓고 쾌적한 홀 한쪽에 놓인 소파에는 키 큰 아랍인들 여러 명이 앉아 낮은 소리로 이야기를 나누고 있었다. 열심히 메모하는 사람도 있었다. 디즈니풍의 야외 정원에는 열대나무와 어린이 풀장, 인공폭포가 그림처럼 꾸며져 있었다.

"여기서 기다릴래요?"

어느새 열쇠를 받아 온 남자가 어색하게 눈길을 피했다. 그녀는 텅 빈 표정으로 남자의 얼굴을 살폈다. 자기 혼자 숙박하는 방인 게 사실이라면 함께 올라가지 말아야 할 이유가 없을 것 같았다. 그와 함

128

께 룸을 둘러보는 거라면 귀찮을 일도 아니고 번거로울 것도 없었다. 그런데도 혼자 올라가겠다고 한다면 뭔가 다른 이유가 있는 거라는 추측이 가능했다. 그녀는 고집을 부렸다.

"같이 가요."

그러고는 버릇없는 어린 애인처럼 앞장을 섰다. 그는 벌쭘한 표정으로 가만히 서 있었다. 완강한 고집이 느껴졌다.

"아니, 저 혼자 다녀올게요. 금방 와요."

"무슨 소리예요?"

너무 황당해서 주변을 둘러보았다. 사람들은 일부러 피하는 것처럼 그녀와 눈을 맞추지 않은 채 태연히 지나다녔다. 아랍 사람 중에는 붉은 터번을 쓴 사람도 있었다. 그것이 마음에 거슬렸던 걸까. 그녀는 아랍인의 피둥피둥한 뒷덜미를 적의 어린 감정으로 노려보다가 다시 남자를 올려다보았다. 그는 골이 난 듯 눈을 새치름히 내리깔고 있는 중이었다.

"나 혼자, 볼일이 있어요."

그녀는 어쩔 수 없이 미도호텔 원형계단에서 엿들은 이야기를 떠올렸다.

전화를 할 수 있을지는 모르겠어.

그는 분명히 약속했었다. 자신이 바람을 피운 것 같으니 용서해 달라고. 다시는 그러지 않겠다고. 그러면서 휴대폰과 사진을 맡기려 했으나 그녀는 받지 않았다. 하지만 지금 와서 그거 이리 내놓으라고 한 다음 룸으로 혼자 올려 보낼 수는 없는 일 아닐까.

"싫어요, 항상 같이 있기로 했잖아요."

그녀는 열쇠를 빼앗아 다시 앞장섰다. 뒤에 남은 그의 표정은 싸늘히 굳어졌다. 어쨌거나 바다에 들어갔다 나온 이후 부쩍 그들 사이가 서먹해진 건 사실이었다. 어떤 강박적인 예의랄까, 새삼스레 그런 것이 제3자처럼 끼어들며 내숭을 떨었다.

그들은 약속대로 스쿠버다이빙 캠프를 찾아갔다. 원타임만 하기로 합의를 보았다. 개방수역에 맞는 장비와 문섬까지 태워다 줄 배를 계약했으며 수경과 부력조절용 조끼는 빌렸다. 고급 수중 메모장은 기념품으로 받았다.

물속 15미터쯤에서 화려한 바다 풍경을 구경했다. 분홍바다맨드라미 같은 연산호와 주황색 부채산호가 그림처럼 화려하였고 온갖 종류의 물고기들이 나타났다가 사라졌다. 말미잘과 근처를 맴도는 니모도 보였다. 라이언 피쉬 보여? 두 사람은 메모장으로 소통했다. 산호초와 온갖 종류의 물고기들을 구경하고 조류에 떠다니던 히드라충과 장난 같은 싸움을 벌이기도 했다. 에메랄드빛 바닥이 내려다보이는 곳에서 알아보기 힘들다는 주황색 부채꼬리실고기를 구경하고 있는데 그가 수중 메모장에다 또 다른 글자를 적어 보였다. 문장이 너무 긴 탓에 세 번을 썼다가 지웠다.

이 바다,
색종이로 종이접기 한 것 같죠?

그것이 그녀의 돌발적인 행동과 어떻게 상관이 되는지는 정확하지 않았다. 글자를 확인하는 순간 가족들의 얼굴이 하나하나 떠오르며 뇌리를 스쳤고 알 수 없는 공포와 분노가 그녀의 육체를 결박했다. 호흡은 거칠어지고 리듬은 깨졌다. 동그란 해바라기 그림 안에서 밀려나면 이 깊은 바다 안에서 영원히 살아야 하는 걸까. 세상은 스위치를 내리고 조명이 꺼진 뒤의 침묵은 그녀의 숨통을 조일 것이다. 이 거친 호흡으로 그녀를 다스리려는 자 누구인가. 그녀는 사지를 버둥거렸다. 눈앞에 무지개놀래기 한 쌍이 나타나 공중회전 같은 곤두박질을 거듭하더니 미끄럼 타듯 유연한 몸놀림을 뽐내며 사라졌다. 다행한 건 그가 그녀의 상태를 어느 정도 눈치챘다는 것이다. 그가 스쿠버다이빙의 특징을 명료히 이해하고 있었던 것은 무척 다행한 일이었다. 바다에, 공기처럼 촘촘한 물의 밀도에 순응하지 않으면 호흡으로 위장한 심연의 유혹에 끝내 먹히고 만다는 것을 가르쳐 준 이는 아버지였다. 먼 길을 돌고 돌아 깊은 바다에서 다시 만난 이는 제주를 다스리는 무한대의 신(神), 거인할머니가 아니라 그녀를 이 세상에 있게 한 덩치 작은 신(神), 아버지였다. 그가 수중 메모장에 써서 재빨리 펼쳐 든 것은 숫자 '13'이었다. 순간 겨우 13시간이라며 아쉬워했던 그의 마음이 이해되는 기분이었다. 마음이 다소 안정되었다. 하지만 호흡의 불규칙함은 여전했다. 그것은 천식환자의 고통을 닮았다. 압박감은 시간이 다 되었다며 그가 레귤레이터를 가리킬 때까지 이어졌고 바다에서 나와 장비를 끌러 얼굴을 드러내자마자 그녀는 남자의 뺨을 힘껏 올려붙였다. 배를 몰던 사공이 놀란 눈으로 돌아보는 순간 그녀는 고개를 팩 돌리며 먼 바다를 응시했다. 배가 작은 부두에 도착할 때까지 아무도 입을 열지 않았다. 그 사이에 자신이 왜 그의 뺨을 쳤을까를 곰곰이 생각해 보았다. 13시간 바깥을 놓지 못한 것은 남자인데 바닷속에서 허우적거린 것은 그녀였다. 엄마에게 말도 안 되는, 억울한 판정을 받고 난 그녀를 위로한 건 언제나 아버지였다. 쌈짓돈을 건네주듯 아버지는 그녀에게 루이비통 손목시계를 쥐어 주었고 이제 시계의 임자는 윤기훈이었다.

다행히 그는 그녀의 행동에 관해 언급하지 않았다. 그녀 역시 아무 변명도 하지 않았다. 다만 그는 눈에 띄게 그녀를 배려했다. "배 안 고파요?", "피곤하지 않아요?"

그녀는 엘리베이터를 찾아 두리번거렸다. 빼앗은 열쇠에는 별관 B동 968호라고 적혀 있었다. 어디서 엘리베이터를 타야 할지 난감했다. 그만큼 호텔 내부구조가 복잡하게 느껴졌다. 그의 표정을 살폈더니 뾰로통하니 토라져 있었다.

968호는 미도호텔 1117호 그녀의 방과 비슷한 크기로 더블 침대와 싱글 침대가 나란히 놓여 있었다. 욕실 안 거울에는 또 하나의 거울이 붙어 있었다. 가까운 바다와 디즈니풍 정원이 훤히 내려다보였다. 그의 짐은 창가에 있었다.

방은 깨끗했고 커튼까지 말끔하게 쳐져 있었다. 화장실도 잘 정돈된 채 변기 위에는 호텔 마크가 새겨진 종이 띠가 둘러져 있었다. 방은 그녀가 카펫을 밟는 것조차 탐탁해하지 않는 것 같았다. 손대지 마세요! 그러거나 말거나 그녀의 심장은 방 안을 뛰어다녔다. 그러다가 남자를 집중 탐색하기 위해 현관 쪽으로 두어 걸음 비켜났다.

"여기서 혼자 뭘 하려는 거죠?"

왠지 섬뜩한 느낌이 들어 일부러 남자와 눈을 맞추지 않았다.

"그냥 방을 한번 둘러보려고 왔어요."

"왜요?"

"그냥요…… 여긴, 제 방이거든요."

남자는 '여긴'에 단단히 힘을 주어 말했다. 확실히 골이 난 것 같았다. 그에게 사로잡혀 몇 시간을 함께했지만 그는 여전히 까마득한 미지의 세계였다. 그가 어떤 여자와도 사랑에 빠지고 싶지 않다고 말했을 때 아니, 미도호텔 계단에서 명백히 배신을 때렸을 때 뭐 이런 경우가 다 있냐며 힘껏 들이박았어야 했단 말인가. 그것이야말로 그녀가 여태껏 놓쳐 왔던, 깊이 있는 삶의 진정한 실상인 걸까. 그녀는 도리질을 쳤다. 이제는 주눅이 들어 버린 자신을 스스로에게 이해시킬 기운도 남아 있지 않았다. 그녀는 남자를 간이용 탁자 앞에 앉혔다.

"말해 봐요. 지금 무슨 생각을 한 거야?"

대답이 없었다. 기분은 수렁을 헤맸다. 어둠 속에서 낯선 남자와 죽이 맞아 실컷 놀아났는데 밝은 데서 다시 보니 짐작과는 전혀 다른 사람이더라, 마치 그런 기분하고 비슷했다. 하지만 그들은 일회용 파트너와는 다르다. 어쨌거나 결혼한 사이였다. 그녀는 남자의 어깨에 손을 얹으려다가 꺼림칙한 기분에 떠밀려 도로 거두어들였다.

"말하기 싫어요?"

그가 불퉁하게 버티었다.

"알았어요. 이제 둘러봤으니 됐죠?"

그녀는 부르르 출입문 쪽으로 나갔다. 자신이 분명치 않은 이유로 뺨을 때렸듯 그도 아무 까닭 없이 그럴 수 있었다. 남자는 꼼짝하지 않았다. 잠시 후 겨우 한다는 소리가 "먼저 내려가 있어요. 금방 나갈 테니"라는 말이었다.

"곧 내려갈게요."

그는 좀 더 분명한 태도로 그녀를 밀어냈다. 지친 목소리였다. 그녀는 지체하지 않고 얼른 방을 나왔다. 남자를 등진 채 문을 닫는데 마음이 시렸다.

밖으로 나와 엘리베이터 앞 등받이 없는 간이의자에 무너지듯 주저앉았다. 그때 불쑥 떠오르는 말이 있었다.

화장실 변기 위에 앉아 노래를 불러 줬는데, 들었어?

그녀는 968호로 다가가 문에다 대고 조용히 귀를 기울였다. 남자의 가라앉은 목소리가 어렴풋이 귀에 잡혔다.

"에이, 제발 이러지 좀 마."

속이 확 뒤집혔다. 벨을 누르기 무섭게 문을 두드리며 소란을 피웠다. 그가 문을 여는 순간 재빨리 손잡이를 잡아당기며 안으로 들어갔다.

그녀는 숨을 쌕쌕 몰아쉬며 어떤 좋지 않은 혐의라도 캐내려는 사람처럼 눈을 굴리며 방 안을 한 바퀴 돌았다. 그녀는 자기 남자에 대한 주체할 수 없는 의심과 그를 어떻게든 지켜 내려는 부인다운 투지로 불타고 있었다. 그때 동그란 탁자 위에 놓인 휴대폰이 눈에 들어왔다. 폴더는 앙큼스럽게 열려 있었다. 그녀는 다짜고짜 전화기를 집어 들어 귀에다 댔다. 여자의 음성이 흘러나왔다.

"눌러야 할 시간이 지났습니다. 메시지 청취 안내는 1번, 호출정보 안내는……."

난데없는 기계음이 흘러나오자 그녀는 멍해졌다. 휴대폰 화면을 들여다보았더니 9960이라는 네 글자만이 띄어져 있었다. 남자가 와락 달려들어 휴대폰을 빼앗았다.

"이게 무슨 짓이에요?"

급하게 폴더를 닫은 남자는 거친 표정으로 그녀를 노려보았다. 어이없는 건 차라리 두 번째 문제였다. 그녀는 재빨리 전화기를 낚아챈 뒤 이번에는 화장실로 들어가 문을 잠갔다. 두어 번 문을 열라며 쿵쿵대는 소리가 들렸지만 곧 잠잠해졌다.

착발신 이력을 확인했다. 맨 위 상단 1번 란에는 붉은색 화살표가 나와 있었고 그 옆에는 9960으로 끝나는 휴대폰 번호가 적혀 있었다. 그건 그 남자의 전화번호 뒷자리였다. 자기 자신에게 전화를 걸었다? 그녀는 주춤하면서 비틀거렸다.

휴대폰을 이용해 제3의 장소로 전화 걸지 않은 건 분명해 보였다. 호텔 전화를 사용한 기미도 없었다. 그는 탁자 앞에 그대로 앉아 있었는지도 모른다. 혹은 전화를 걸기도 전에 그녀가 들이닥친 걸까. 방금 전의 목소리는 환청이었나. 화장실서 나와 남자의 표정을 살폈더니 불행에 오랫동안 찌든 사람처럼 어둡고 적막했다. 그녀는 그를 쏘아보았다.

"당신 아내랑 통화했어요?"

"아니."

"메시지가 들어왔는지 확인했나요?"

"아니."

"그럼 방 안에서 뭐했어요?"

"그냥 있었어."

"도대체 왜 그러는데요. 말 좀 해봐요."

그녀는 누그러진 음성으로 맞은 편 의자에 앉았다. 그를 몰아붙이는 게 반드시 적절한 것만은 아닐 수도 있었다. 어느 만큼의 여백은 사람 사이에 당연히 있는 것이었다. 하지만 남자가 보여 준 것은 단순한 여백이 아니라 배신에 가까웠다. 그는 그녀를 외롭게 만들었다. 그것도 미도호텔 원형계단에 이어 두 번째로.

그때였다.

"기억이…… 안 나요. 여기 어디서 길을 잃었던 것 같기도 한데."

그의 음성이 좁은 방에서 메아리쳤다. 그녀는 뭔가 질문을 던져야 하는데, 하면서 잠자코 있었다. 윤기훈이라는 이름 뒤에 가려진 그라는 실상…… 그것은 헤아릴 수 없는 것이고 헤아릴 필요조차 없는 것인가. 그녀는 남자에게 다가가 손을 잡아 보았다. 좀 이물스러웠지만 물컹하면서도 따뜻한 그것은 그녀가 처음 만졌던 그 남자의 손 그대로였다. 남자는 고맙다고 말했다.

카운터에다 열쇠를 반납하려는데 전화가 걸려 왔고 종업원이 통화하는 동안 그들은 철없는 신혼부부가 되어 장난을 일삼았다. 껴안고 뽀뽀하다가 갑자기 구두 끝으로 그의 발등을 밟으면 남자가 그녀의 옆구리를 꼬집는 그런 식이었다. 그때 뭔가가 뒤통수를 잡아당기는 느낌에 시달리던 그녀는 얼결에 옆을 돌아보았다.

"어?"

순간 혼비백산하고 말았다. 한 남자가 그녀를 노려보고 있었는데 놀랍게도 그는 그녀가 그토록 만나기를 소원했던 수환이었다. 낯모르는 여자가 그의 오른팔에 액세서리처럼 매달려 있었다. 수환은 설마 나를 못 봤다고 우기지는 않겠지? 하는 눈빛으로 일부러 그녀 옆을 지나쳐 카운터로 다가갔다.

"1205호 열쇠요."

확성기에서 흘러나온 구호 같았다. 나 분명 여기 있고 너의 모든 것을 봤다. 수환은 그렇게 말하고 있었다. 잠시 후에 열쇠를 받아 든 수환은 엘리베이터 쪽으로 다가갔다. 그녀에게서는 눈을 떼지 않았다. 수환의 굳어지는 표정 위로 서서히 적의가 떠오르는 것을 그녀는 무기력하게 지켜보았다. 영문을 알 리 없는 수환의 여자는 방금 전 그녀가 그랬듯 마냥 신나고 즐거운 표정으로 떠들어 댔다. 그녀는 목이 졸리는 느낌이었다.

"왜 그래요? 갑자기 하얗게 질려서. 피곤해요?"

남자가 걱정하면서 그녀의 허리를 안았다. 그녀는 그를 밀쳐 내며 허둥지둥 밖으로 뛰쳐나갔다. 뜨거운 햇볕이 태워 죽일 듯 그녀를 덮쳤다.

17

그녀는 제주에 내려와 새로 구입한 청바지에다 블라우스를 급하게 꿰어 입었다. 화장기 없이 머리 매무새만 가다듬고 휴대폰과 배터리를 챙겼다.

"잠깐만 나갔다 와야겠어요."

얼결에 그가 따라나서려 하기에 얼른 제지하였다.

"잠깐이면 돼요. 금방 돌아올게요."

남자가 이런저런 것을 물어보기 전에 1117호 방문을 열고 밖으로 나왔다. 1층으로 내려가 택시를 불러 달라고 했더니 5분 만에 도착했다.

휴대폰에다 새 배터리를 끼우고 전원 버튼을 눌렀다. 쏟아져 들어온 문자 메시지를 받느라 기계가 마비될 정도였다. 초조감이 느껴졌다. 수환을 만나는 게 적절한지 여부에서 무슨 말을 어떻게 해야 할지에 관해 아무런 준비도 계산도 서 있지 않았다. 하지만 왠지 만나야 할 것 같았다. 무조건 만나고 보는 게 대책이라면 대책이었다.

그녀는 전화기 안의 유일하던 항목 '남편'을 불러왔다. 뒷자리 번호가 9960이라는 것을 확인했을 때서야 그것이 수환의 번호가 아닌 것을 알았다. 그녀는 통화목록을 뒤져 수환의 전화번호라 짐작되는 것을 찾아냈다. 방향키를 고정시키고 길게 누른 다음 상대편이 나타나기를 기다렸다. 수환은 금세 전화를 받기는 했지만 아무 말도 않은 채 숨소리만 내비쳤다. 전화가 오리라는 예상을 한 것 같았다.

"수환아, 지금 좀 만나. 롯데호텔로 가는 중이야."

그녀는 가급적이면 딱딱하고 공격적으로 들리도록 말했고 그는 여전히 아무 말도 하지 않았다. 그냥 끊을까 하다가 한마디를 더 남겼다.

"널 만나러 제주까지 내려온 거야. 사실 네 형에 대해서는 듣고 싶은 것도 없고 하고 싶은 말도 없어. 난 너하고 너와 나에 대해 이야기하고 싶어."

왜 또 이렇게 필사적인 걸까. 윤기훈과 결혼하고 그와 시간을 보내면서 수환이라는 이름은 까맣게 잊지 않았던가. 그런데 무슨 까닭으로 자신을 다시 그와 결부시키는 것이며 도대체 뭘 기대하여 그를 향해 울먹이고 있는 것일까. 그녀는 운전기사의 시선이 신경 쓰여 그 정도에서 전화를 끊으려고 했다. 자신의 의사를 전달했으니까 그가 호텔 입구에서 기다려 줄 거라 믿었다. 그런데 그때였다. 전화기 안에서 음성이 흘러나왔다. 음울하면서 귀기 서린 목소리였다. 그것이 누구 음성인지 그녀는 대번에 알아들었다.

"언니야, 너 지금 제주도니? 이수환 씨 만나러 거기까지 간 거야?"

그녀는 귀신과 터치하기라도 한 듯 수화기를 무릎으로 떨어뜨렸다. 손이 바르르 떨렸다. 정말 끔찍하면서도 앙큼한 계집애라는 생각을 오래 붙들고 있을 수는 없었다. 우선은 자신이 방금 무슨 말을 지껄

였는지 기억해야 했다. 그것만이 영기라는 덫에 걸리지 않는 방법이었다. 하지만 그것을 기억해 낸다 한들 무슨 뾰족한 수가 있는 것도 아니었다. 하지 말아야 할 폐쇄적인 말, 그녀에게 불리한 정보만을 잔뜩 늘어놓을 가능성이 높았다. 위기에 처할 때마다 그녀의 입에서 나오는 것은 모범답안이 아니라 비본질적이며 어린아이들이 구사하는 유치하고 덜 떨어진 언어가 아니었던가. 그녀는 영기가 뭘 더 물어보기 전에 다짜고짜 전화를 끊었다. 그러고 나서 어떻게 된 일인지 알아내기 위해 통화목록을 다시 뒤졌다. 대충 봐도 새로 들어온 문자, 부재중 통화목록이 너무 길었다. 수환의 번호를 찾기 위해서는 훨씬 더 뒤로 거슬렀어야 했으나 가까운 곳에서 대충, 017 중에 아무거나 선택한 것이다. 그녀다운, 정말 덜 떨어진 행동이 아닐 수 없었다. 그녀는 윤기훈과 만나기 이전의 시간까지 거슬러 가 이수환이라고 적힌 항목을 찾아냈다. 그녀는 수환의 번호를 떼어 내 '남편'이라고 적힌 항목 속으로 집어넣었다. 다시는 똑같은 실수를 반복하지 않겠다는 의지의 표현이었다.

버튼을 누를 틈도 없이 택시는 롯데호텔 앞에 도착해 멈추었다. 할 수 없이 요금을 지불하고 택시에서 내려 멍하니 그 자리에 서 있었다. 그때 택시 뒤를 따라 '허' 자 번호판을 단 승용차 한 대가 미끄러지듯 다가오더니 빵빵거렸다. 그녀는 얼른 비켰다.

잠시 후에 창문이 스르르 열리면서 수환의 얼굴이 나타났다. 몹시 찡그리고 일그러져 있는, 언뜻 봐도 부담스럽기 짝이 없는 그 얼굴이 그녀를 향해 소리쳤다.

"타!"

그녀는 잠시 주저했으나 뒷좌석에 올라탔다. 팽팽한 긴장 속에 10

여 미터쯤 달렸을 때부터 수환은 분통을 터뜨리기 시작했다.

"나쁜 년."

그는 핸들을 탕 치면서 욕설을 퍼부었고 차는 속도가 빨라졌다. 잠시 후에 다시 "돼먹지 못한." 어쩌고 하며 잔인하게 내뱉더니 더 이상 참을 수 없다는 듯 난폭하게 차를 몰았다. 마침내 흥분을 감당하지 못한 자동차가 버려진 목장 같은 들판에 멈추어 섰다. 한낮의 적막을 뚫고 한 무리의 야생마 떼가 땅을 박차며 달려 나올 것 같은 분위기였다. 그녀는 수환을 따라 차에서 내리고 반쯤 외면한 채 먼 곳을 응시했다. 숲에는 안개가 얇게 드리워져 있었고 간간이 빗방울이 떨어져 내렸다. 까마귀가 울고 지나가자 멀리서 뻐꾸기 소리가 들리더니 거짓말처럼 해가 났다. 칙칙한 공기 속으로 쏟아지는 땡볕은 어지러웠다. 수환이 점점 흥분해 가는 것과는 달리 그녀는 차츰 가라앉았다. 거친 욕을 들으면 들을수록 차분해지는 느낌이었다. 그녀는 새침한 표정으로 쌓아 놓은 돌무더기 위에서 굴러 내려온, 검고 허술한 바위 위에 엉덩이를 걸쳤다.

"말해 봐, 너 아까 그 새끼랑 무슨 사이야? 그 새끼 도대체 뭐하는 놈이야?"

"몰라, 그에 관해서라면 유부남이라는 것밖에는 아는 게 없어."

"유, 유부남? 너 미쳤니? 유부남 새끼랑 지금…… 아우!"

수환이 제 이마를 주먹으로 세게 쳤다. 이전이었다면 그녀는 많이 당황했을 게 분명한 상황이었다. 그녀는 그가 화를 내는 게 싫었고 작은 것을 가지고 고통스러워하는 데도 숨이 막혔다. 그가 원하는 것 중에서 그녀가 할 수 있는 거라면 무엇이든 들어주고 싶었고 또 들어줄 용기가 있었다. 하지만 그녀를 받아들이지 않는 그는 미웠고 용납이 되지 않았다. 그 미움 때문에 가끔은 그를 더 큰 고통에 빠뜨리고 싶은 모순된 충동에 시달렸다. 그때 그녀에게는 그가 더 아파하기를 바라는 마음과 이제는 거짓을 버리고 편안한 시선으로 그녀를 바로 보아주기를 바라는 마음이 혼란스럽게 교차하고 있었다.

"도대체 네가 뭔 상관인데?"

"뭔 상관? 이게 콱 씨이."

그의 눈동자가 커다랗게 벌어졌지만 그녀는 눈도 깜짝하지 않았다.

"흥!"

"솔직히 말해, 너 그 새끼랑 언제부터 만나 도대체 몇 번이나 했어? 어?"

수환은 떠밀 듯이 손가락 끝으로 그녀의 얼굴을 쿡쿡 찔러 댔다. 그때마다 그녀는 이리 비틀 저리 비틀 중심을 잡지 못해 휘청거렸다. 그녀는 사실을 말하지 않았다. 그가 믿지 않을 거라고 생각한 것은 아니었다. 무슨 말이든 그녀가 말하면 수환은 믿어 줄 가능성이 높았다. 덜 떨어졌을망정 거짓말을 즐기지 않는 그녀의 특성을 수환은 잘 알고 있었다. 그녀는 말하고 싶지 않았다. 그것을 말하고 나면 지금까지 아끼고 믿어 왔던 모든 것들이 도미노처럼 와르르 붕괴되고 말 것 같았다.

"상관 마. 내 일이야."

그녀는 안간힘을 다해 악을 썼다. 그가 그렇게 행동하는 것의 부당성을 알리기 위해 발을 굴렀고 그를 떠밀었으며 주먹으로 냅다 가슴을 쳤다. 하지만 그가 그녀의 오른팔을 꺾듯이 잡아당겼다가 놓아 버리는 순간 온몸의 힘이 스르르 빠져나갔다. 그녀는 더 이상 저항하기 어려운 상태에 빠지고 말았다.

"너 지금 그걸 말이라고 하니?"

그는 랜드로버를 신은 발로 애꿎은 자동차 바퀴를 마구 걷어차더니 차 문을 열고는 그 안에서 무언가를 꺼냈다. 평소에 별의별 잡동사니를 다 안고 다니던 성격을 알고 있던 터라 그녀는 본능적으로 긴장이 되어 그가 꺼낸 것을 힐끗 쳐다보았다. 한눈에 장난감 총이라는 것을 알 수 있었다. 연두색과 빨간색과 파란색이 울긋불긋한, 30센티미터가량 되는 플라스틱 물총이었다. 죽지는 않겠네!

그녀는 얌전히 눈을 내리깔았다.

"결혼도 하기 전에…… 결혼할 남자가 있는데…… 유부남 새끼랑…… 아우, 이걸 그냥!"

그가 쏜 가느다란 물줄기가 그녀의 얼굴을 향해 마구 떨어져 내렸다. 물줄기는 뜨뜻미지근했지만 제법 강했고 양쪽 눈두덩과 이마와 볼을 차례로 농락하며 쏘아붙이더니 나중에는 그녀의 인중과 콧등 부위를 주로 겨냥하는 것 같았다. 그러다가 세기가 약해지면 물총 앞부분 밑으로 돌출한 붉은색 손잡이를 잡아당기며 펌프질을 했다. 왜 그랬는지는 모르지만 그녀는 피하거나 움직이지 않았다. 어느 순간 그렇게 하고 싶지 않아졌다. 눈도 깜빡이지 않으려 했으나 그것은 힘들었다. 한참 만에 물이 떨어졌는지 수환은 그녀가 걸터앉은 바위로 다가와 거기에 대고 장난감 물총을 마구 내리쳤다. 온몸이 물투성이였던 그녀는 얼른 일어나 몸을 피했다. 그동안 그토록 질겼던 그녀의 마음처럼 물총은 좀처럼 망가지지 않았다. 바닥에 떨어뜨려 그것을 발로 짓밟기까지 했으나 놀라울 정도의 플라스틱 회복력을 발휘하며 다시 제 모습을 되찾는 것이었다. 결국 나가떨어진 것은 수환이었다. 한참 동안 광기로 발광하다가 그는 마침내 힘이 빠진 듯 차츰 수그러들었다. 수환은 담배 한 개비를 빼 물었다. 그녀가 '우리 서로 없었던 일로 하자'라고 말하려던 순간이었다. 갑자기 태도가 돌변한 수환은 푸념하듯 징징거리기 시작했다.

"왜 이러니 영애야, 너 이것밖에 안 되는 애였어? 도대체 어째서 내게 이토록 가혹한 배신을 때리는 거니, 응?"

"배신이라고?"

"그래, 씨이."

"너한테?"

그녀는 차갑게 콧방귀를 뀌며 웃었다.

"그래, 씨이 배신이 아니면 이게 뭐야?"

"이수환, 착각하지 마. 난 네 애인이 아니야, 그런 말은 네 여자친구들한테나 해."

그녀는 서두르며 조급하게 쏘아붙였다. 타이밍을 한발 놓치기라도 한다면 하릴없이 흉한 바이러스에 감염되기라도 할 것처럼 질색을 했다.

"넌 왜 내 마음을 모르니, 내가 너를 그 많은 여자애들 중 하나로 취급했으면 좋겠어? 넌 내가 어떤 놈인지 진짜 몰라?"

그는 양손을 펼쳐 가며 열변을 토했다. 그녀는 속으로 한없는 비웃음을 날렸다. 몰라도 어쩌면 저렇게 모를까. 혀를 차면서 그녀는 지쳐갔다. 소통 불능에서 비롯된 그와 같은 상처는 하루이틀된 것이 아니었다. 그녀는 무기력하게 중얼거렸다.

"몰라."

"난…… 너한텐 나보다 형이 나아."

"또 형이니?"

“그게 뭐? 형을 선택한 건 너잖아.”

“미쳤어? 내가 언제?”

“네가 형한테 꼬리를 쳤잖아, 잊었어?”

“기가 막혀. 난 그런 적 없거든. 내 앞에서 형 얘기만 한 건 바로 너야.”

“그건 네가 형을 좋아하니까, 넌 툭하면 형 얘기를 하면서 날 가지고 놀았잖아.”

“그건 네가 형 얘기를 해야 좋아하니까…….”

“입은 삐뚤어졌어도 말은 똑바로 해라, 전영애.”

“넌 언제나 이딴 식이었어, 내가 네 형 같은 남자를 왜 좋아해야 하는데?”

그녀는 어이없다는 듯 실소하다가 빽 소리를 질렀다. 환장할 것 같은 기분이었다. 게다가 꼬리를 쳐, 그 남자한테? 수환은 짜증 난다는 듯이 “아유, 내가 진짜.” 하고 푸념을 늘어놓더니 그만 하자며 손을 내저었다. 언제나 그랬듯 그는 재빨리 원점으로 돌아갔다.

“넌 도대체 우리 형이 어디가 어떻다는 거야?”

형이 폄하되는 걸 못 참겠다는 듯 수환은 핏대를 올렸다. 그쯤에서 좀 솔직했더라면 얼마나 좋았을까…… 거기서 멈추기만 했더라도…… 순간 그녀의 뇌리로 수환을 스쳐 간 온갖 여자들의 얼굴이 떠올랐다. 그 얼굴 하나하나에 새겨져 있던 명랑한 수줍음, 꾸며진 순수함, 성적인 발랄함 같은 것들이 그녀를 상처 입혔었다. 그 때문이었을까. 그녀의 입에서 튀어나간 한마디는 마음과는 달리 아주 엉뚱한 것이었다.

“아니, 난 그 사람이 싫지는 않아. 내가 싫은 건 바로 그 사람 동생인 너야."

하마터면 그녀는 자기가 유부남과 그랬던 것도 다 너 때문이라고 뱉을 뻔했다. 하지만 그건 사실이 아니었고, 사실이어서도 안 될 것 같았다.

"와, 사이코 같은…… 미치겠네, 정말."

수환은 발을 동동 굴렀다. 부당하다는 듯 계속 와, 와, 하면서 주먹으로 가슴을 치고 같잖다는 듯이 긴 숨을 몰아쉬는가 하면 실성한 듯 허허 웃었다.

"너하고 계속 말하다가는 내가 돌아버릴 것 같다. 아무튼 이것만 말해. 전영애, 너 이제 어떡할 거야?"

"그건 너하고 상관없어. 내 일은 내가 알아서 해."

그쯤에서 완전히 안심이 되었다. 수환이 자신을 용서했다는 것을 눈치챌 수 있었다. 수환은 "너 때문에 우리 형이 상처받는 거 나 눈 뜨고 못 봐." 하면서 명심하라는 듯 오른쪽 검지를 치켜들었다. 수환이 주머니를 뒤져 손에 쥔 것은 대한항공 비행기 티켓이었다. 그는 두 장의 티켓 중에서 한 장을 골라 내밀었다.

"이거 오늘 올라갈 내 비행기 표거든. 8시 20분이야. 이거 타고 당장 올라가. 그러면 모든 걸 묻겠어. 네 이름으로 예약자를 바꾸는 것도 내가 다 알아서 해 줄 거야. 하지만 만약 네가 비행기를 타지 않고 그 유부남 새끼랑 계속 그러면 그땐 알아서 해."

그녀는 고개를 끄덕이거나 알았다고 말하지 않았다. 대신 그가 내민 비행기 표를 낚아채 순식간에 청바지 뒷주머니에 꽂았다.

아무렇게나 들이박아 놓다시피 한 탓에 차를 길 위로 끌어올리느라 한참이 걸렸다. 수환이 차를 가지고 씨름하는 사이 그녀는 휴대폰을 꺼냈다. 그 사이에 문자 6통이 또 들어왔고 부재중 통화도 있었으나 세부사항을 확인하지는 않았다. 그녀는 전원 스위치를 꺼 버렸다.

차가 출발하자 그녀의 입에서 공연한 울먹임이 새어 나왔다. 수환은 머뭇거리며 뭔가를 말할 듯했으나 "에이 푼수 같은!" 하고 내뱉더니 더 이상 아무 말도 하지 않았다. 난폭하게 굴지도 않았다. 하지만 잠시 후에 갑자기 차를 세우더니 "이리와, 기집애야." 하면서 그녀를 끌어안았다. 그녀는 오랜 친구에게 기대고 의지하는 심정으로 그에게 안겼다. 수환은 젖어 버린 그녀의 머리를 이리저리 쓰다듬으며 등을 토닥였다.

"괜찮아?"

"어."

그녀는 눈물을 주르르 흘렸다. 수환이 그녀를 꽉 끌어안으며 말했다.

"그러게 왜 하필이면 제주도에 와서 지랄이냐. 어떻게 하다 내 눈에 띄었어? 몸은 또 왜 이렇게 야윈 거야, 밥은 먹고 다니냐?"

"어."

그녀가 스스로도 모르는 사이 그의 턱을 끌어당겨 목덜미를 비벼대기 시작함과 동시에 그가 번개처럼 빠른 동작으로 그녀의 이마에 입을 맞추었다. 짧았지만 그건 뭐랄까 아주 중요하면서도 아쉽고 인상적인 순간이었다. 수환은 미안하다고 말했다. 그녀는 그의 품에서 떨어져 나와 매무새를 가다듬었다.

"뭐가 미안해?"

"그냥 모든 게 다."

그녀는 알았다는 듯, 그건 정말 그렇다는 듯 앞을 향해 똑바로 앉았다. 잠시 후 그녀는 등받이에다 상체를 안전하게 기댔다.

“그만 가자. 내 소지품을 가져와야 해. 미도호텔 알아? 거기로 데려다 줘.”

차가 출발하는 순간 또다시 눈물이 주르르 흘러내렸다. 왜 우는지 스스로는 모르겠는데 수환은 다 안다는 듯이 이렇게 말하는 거였다.

“그만 찔찔거려 짜식아. 원래 다 그런 거야.”

그녀는 더 크게 울었다. 울음을 그친 것은 수환이 “그런데 미도호텔은 하루 숙박비가 얼마냐?” 하고 물은 뒤였다. 그녀는 훌쩍거리면서 대답했다.

“11만 8천 원.”

“호텔급인데 그래?”

“그런 것 같아.”

“싸네!”

수환은 의외라는 말투로 중얼거리더니 난데없이 호텔비를 누가 냈느냐고 물었다. 그녀는 좀 머뭇거리다가 오직 길게 이야기해야 한다는 사실이 귀찮아 자기가 냈음을 털어놓았다. 수환은 그럴 줄 알았다면서 주먹으로 핸들을 탁 쳤다. 화난 것 같지는 않았다. 그녀가 바보처럼 히죽 웃었더니 수환은 에이, 하면서 따라 웃었다. 잠시 후 그는 손바닥으로 그녀의 뒤통수를 다정하게 쓸어 주면서 “너한테 잘해 주디?” 하고 물었다.

“뭐가?”

“그 새끼가 너한테 잘하더냐고.”

“뭐…… 내가 더 잘해 줬어.”

수환은 같잖다는 듯 콧방귀를 뀌었다.

“잘해 주긴, 네가 남자를 아냐? 순 꼴통이면서.”

“웃겨. 너야말로 여자를 모르잖아.”

“보나마나 그 새끼도 너 같은 생 꼴통일 거다. 아유, 뻔하지.”

그가 손을 내저으며 체머리를 흔들었다.

“너 나중에 형한테 절대 말하면 안 되는 거 알지? 우리 형 보기보다 쫌생이다, 뒤끝도 있고. 하지만 너한텐 잘할 거야.”

“어떻게 알아?”

“안 그러면 내가 가만 있지 않을 거라는 거 알거든.”

“치이!”

마치 천기누설에 속하나 너한테만 살짝 귀띔한다는 식이었다. 그것은 걱정이나 귀찮음, 억눌림보다는 자부심에 가까운 감정이었다. 그가 생각하는 자부심의 근거를 그녀는 물론 모르고 있었다. 그랬으므로 그 순간 그녀는 ‘내가 어쩌다 너희 같은 형제를 알게 돼서……’라며 한탄하고 진저리 쳤다. 네 형과 꼭 결혼해야만 해? 입에서 그런 말이 밀고 나왔지만 참았다. 어차피 수환이 아닌 남자는 그녀에게 다 똑같은 상대였다. 그래도 누군가와 마음을 맞추고 함께 어울려 살아야 한다면…… 죽을 수는 없으니까…… 수환이 가까이 있는 어느 곳이 안전할 것 같았다. 그의 자유를 그녀가 어찌할 수 없는 거라면 그가 ‘있다’는 것에 만족하며 살아갈 수밖에 없지 않을까. 그랬다. 그것은 찢어짐이라기보다는 복종에 가까웠다. 그녀를 무릎 꿇린 것은 그의 자유였다.

마침내 미도호텔에 도착하자 그녀는 비 맞은 생쥐 꼴로 차에서 내렸다. 수환이 돌아보지 않은 채 외쳤다.

“서둘러야 하는 거 알지?”

친구라는 위치에 어울리는 다정하고 가벼운 음성이었다. 그녀는 왠지 못마땅하여 돌아서면서 입술을 삐죽거렸다. 수환은 차창을 열고 "참, 철수 형이 전화해 달래더라. 아르바이트 소개할 모양이던데"라는 말을 남기고는 차를 출발시켰고 귀가 솔깃해진 그녀는 자동차를 쫓아가며 무슨 알바고 시간당 수당은 얼마냐 질문을 퍼부어 댔다. 철수 형의 전화번호도 물었다. 수환은 문자로 남기겠다고 소리쳤다. 수환의 차는 곧 정원수 뒤로 사라졌다. 그녀는 멀거니 차가 사라진 방향을 바라보며 서 있었다. 이 세상에서 유일했던 동족이 그녀 곁을 떠났다는 것을 비로소 실감한 순간이었다. 없는 줄 알았는데 있어서 좋았지만 그녀로서는 도저히 어찌할 수 없는 남자. 친구로만 지내기에는 아깝지만 이제는 어쩔 수 없는 일이 되어 버렸다. 1117호로 올라가기 위해 엘리베이터 버튼을 누르는데 마음이 많이 공허했다.

18

    수환과는 그렇게 헤어졌다. 그와 그녀는 각각 다른 배우자를 만나 결혼했다. 그리고 몇 년이 흘렀다. 그런데 영기는 여태도 그와 그녀 사이를 의심하고 있는 것이다. 그녀는 011 전화번호를 해지했음을 영기에게 알리고 싶어 문자를 찍었다. 언제나 그랬듯이 오해의 소지를 만든 것은 그녀였으므로 그것은 일종의 의무사항이었다. 영기가 그녀에 대한 의심을 풀고 마음을 바꾼다면 그녀로서는 더 바랄 것이 없었다. 문자가 완성되었다.

    지금 그 번호를 해지했어.

그러니 이제는 영기 네가 그 전화번호에 대해 아무것도 말하지 않기를 바란다는 의미를 동생이 알아들었으면 했다. 그녀는 전송 버튼을 눌렀다. 곧장 답이 도착했다.

그래 잘했네.

짐작과는 다른 반응이었다. 영기는 누가 그 전화기를 소유했는지 알고 싶다고 했었다. 전화기의 소유가 다른 것에 대한 소유를 의미하는 것 같은 뉘앙스를 풍겼다. 그녀는 길에 서서 동생이 보낸 문자를 오래도록 들여다보았다. 아무런 독기도 전해지지 않았다. 글자들은 평온하고 온화한 표정으로 명상에 잠겨 있었다. 난폭한 것은 빵빵거리며 지나가는 거리의 자동차들이었다. 다시는 그 전화번호로 인해 오해받지 않아도 될 것 같아 그녀는 기뻤다. 그러니 이제는 그 전화번호에 대해 말할 일은 더 이상 없을 터이다. 그런데 그로부터 채 3분도 되지 않아 전화가 걸려 왔다. 영기였다.
“왜 거짓말해?”
“거짓말?”
“011 휴대폰을 해지하지 않았던데?”
영기는 그러고 나서 전화를 뚝 끊어 버렸다. 기가 막혔다. 영기는 이성을 잃어 가고 있다. 타락이라는 단어가 떠올랐다. 이건 동생에게 따귀를 맞았던 최악의 경험과 비견할 바가 아니었다. 그녀는 얼른 영기 번호를 눌렀다. 전화는 연결되지 않았다. 대신 전화기의 수신이 완전히 차단되었음에 대한 알림 문구가 화면에 나타났다. 수신이 차단된 것은 영기 전화기가 아니라 그녀의 전화기였다. 놀라운 일이 아닐 수 없었다.

그녀는 가까운 매장으로 들어가 도움을 요청했다. 직원이 이리저리 컴퓨터 자판을 두드리고 전화를 걸어서 얻어 낸 결론은 아주 못마땅한 것이었다.

"방금 016 전화번호를 해지하신 것 같은 데요?"

"아니요, 내가 해지한 것은 011 휴대폰이에요."

"이것 좀 보세요."

직원은 자신이 내린 결론을 요령 있게 설명하려고 애썼다. 그의 말에 따르면 그녀가 해지한 번호는 011이 아니라 멀쩡하게 잘 사용하고 있던 016이었다. 그녀는 픽 웃었다. 초등학생이라도 이런 류의 실수는 결코 하지 않을 것이다.

"난 분명히 011 휴대폰을 해지했어요."

그녀는 버티고 우겼다.

"글쎄요, 그건."

직원은 어깨를 으쓱거리더니 다른 손님에게로 가 버렸다. 그녀가 매장을 나와 핸드백 속에 든 해지 확인서를 꺼낸 것은 자신의 잘못을 확인하기 위해서가 아니라 그토록 큰 실수를 저지른 매장 직원이 괘씸해서였다. 그녀는 그 직원의 이름이 알고 싶었다. 양민식. 그 이름을 확인하고 나서 혹시나 싶어 해지된 번호로 눈길을 돌렸다.

01690081290.

놀랍게도 그녀가 해지한 것은 011이 아니라 016이었다. 믿어지지 않아 서류를 훑고 또 훑었다. 이마 위로 뻑뻑한 땀이 번졌다.

그녀는 패밀리 마트로 들어가 간이의자에 걸터앉았다. 영기에게 문자를 칠 것인가 말 것인가는 고민되지 않았다. 그녀에게는 당장 사용 가능한 휴대폰이 없었다. 그렇지만 생각은 해볼 수 있을 것이다. 실수였어, 난 011 휴대폰을 해지한 줄 알았어, 라고 한다면 영기가 보일 반응은 딱 하나로 짐작되었다.

그러게, 난 그럴 줄 알았다니까.

그녀는 패밀리 마트를 나와 집으로 향했다. 오늘은 동생에게 그런 식의 빈정거림은 더 듣고 싶지 않았다. 안 그래도 지치고 힘든 날이었다. 011 휴대폰을 해지하려다가 016을 잘못 해지하고 만 실수가 일상에서 충분히 벌어질 수 있는 소소한 것이 아니라 그 의미 이상으로 확대되는 것을 그녀는 원하지 않았다. 그녀는 단지 뭔가에 쫓겼을 뿐이다. 마음이 급한 나머지 엉뚱한 번호를 적어 넣었을 것이다. 어쩌면 매장 직원의 실수일는지도 모른다. 그녀가 불러 준 번호를 잘못 기재했을 가능성이 아주 없는 건 아니었다.

아파트 현관까지 도착했지만 그녀는 다시 밖으로 나갔다. 왠지 찜찜하고 기분이 이상했다. 영기에게 전화를 걸어 사실을 투명하게 해명하지 않으면 그 기분에서 놓여나지 못할 것 같았다. 그녀는 자신이 왜 그랬는지 이유를 생각해 보려 했으나 곧 집어치웠다. 무엇보다 011이 아니라 016 휴대폰을 해지한 까닭을 그럴듯하게 조립해야 한다는 것이 부담으로 와 닿았다. 그녀가 볼 때 진짜 거짓말은 완전하게 조립되어진 그것이었다. 아니, 뭐가 거짓말인지를 말하려는 게 아니었다. 그건 중요하지 않을 수도 있었다. 분명한 건 그녀는 이미 서른이 넘었고 독자적인 가정을 꾸려 아이까지 낳았다는 것이다. 누가 보더라고 명실상부한 하나의 독립체였다. 불완전해도 그녀의 삶이고 완전해도 그녀의 인생이었다. 그녀 몸에 새겨진 수많은 혈관들은 순간순간 변화하는 이 세계의 실상을 번번이 다른 감각으로 일깨워 왔다. 거기에는 그녀만 알아차리는 고유한 느낌이 있었고 그녀가 하는 모든 행동과 무관하지 않았다. 그녀는 이 세상 그 누구와도 같지 않았다. 그런 자신이 왜 동생이나 어머니와 거미줄처럼 엉켜 그들과 생각을 맞추고 행동을 통일해야 하는 것처럼 이야기되는 걸까. 그것이 정말 깊이 있는 삶의 올바른 실상인 걸까. 그러다가 일 분도 되지 않아 기가 죽고 말았다. 지금까지 숱하게 저지른 실수가 생각나는 순간 낯모르는 사람에게 손가락질 받는 것 같은 부끄러움이 밀려왔다.

그녀는 통신매장으로 나가 전화기 한 대를 신청했다. 일부러 방금 전과는 다른 매장을 선택했다. 처음에는 단순히 새 번호 하나를 받을 요량이었다. 어차피 휴대폰은 있어야 할 것 같았다. 무엇보다 그 전화기를 이용해 영기한테 이런 문자를 넣고 싶었다.

그 전화기를 가져간 건 네 형부야. 그 밖의 것이라면 난 정말 아무것도 몰라.

멋진 표현이 될 거라는 예감이 들었다. 의미심장한 구석이 있었다. 영기가 남편을 통해 그 사실을 확인할 가능성은 거의 없었다. "무슨 안 좋은 비밀이라도 있나 봐요, 장모님." 그녀의 011 전화기가 지닌 미심쩍은 온도를 최초로 지적한 사람은 남편이었다. 물론 그때의 전화기는 없는, 존재하지 않는 전화기였다. 남편은 그 전화기에 관한 모든 것을 알고 싶어 했다. 그것의 성능, 빛깔, 제조번호, 가격, 출고한 회사, 그것의 상징성까지. 하지만 남편이 보관하고 있다고 말하는 순간 그 전화기는 이제 어떠한 불미스러움도 표방하지 못할 것이다. 그녀는 영기한테 그 사실을 꼭 각인시키고 싶었다.

"원하시는 번호라도 있으신가요?"

매장 직원이 물었다. 우선은 통신회사를 정하라고 했다. 새 번호는 무조건 010으로 시작된다는 것은 그녀도 알고 있는 사실이었다. 그녀는 어떻게 해야 할지 갈피를 잡지 못하다가 불현듯 입을 떼었다. 하지만 자신의 입에서 흘러나온 말이라는 게 믿기지 않을 만큼 아주 생뚱스러웠다.

“사실은 제 이름으로 된 번호가 하나 있거든요.”

생각해 보니 어차피 없애버린 016이었으므로 그 번호에 연연할 필요는 없을 것 같았다. 그것 말고도 살아 있는 번호가 하나 있었다. 011에서 016으로 바뀌었을 때처럼, 016에서 다시 011로 바꾼다고 해서 그 사실을 대대적으로 알리는 불편을 겪어야 할 만큼 친구가 많은 것도 아니었다. 게다가 어차피 내친김이었다. 그녀는 과감해지기로 했다.

“그 번호를 복원하고 싶어요.”

결심을 굳히기라도 하듯 그녀는 입술을 앙다물었다. 그녀를 아는 사람들이 결코 환영하지 않을 일이라는 것은 잘 알고 있었다. 그들은 다시금 의심이라는 심지에다 불을 붙일 것이다. 하지만 이건 반발심이나 복수심과는 상관없었다. 전화기를 전화기로 여기지 않는 사람들에게 전화기를 단지 전화기로 보아 달라는 그녀 나름대로의 항변일 뿐이다.

“제 번호는 0112361234예요.”

그녀는 다시 한 번 의사표현을 분명히 했다. 매장 직원이 권하는 대로 공짜 폰 목록에서 하나의 상품을 골랐고 그것이 어떻게 공짜 폰인지에 관한 복잡한 설명을 들었다. 그런 다음 분실신고를 하고 다시 그 번호를 요구하자 까다로운 절차 없이 011 휴대폰이 복원되었다. 아니, 엄밀히 말하면 복원은 아니었다. 단순히 전화기를 바꾼 것에 불과했다. 011 전화번호는 다시 그녀의 것이 되었다.

영기한테 곧장 문자를 보내지는 않았다. 볼 때마다 물어뜯고 찌르고 꼬집어 대지만 영기는 결국 아버지가 만든 패밀리의 일원이었다. 그녀와 영기는 공동운명체였다. 그건 살 껍데기처럼 언제까지나 그녀 몸에 딱 들러붙어 있을 것만 같아서 굳이 의식하지 않더라도 제때 맞은 예방주사의 역할을 톡톡히 해 왔다. 그런데 그 껍데기 밑에서 다른 누군가 서성거린 적이 있다는 게 이제는 분명해졌다. 전화기를 기억하지 못했던 그 여자는 어디서 온 누구이며 지금은 어디에다 그 큰 몸뚱어리를 감추고 있나.

그녀는 서서히 안정감을 되찾았다. 011 번호의 복원이 단순한 전화번호의 복원이 아니라는 생각은 할 필요가 없었다. 그것은 그녀가 선호하는 사고방식이 아니었다. 그녀는 무언가를 종합해 내고 미루어 짐작하는 것을 가급적이면 삼가는 편이었다. 종합하기 전의 분산되고 흩어져 있는 상태, 그녀가 마음의 안정을 취하는 지점은 거기 어디였다. 전화기가 어디 있고 누가 소유했느냐는 질문을 자꾸 받는 것보다 지금 여기, 나에게 있다고 외치는 편이 훨씬 덜 번거로웠다. 그녀는 별 경계심 없이 빵집으로 들어가 아이가 좋아하는 곰보빵을 잔뜩 사서 집으로 돌아갔다.

19

몇 달 후 그녀는 제주행 비행기 안에 앉아 불안한 표정으로 바깥을 내다보고 있었다. 옆에는 열 명이 넘는 대가족이 제각기 손에 부채 하나씩을 쥔 채 동행하고 있었다. 막바지 장마가 한반도를 벗어나 먼 바다로 빠져나간 뒤였다.

친정어머니가 칠순을 맞았지만 수환의 상을 치른 지 얼마 되지 않은 참이라 제주도에서 바람 한번 쐬는 것으로 때울 참이었다. 늘 바쁘다며 집안 행사에서 빠지곤 하던 남편까지 따라나섰다. 시간이 되느냐고 물었더니 "나한테는 당신밖에 없잖아." 하고 말해서 뜨악했다. 더 불안한 것은 둘째오빠가 예약한 펜션이 하필이면 미도호텔 근처에 있었다는 것이다. 날짜가 임박했을 때에는 피하고 싶다는 생각에 어디 병이라도 났으면 싶었지만 결국은 가족들과 함께 비행기에 오르지 않을 수 없었다.

2층짜리 건물의 방 5개가 대가족에게 나뉘었다.

횟집에서 이른 저녁을 먹은 다음 바닷가로 나가 산책을 하며 시간을 보냈다. 아이들은 장난을 치다가 모두 물에 옷을 적셨다.

노래방에서는 아이들이 마이크를 독차지하고 어른들은 술이나 마시는 식이었다. 어머니와 고모 등은 일찌감치 쉬겠다며 방으로 돌아갔다.

한 시간쯤 노래를 부른 아이들이 우르르 피시방으로 몰려가고 난 뒤에야 어른들이 마이크를 잡았다. 노래방 도우미가 들어와 흘러간 팝송을 멋지게 부르면서 분위기를 띄웠다. 술을 권하면 "아니요, 전 홀에서는 술을 마시지 않아요"라며 세련된 몸짓으로 거절했다. 노래 솜씨가 어찌나 인상적이든지 분위기가 고양된 가운데 모두들 소리 내지 않고 조용히 듣기만 했다. 콘서트를 구경 온 느낌이었다. 도우미는 사람을 흥분시키다가 쓸쓸히 가라앉히기를 반복했다. 남편도 분위기에 취했는지 눈빛이 넋 나간 듯 게슴츠레했다. 그는 자꾸만 술잔을 홀짝였다. 그녀는 슬그머니 노래방을 빠져나와 밖으로 나왔다.

바닷가를 혼자 걸었다. 멀리 미도호텔이 보였다. 6년 전과 똑같은 불빛, 똑같은 계절이었다. 내면에서 뭔가 감정적 반응이 일어나는 것 같았으나 그리움이라든가 즐거운 추억을 회상할 때와는 다른 것이었다. 그렇다고 미도호텔이 자신의 치부라고 생각하지는 않았다. 그것은 미궁 속으로 스며든 미완의 시간이기에 거기에 대해서는 아무런 판단도 하기 어려웠다. 그건 그냥 짓다 만 집처럼 거기 어딘가에 있거나 없는 것이었다. 그녀는 가급적이며 그것을 건드리지 않으려고 노력해 왔다. 그 때문에 6년 가까이 그 시간을 망각 속으로 밀어 넣었는지도 모른다. 그 덕에 지금까지 죽지 않고 살아 있는 건지도 모른다. 하지만 수환이 죽은 지금, 그것은 뭔가 새로운 의미를 요구하는 것처럼 조금씩 움직이기 시작했다는 것을 그녀는 알고 있었다. 망각에서 벗어나 옛 기억을 되살려 낸 것도 우연이 아닐 수 있었다. 이전에는 모순투성이 기억이 그녀를 공격하기 바빴으나 수환의 죽음은 그것에서 뭔가를 회복시키고 있었다. 기억이 되살아난 건 영기의 침입에 의한, 억지적인 환기가 아니라 수환의 죽음이 기정사실이 되면서 그녀의 무의식이 차츰 그것을 원한 게 아니었을까.

그날 수환에게 비행기표를 받아 들고 미도호텔로 돌아가 남자에게 뭘 좀 사다 달라는 심부름을 시켰다. 그런 다음 부리나케 그녀의 물건을 찾아 도망치듯 호텔을 빠져나왔다. 휴대폰은 호텔 방에 두고 나온 듯했다. 번호가 기억나지 않았으므로 이후에도 그에게 연락할까 말까 망설일 일은 없었다.

집으로 돌아오자 영기는 눈을 흘기며 난리였다. 온갖 욕설이 다 튀어나왔다. "너 이수환 씨랑 그런 사이였어?"라고 할 때서야 수환을 만나러 가는 택시 안에서 잘못 눌렀던 전화번호를 기억해 냈다. 말하자면 사건 아닌 사건은 그 일에서 비롯되었던 셈이다.

캐나다에서 끝내는 큰오빠를 데리고 나온 아버지는 그녀를 서재로 불렀다. 아버지가 아버지다움을 실천하는 공간이 바로 그 서재임을 그녀는 잘 이해하고 있었다. 올바른 가치관을 전파하는 책들이 이 세상을 사면에서 경계 지어 나갔다. 아버지는 그때도 그녀를 모욕하지 않았다. 모욕당한 것은 아버지 같았다.

"온 우주가 네가 행복할 수 있도록 돕고 있는 거야. 너를 위해 희생하고…… 너를 응원하며…… 너를 사람 만들기 위해……."

아버지는 목이 메는 것 같았다.

그 소란은 오래 이어졌다. 한 달 후에 그녀 앞으로 카드 대금이 날아들었을 때가 절정이었다. 그녀가 구매했던 온갖 물품과 용문사까지의 택시비와 미도호텔 숙박비 등에 대한 상세한 내역이 청구서에 적혀 있었다. 수환이 호텔비까지 여자에게 물리는 나쁜 남자가 된 것은 순식간이었다. 영기는 값비싼 속옷은 어쨌냐고 물었다. 그녀는 태연한 어조로 공항 화장실에 버렸다고 털어놓았다. 그건 사실이었다. 벌룬 스커트와 함께 공항 화장실에 버려 놓고 나중에 두 번이나 들어가 없어졌는지 확인했다. 수중 메모장을 클러치백 속에 간직한 것은 우연이었다. 그때 그녀는 이미 편의점 아르바이트를 시작한 참이었지만 그 돈을 언제 다 갚을 수 있을지는 가늠하기 어려웠다. 그녀는 빚이 이천이백만 원으로 늘어날 때까지 버티었다. 결국 결혼을 선택하지 않을 수 없었다. 그 대가로 아버지가 모든 빚을 청산해 주었다. 아버지는 가족 모두에게 함구령을 내렸다. 그녀는 제주도에 간 적이 없을뿐더러 이수환과 호텔에 든 적은 더더욱 없는 거라고. 명심하라고.

그러니 그녀에게는 겨를이 없었다. 그동안은 방어하기 바빴다. 지키지 못한 13시간의 약속은 망각 속에서 조용히 숨죽이고 있었다. 그것을 잘못 꺼내 들면 무슨 일이 일어난다는 것을 그녀는 어렴풋이 알았던 것 같다. 그러다가 결혼 초야를 맞았고 남편으로부터 "수환과는 어땠어?"라는 질문을 받았다. 남편은 난데없이 그녀의 011 전화기에 관심을 기울였다. 그는 그 전화기에 관한 모든 것을 알고 싶어 했다. 그것의 성능, 빛깔, 제조번호, 가격, 출고한 회사, 그것의 상징성까지. 그리고 틈만 나면 그 번호의 의미를 그녀 마음에서 환기시키려 했다. 그녀는 언제나 꿋꿋이 잘 버텼다.

하지만 버티기 어려울 때도 있었다.

신혼 초 남편이 출근하자마자 베란다로 나가 허겁지겁 담배 한 대를 피워 문 적이 있었다. 누구에게 배웠는지는 이미 기억하지 못할 때였다. 남편은 담배를 피우지 않았다. 손님을 초대할 때는 담배 피우는 사람을 목록에서 제외할 정도로 담배 냄새를 싫어했다. 담배가 절반쯤 타들어 갔을 때 베란다 밀문이 열리고 남편과 그녀의 눈이 마주쳤다. 얼결에 그녀는 도둑질한 물건을 반납하듯이 담배가 끼워져 있던 손을 내밀었다. 남편은 앙상한 손가락으로 천천히 담배를 빼앗아 자신의 입에 물었고 잠시 후에는 참을 수 없다는 듯 그녀의 얼굴 위로 연기를 훅 끼얹었다. 수환이한테 배웠어? 순간 그녀는 그의 입담배가 우스워 픽, 웃었다. 담배 맛이 뭔지를 모르는구나, 당신은. 그러고는 고개를 얌전하게 숙였다. 너, 나한테 무슨 섭섭한 일 있냐? 그가 처음으로 이를 갈더니 대답을 듣지도 않고 현관문을 밀고 나가 사라졌다. 그녀는 한참 고개를 숙이고 있었다. 남자가 아내에게 최초로 반말하고 이를 갈 때 그의 눈을 마주 바라볼 용기를 내는 것은 중요하다는 생각이 뒤늦게 그녀 마음을 두드렸다. 하지만 그것은 후회가 아니라 희망찬 발견이었으므로 한 시간도 되지 않아 쪼르르 수환에게 전화 걸어 자초지종을 털어놓았다. 그날 저녁 남편은 잘 포장된 장미꽃다발을 집으로 배달시켰다. 엽서에는 '오늘이 우리 결혼한 지 꼭 삼 주일 만이네. 나랑 결혼해 줘서 고마워'라는 문구가 적혀 있었다. 남편은 그날 귀가하지 않았다. 수년 후 그 꽃다발을 보낸 게 남편이 아니라 수환이라는 사실을 우연히 알았을 때에는 그녀가 귀가하지 않았다.

수환이 죽었을 때 그녀는 베란다 죽은 나무 밑에 앉아 통곡을 터뜨렸다. 앞으로 자신의 인생이 어떻게 될지 모르겠다는 비관적인 생각에 사로잡혔다. 남편과도 계속 살 수 있을는지 장담하기 힘들었다. 남편은 수환이 '있는' 내에서만 의미를 드러내던 존재였다. 그런데 실컷 울고 났더니 그 모든 갈등이 무의미해지면서 살고 싶은 기분이 되살아났다. 배가 고팠고 우유를 적당하게 탄 뜨거운 카푸치노가 마시고 싶었다. 흉하고 뻔뻔한 그 의지가 어디서 솟아나는지 그녀는 알 수가 없었다.

13시간은 그렇게 세상 어딘가에 묻혔다. 자신이 직접 열었던 시간이지만 그녀는 난폭하게 그것을 닫아 버렸다.

그리고 그녀는 다시 제주도에 왔다.

그녀는 바닷가를 뱅뱅 돌았다. 미도호텔까지 두 번 다녀왔더니 11시가 다 되어 갔다. 노래방에서 나온 지 한 시간가량이 지난 것이다.

방으로 돌아갔더니 남편은 맥주를 마시며 다큐 프로그램을 시청하고 있었다. 내셔널지오그래픽이었고 제목은 '돌아온 사자'였다. 지질한 삶을 살았던 어느 수사자의 이야기였다. 녀석에게는 갈기가 없었는데 엉뚱한 곳에다 분풀이하듯 사람을 48명이나 죽였다. 다른 동물을 사냥한 사례는 발견되지 않았다. 프로그램이 원인을 추적해 들어가자 호기심이 동했다. 어떤 거창한, 형이상학적 퍼포먼스가 튀어나와 남편과 그녀 사이를 흔들어 놓을 것 같았다. 그녀는 남편의 반응을 살피다가 남편 역시 그녀를 흘금거리고 있다는 사실을 깨달았다. 부부는 아주 젊은 편이었으나 언젠가부터 상대방의 눈치를 보고 거기서 얻어 낸 데이터를 통해 자신이 취할 태도를 결정했다. 예상과는 달리 문제의 원인은 사자의 잘못된 송곳니에 있었다. 약한 턱에 붙은 어긋난 송곳니로는 덩치 큰 짐승을 감당할 수 없어 차선책으로 힘없는 인간을 고른 것이다. 살고자 하는 의지의 방향에서 생의 태도가 결정되어지는 것은 사자나 인간이나 다를 바 없었다. 화면은 놈이 인간사냥이라는 갈피를 잡아 나가기까지의 과정을 상세하게 보여 주고 싶은 것 같았으나 한계가 있었다. 갈기 없는 수사자는 이미 인간의 손에 처단된 뒤였으므로 눈에 띄는 그림은 잡아내기 힘들었다. 옆에서 남편이 코 고는 소리가 들렸다. 결론이 나기 전에 그가 잠든 건 다행이었다.

그녀는 한 시간가량을 남편 옆에 누워 뒤척이다가 그래도 잠이 오지 않아 살그머니 옷을 입었다. 방을 나오기 전에 남편에게 이불을 적당히 덮어 주었다.

호텔에서 나와 바깥 공기를 쐬는 순간 머리가 어지러웠지만 잠깐이었다. 홀린 듯 다시 미도호텔 쪽으로 걸어가려는데 뒤에서 영기가 그녀를 불렀다.

"언니야, 우리끼리 술 한 잔만 더하자."

20

이른 새벽에 번쩍 눈을 뜨고 말았다. 시계를 봤더니 5시 25분이었다. 음주 탓인지도 몰랐다. 술을 마신 날은 일찌감치 잠에서 깨어났고 아침을 먹고 9시가 지나면 다시 잠이 쏟아지는 식이었다. 그녀는 산책을 하기 위해 세수를 하고 옷을 입었다. 화사한 레드 컬러에 화이트 핀 도트가 프린트된 원피스를 입었다. 가슴을 여미는 서플리스 네크라인으로 소매가 없지만 단정한 느낌을 주는 옷이었다. 그녀는 고양이 걸음으로 살그머니 밖으로 나왔다. 남편은 평소에는 일찍 일어나던 편이었으나 긴장이 풀린 탓인지 그때껏 깊이 잠들어 있었다.

조심스레 가족들이 자는 방을 지나 밖으로 나왔다. 그녀의 발걸음은 기다렸다는 듯이 미도호텔로 향했다. 바닷가에 이르러서는 일부러 바닥만 보고 걸었다. 훤한 새벽이었고 너무 많은 것들이 적나라한 겉모습을 드러낸 게 왠지 되바라져 보였다. 십여 분도 되지 않아 호텔 앞에 도착했다.

아침 공기는 상쾌하고 맑았다. 새벽부터 잠자리들이 극성스러웠고 새들이 잔디밭에 내려와 놀다가 날아오르는 모습이 보였다. 정원 여기저기 숨겨진 스피커에서 클래식 음악이 잔잔하게 흘러나왔다. 홀린 듯 귀를 기울일라 치면 가까운 곳에서 수탉이 집요하게 울어 댔다.

잔디밭을 지나자 야자나무와 등나무가 나타났다. 검고 구멍이 숭숭한 바위 사이에 피어 있는 범부채꽃이 유난히 눈길을 끌었다. 곰취과의 키 작은 식물이 여기저기 무리를 이루고 있는 것도 보기 좋았다. 호텔 뒤 숲 속에서 이름 모를 새가 휘루룩, 묘한 소리를 냈다.

날짜를 대충 꼽아 보았더니 첫 번째 결혼을 하고 난 지 만 6년하고도 한 달가량이 지난 것 같았다. 시작은 있었으나 끝이 없었던 결혼이었다.

그 남자와 오랫동안 이야기를 나누었던 곳, 두 사람의 대화를 지켜보았던 야자나무가 선명하게 자기 모습을 드러내며 그녀를 반겼다. 안개도 끼어 있지 않은 새벽이었다.

한참을 철제 벤치에 앉았다가 샌들을 벗어 들고 바다를 바라보며 걸었다. 발바닥에 와 닿는 모래의 감촉이 부드럽고 간지러웠다. 물기가 많은 쪽은 차갑긴 해도 발이 덜 빠져 걷기가 수월했다. 그녀는 순간순간 내키는 대로 아무 데로나 걸었다.

결혼식을 올렸던 장소에 이르렀을 때에는 어쩔 수 없이 감정이 고양되기 시작했다. 주례를 섰던 바람이었을까. 따뜻한 미풍이 불어와 귀밑이 간지러웠다. 바다가 아우성치며 그녀의 마음에서 무언가를 불러일으켰다. 돌멩이를 주워 물속으로 던졌다. 파도에 묻혔는지 아무런 소리도 분간해 낼 수 없었다. 그 방에서 한 시간만 있어 봤으면…… 두 손으로 양 어깨를 꽉 움켜잡았다. 그녀는 호텔 안으로 들어갔다. 새벽인데도 카운터에는 사람이 있었다. 하지만 가까이 다가가 말을 걸자니 우스꽝스러웠다.

1117호에 올라가 잠시만 있으면 안 될까요?

정말 말이 안 되는 이야기였다. 들어줄 리 없었다. 그녀는 밖으로 나왔다. 그런데 문을 밀고 나오는 순간 기발한 생각이 떠올랐다. 방을 얻는다고 해 놓고 들어가 10분 간 둘러보고, 침대에 누워 보고 다시 되돌아 나오는 거였다. 방이 맘에 들지 않는다고 하면 그만인 게 아닐까. 시식 코너에서 만두 몇 개 집어먹는다고 염치 운운할 필요는 없었다. 그녀는 방 안의 무엇도 망가뜨리지 않을 것이다. 무턱대고 5

분만 방을 둘러보고 나오면 안 되느냐는 식의 황당한 부탁보다 나았다. 굳은 결심을 하고 들어가 곧장 카운터로 다가갔다. 종업원은 그 시간에도 흐트러진 모습을 보이지 않았다.

"도와 드릴까요?"

또렷한 발음도 부담스러웠다. 그녀는 침을 삼켰다.

"방을 하나 얻었으면 해요."

"오늘 말입니까? 죄송하지만 방이 없는데요. 토요일이어서 예약이 끝났거든요."

종업원이 공손하게 말했다. 그녀는 조금 머뭇거리다가 다시 용기를 냈다.

"아니, 곧 나갈 거예요. 말하자면, 잠시만 쉬면 돼요."

"오늘 오전만 이용하실 거라는 말씀입니까?"

"네, 바로 그거예요. 대신 꼭 1117호여야 해요."

갑자기 그녀의 기분이 들뜨고 고무되기 시작했다. 숙박료를 지불할 여력만 있으면 서너 시간 1117호 안에 틀어박혔으면 좋겠다는 생각이 들었다. 얼마든지 그럴 수 있을 것 같았다. 물론 말도 안 되는 이야기였다. 그때까지 가족들에게 돌아가지 않는다면 아마 집안이 발칵 뒤집히고도 남을 것이다. 경찰에다 실종 신고를 하자고 가장 먼저 제안할 사람은 아마도 영기가 아닐까. 오빠들은 걔가 원래 그러니까 조금만 더 기다려 보자며 말릴 수도 있는 일이고. 그러니 그저 한번 해보는 생각이었다. 그 방 안에 사람이 없다는 보장도 없었다. 바다가 내다보이는 전망 좋은 방이 아니었던가. 그런데 종업원의 표정이 왠지 수상쩍었다. 주저하고 망설이는 건 둘째치고 무언가 께름칙해한다는 인상을 강하게 받았다.

아, 그렇구나.

그녀는 속으로 고개를 끄덕였다. 납득이 되었고 얼굴이 붉어졌다. 그녀에게는 핸드백 같은 소지품이 전혀 없었다. 지갑을 손에 들고 있지도 않았다. 주머니가 전혀 없는 레드 계열의 원피스에다 휴대폰도 들고 나오지 않았다. 한마디로 '난 돈이 없어요!' 그녀는 온몸으로 그렇게 말하고 있었다. 어쩌면 그보다 더한 상상을 하는지도 몰랐다. 새벽 6시에 여자 혼자서 넋 나간 표정으로 나타나 방을 달라고 한다. 그것도 바다가 보이는 곳으로. 아마 십중팔구 자살하려는 여자로 짐작하지 않을까. 그녀는 틀려 버린 일이라며 체념해 버렸다. 할 수 없는 일이었다.

"아, 그 방은 안 돼요."

종업원이 간단히 대꾸했다. 그녀는 역시, 하고 고개를 끄덕이면서도

"나갔나요?"

하고 물었다. 그는,

"그 방을 쓰는 사람이 따로 있습니다."

하고 말했다. 그녀는 또다시 바보처럼 고개를 끄덕였다. 실망감에 위축되어 인사도 하지 않고 돌아섰다. 그런데 막 몇 발짝 걸음을 떼어 놓았을 때였다. 종업원은 저기요, 하면서 쭈뼛쭈뼛 그녀를 불렀다. 그녀는 카운터를 돌아보았다.

"혹시……."

"뭘요?"

"그냥 여쭤 보는 건데요. 혹시 성함이 전영애 씬가요?"

"네?"

그녀는 깜짝 놀라 소스라쳤다. 길을 가다가 난데없이 벼락을 맞은

느낌이었다. 뭐랄까…… 전혀 안면이 없는 사람이 그녀 이름 석 자를
정확히 발음하는 소리를 듣는다면 누구나 기겁하지 않을까. 종업원
은 미안했는지 얼른 해명하고 나섰다.

"그냥 그 방을 찾으셔서 한번 물어봤습니다."

"제, 제가 전영애가 맞는데요."

"아, 그렇습니까?"

이번에는 종업원이 놀랐다. 눈을 동그랗게 뜨고 그녀를 바라보더니
갑자기 안절부절못했다. 말을 더듬고 눈동자가 수선스럽게 움직였다.

"그, 그렇다면…… 그렇다면 열쇠가 필요 없을 것 같습니다."

"네?"

"그냥 1117호로 올라가시면 됩니다."

그녀는 의아하게 그를 쳐다보았다. 무슨 말을 하는지 이해하기 어
려웠다. 골똘히 생각하느라 얼굴을 찡그렸더니 종업원이 긴장된 표정
으로 설명했다.

"6년 전부터 그 방을 쓰고 계신 손님이 있는데요……."

그 한마디만으로 심장이 덜컥 내려앉았다. 숨이 멎는 것 같았다.
하지만 그럴 리 없다며 도리질을 쳤다. 말도 안 되는 일이었다.

"조금만 늦었어도 엇갈릴 뻔했어요. 그분은 토요일에 서울로 가셨
다가 월요일 아침에 돌아오십니다. 6년 동안 그렇게 사셨어요. 지금
은 방에 계실 거예요. 아, 내려오실 때가 되었군요. 주로 7시 40분 비
행기를 이용하시거든요. 혹시라도 전영애라는 분이 찾아오시면 직장
에 가 있을 때든 언제든 반드시 연락해 달라고 신신당부를 하셔서.
꼭 만나야 할 일이 있다면서. 그분은 여기서 문화예술단체를 경영하
고 계십니다."

그러더니 그는 직분을 잊기라도 한 듯 화들짝 놀라며 손바닥을 마주 쳤다.

"이럴 게 아니라 제가 직접 연락해 드릴게요. 기다리세요."

종업원은 서두르며 수화기를 손에 들었다. 인터폰을 넣을 모양이었다. 그녀는 혼비백산 종업원을 말렸다. 체포 직전에 처한 범죄자의 심정이었다.

"잠깐만, 잠깐만요."

일단 그를 제지하고 숨부터 골랐다. 정신을 차릴 필요가 있었다. 하지만 무언가를 생각하고 결론짓기 전에 그녀는 슬금슬금 도망부터 치고 있었다. 볼 것도 없다는 듯 출입구까지 걸어가서 문을 밀었다.

"잠깐만 생각할 게 있어서요."

그녀는 어색한 표정으로 손짓을 하며 밖으로 나왔다. 헐레벌떡 바닷가로 내려가 샌들을 벗어 쥐고 무작정 달리기 시작했다. 뛰면서 생각했다. 13시간은 쇼였어. 생 쇼를 하면서 재미나게 놀아 본 거야. 그런데 괴물처럼 미련한 그 남자는 그 시간을 여태 붙든 채 혼자 씨름해 왔단 말인가.

그녀가 얼마 이동하지 않았을 때였다.

"이봐요, 전영애 씨. 나예요, 나 여기 있어요. 그냥 이렇게 가 버리면 어떡해요. 잠깐만 거기 서 봐요. 내 말 좀 들어 봐요."

뒤를 돌아보았더니 웬 남자가 정신없이 두 팔을 휘저으며 따라왔다. 틀림없이 윤기훈, 그 작자였다. 오랜 시간이 지났지만 알아볼 수 있었다. 그의 음성이 바람에 실려 와 그녀의 가슴을 때리는 게 느껴졌지만 멈추지 않고 계속해 달렸다. 멈출 수가 없었다. 가족을 생각하든 남편과 아이를 봐서든 그래서는 안 될 것 같았다. 그 일로 인해 수환이 받았던 오해와 눈총은 또 어땠단 말인가. 목소리는 점점 가까워졌다.

"우리에겐 약속한 시간이 남았어요. 13시간 중에서 5시간 18분이 남았다고요. 그러니 얼른 거기 서요. 이봐요, 전영애 씨."

5시간 18분이라는 말을 듣는 순간 다리에 쥐라도 난 듯 멈칫거릴 수밖에 없었다. 그녀의 걸음은 점점 느려졌다. 숨이 턱까지 차오른 것도 이유랄 수 있었다. 무심결에 그녀는 6년 치 호텔비를 계산하고 있었다. 118,000×30×12×6=? 암산 실력이 부족해 답을 곧바로 찾아내기는 힘들었다. 아니, 그건 답을 낼 필요가 없는 일이었다. 그녀가 냈던 휴대폰 요금 17,800×12×6과는 비교가 안 되는 수치였다. 이상한 남자다, 라는 생각과 동족이구나 싶은 마음이 동시에 찾아들었다. 동족은 동족이되 정말 괴물 같은 동족이었다. 하지만 한편으로는 이런 생각도 들었다. 그와 같은 금액이 그녀에 대한 감정과는 아무런 상관도 없는 걸까.

아니, 그녀는 그 남자가 무서웠다. 무서워 죽을 것 같았다.

드디어 그가 가까이 접근해 왔을 때였다. 그녀는 걷기를 멈추고 돌아보았다. 무서운 상상과는 달리 조금 더 나이가 들어 남자는 그만큼 더 평범해 보였다. 뒤통수에 새겨져 있던, 그녀가 그토록 좋아했던 짐승의 혓바닥 자국은 옷에 가려 보이지 않았다. 그러다가 그 시계를 보았다. 아버지가 물려준 루이비통 손목시계가 마치 오랜 임자였다는 듯 조금도 어색하지 않게 남자의 손목을 장식하고 있었다. 기분이 묘했다. 그가 정색을 하면서 얼굴을 찡그렸다.

"혹시 당신 지금 나한테서 달아나고 있는 거요?"

"아니요."

“그럼 어디를 그렇게 급하게 뛰어가는 거요?”

“그냥 무작정 뛰어 봤어요. 이상한가요?”

그는 믿기지 않는다는 듯 그녀의 얼굴을 찬찬히 살피더니 조금씩 미소를 드러냈고 마침내 환하게 웃었다. 일상의 때마저 엿보이는 그 평범함이 그녀를 혼란에 빠뜨렸다.

“나도 이제 마흔이 넘었어요. 뛰는 게 쉽지는 않아. 설마 우리에게 5시간 18분이 남아 있다는 사실을 잊지는 않았겠지?”

“그럼요.”

“다행이군. 난 당신이 잊어버린 줄 알았어.”

그의 눈에서 색다른 조명 하나가 켜지더니 점점 밝아졌다. 마치 그녀를 향해 무언가를 쏘아 대는 것 같았다. 어쩌면 아침 햇살 탓인지도 몰랐다. 햇빛이야말로 무엇이든 잘 반사시키곤 하니까. 그녀는 민망하고 어색한 기분에 휩싸여 자외선을 차단할 때처럼 손바닥을 반쯤 오므려 이마 위에 댔다. 그때 구세주처럼 생각이 떠올랐다. 오늘 날씨 어때요? 하는 것보다 훨씬 실감 나는 화젯거리였다.

“혹시 제 휴대폰 전화기가 어디 있는지 아세요?”

그러자 마치 그 말이 나오길 기다렸다는 듯 그가 술술 말하기 시작했다.

“내가 잘 보관하고 있어요. 날마다 배터리를 충전하면서 끊어지지 않도록 애써 왔어요. 행여 전화가 먹통이 되면 당신과 영영 다시 만나지 못하게 될까 봐 겁이 났어요. 하루에도 수없이 통화 상태를 확인하곤 했지요. 그런데 이상하게도 얼마 전부터 갑자기 전화가 끊어져 버렸어요. 당신에게 무슨 일이 생긴 건 아닌가 싶어 얼마나 걱정했는지 몰라요.”

그녀는 깊은 한숨을 토해 내며 먼 바다를 응시했다. 수평선이 희미하게 뭉개져 있었다. 남자가 조용히 다가와 그녀의 어깨를 돌려세웠다. 그녀는 겁먹은 눈으로 그를 쳐다보았다.

"그동안 많이 보고 싶었어요. 당신은?"

"저도요."

마음속 두려움에도 불구하고 대답은 잘도 흘러나왔다. 입이 자동머신 같았다. 그러면서도 그녀는 주변을 둘러보는 순발력을 잃지 않았다. 혹시 남편이나 가족들 눈에 띈다면 큰일이었다. 그녀 내면에 5시간 18분에 대한 긴장감이 살아 있는 것은 분명한 사실이었다. 그동안 그것으로 인해 느꼈던 께름칙함을 털어 버리고 싶었다. 물론 모든 것을 깡그리 다 잊은 건 아니었다. 그녀는 다짐하듯이 물었다.

"정확히 5시간 18분이면 되는 거죠?"

"당연한 거 아니요?"

"혹시 이미 카운트다운에 들어갔나요?"

"아니, 그건 아니에요. 이곳은 우리의 공간이 아니잖아요. 우리들만의 그곳으로 발을 들여놓아야만 시간이 흘러갈 거요, 알겠소?"

"좋아요."

"갑시다."

그가 다가와 슬며시 그녀의 손을 잡았다. 그녀는 처음 만난 남자에게 마음을 내주는 소녀처럼 부끄러움으로 몸을 떨었다. 그것은 확실히 기억하고 상상하던 것과는 달랐다. 그동안 한 번도 체험한 적 없는 새로운 종류의 달콤함 같았다. 하지만 가족들이 적군처럼 포진해 있는 곳에서 뭘 어떻게 할 수 있을까. 5시간 18분이라니, 그와는 5분도 함께 있어서는 안 된다는 것을 차츰 깨우쳐 갔다. 그녀는 즉각적인 속임수를 만들어 냈다. 남자를 따돌릴 생각이었다. 먼저 가겠다고 해 놓고 옆길로 빠질 위치를 마음으로 대충 가늠해 두었다.

"같이 가요."

그녀가 뛰자 남자도 뛰었다. 그녀가 멈추면 남자도 멈추었다. 결국 울상이 된 그녀는 죽어라 앞을 향해 달려 나가기 시작했다. 그것은 자신을 해하려는 사람에 맞선 필사적인 구명의지와 닮아 있었다. 신선하고 맑은 아침 햇살이 해변을 완전히 점령해 버린, 뜨거운 여름의 한복판이었다. 거인할머니의 천 몇 번째쯤 되는 남편인 걸까. 그녀의 불안한 심정에는 아랑곳없이 친절한 갈매기 한 마리가 나타나 머리 위에서 그들을 호위하기 시작했다.

전화 거는 남자

1

　그는 열쇠를 손에 쥔 채 현관문 손잡이를 내려다보았다. 지난주에 비해 윗부분에 생긴 틈이 더 벌어지지는 않은 것 같았다. 흉하게 긁힌 연장 자국도 그대로였다. 열쇠를 자물쇠에 끼우면서 그의 시선은 찌그러진 그 상처에 오래 머물렀다. 오른쪽 검지를 이용해 틈새를 두어 번 쓰다듬다가 문을 열고 집 안으로 들어가 전등 스위치를 올렸다.

　"여보, 나 왔어."

　조용하게 침묵이 흐르고 있었다. 그는 큰 소리로 헛기침을 내뱉으면서 거실 바닥에 떨어져 있는 수건을 집어 들었다.

　"나 왔다니까."

　느긋하게 달래는 어투로 중얼거리면서 아내를 찾아 방마다 돌아다녔다. 욕실을 확인한 뒤 수건은 세탁기 안에다 던져 넣었고 종료 버튼을 눌러 휴대폰을 껐다. 환기를 시키려고 거실 베란다 창문을 열다가 커튼 주름 속에 숨어 있는 아내를 발견했다. 눈이 마주치자 두 사람은 약속이나 한 듯 서로가 빙그레 웃었다.

　"거기 있었구나, 당신. 이리 와."

　그는 팔을 내민 채 아내에게 다가가 그녀를 끌어안았다. 아내의 머리카락 속으로 얼굴을 묻고는 익숙한 냄새를 맡았다. 여느 때처럼 집에 돌아왔다는 실감이 밀려왔다.

"혼자 심심했지?"

그가 말하자 아내는

"아무래도 번호 키로 바꾸는 게 낫겠어요."

하고 속삭였다. 그는 고개를 들고 아내의 안색을 엿보았다. 창백하고 피곤해 보였다. 재킷을 벗어 소파 위에다 걸쳐 놓았다. 무슨 일이 있었느냐고 물어보지는 않았다. 불안한 것으로 치면 그가 더했다. 도둑이 현관문을 부수어 놓은 뒤 그의 마음은 한시도 편한 적이 없었다. 보조 키 하나를 더 달기는 했지만 그건 단지 작은 위안 같은 거였다. 뜯으려고 들면 그 어떤 것으로도 당해 내기 어렵다고 했다. 번호 키야말로 훨씬 간단하게 부술 수 있다고 말해 준 것도 열쇠 수리공이었다. 이제 현관문 자물쇠는 모두 세 개였다. 도둑이 순서대로 자물쇠를 뜯는 동안 이웃에서 우연하게 인기척을 내고 놈이 놀라서 달아나는 것. 그것이 그가 바라는 가장 기댈 만한 시나리오였다. 요행히 이번에 화를 면한 것도 그 때문인 것 같았다. 분명한 것은 어떤 경우에도 도둑이 집 안으로 들어오게 할 수는 없다는 것이다. 아내 혼자 있는 집에 도둑이 들다니, 생각하기도 싫은 일이었다.

"생각해 볼게."

그는 욕실로 들어가 샤워를 하고 나왔다. 아내는 소파에 드러누워 텔레비전을 보고 있었다. 주말 드라마가 재방송되는 중이었다. 그는 장롱에서 편안한 옷을 꺼내 입은 다음 카펫 위에 주저앉으며 소파에 등을 기댔다. 아내가 그의 머리카락을 만지작거리자 최면이라도 걸린 듯 스르르 잠이 쏟아졌다. 그는 앉은 채로 꾸벅꾸벅 졸았다. 여직원들이 자판기 앞에 모여 아내 이야기를 하고 있었다. 무슨 소리를 하나 귀를 기울이는데 누군가 손가락으로 톡톡 등을 건드렸다. 돌아보니 아내였다. 그런데 그녀가 이상했다. 입에서는 침이 흘러내리고 눈은 초점이 없었다. 그는 소스라치며 눈을 떴다. 심장이 거칠게 뛰었다. 화면은 스포츠 채널로 바뀌어 있었고 부엌 쪽에서는 물소리가 들려왔다. 입에서 안도의 한숨이 흘러나왔다. 아내가 저녁식사를 차리는 모양이라고 그는 생각했다.

그때 열 살이 조금 넘은 사내아이가 안방에서 걸어 나와 지나 페론의 그림 앞을 지나가고 있었다. 얘, 조심해! 그는 하마터면 소리라도 지를 뻔했다. 아내가 애지중지하는 것으로 130/90센티미터나 되는 대형 그림이 욕실 바깥쪽 벽에 걸려 있었다. 지나 페론은 쿠바 출신 여성 화가로 1960년대 유행한 코브라 운동의 일원이었다. 제목이 없는 그 그림은 1969년 파리에서 제작된 것이었다. 파리 외곽의 벼룩시장에서 고르고 흥정한 건 그였지만 몇 년 전에 소유권이 아내에게 넘어갔다. 부부싸움을 하거나 이런저런 사건이 수습될 때마다 그녀는 다짐받곤 했다.

“이제 저건 내 꺼야, 알았지?”

그러면 그것으로 그만이었다. 그는 토를 달지 않았고 불만을 가진 적도 없었다. 지나 페론의 그림은 아내가 영국 유학에서 돌아오던 날 공항에 마중 나가지 않은 그의 잘못이 빌미가 되어 그녀 것이 되었다. 그는 직장에서 발을 뺄 수가 없는 상황이었다. 마음이 변한 거냐며 밤새도록 울어 대던 아내는 그림을 받고서야 평정을 되찾았다. 그의 물건을 자기 것으로 만들고 나면 아내는 으레 그런 식이었다. 식탁은 풍성하게 차려지고 히스테리는 눈에 띄게 줄었다. 그를 바라보는 눈빛에는 다정함이 가득했다. 부부관계는 더할 수 없이 만족스러웠다. 그럴 때면 놀랍게도 밤중에 자신이 흐느끼는 소리에 놀라 깨어나는 일도 드물어졌다. 문제는 세월이 흐르다 보니 이제 집 안에 그의 것이라고 부를 만한 물건이 그리 많지 않다는 것이다. 어느새 그녀는 대부분의 살림을 자기 것으로 만들어 버렸다. 자신이 더 이상 줄게 없는 남자라는 사실은 쉽게 받아들여지지 않을 때가 있었다. 뭔가 더 있을 것이고 더 있어야 하지만 그것이 무엇이어야 하는지는 모호했다.

아이가 욕실로 들어가면서 문을 세차게 닫아서인지 그림이 부르르 떠는 느낌이었다. 액자가 깨지거나 표면에 작은 구멍 같은 게 생긴다면 아내가 이만저만 실망하지 않을 것이다. 조심하라니깐. 그는 그림 앞으로 달려가 어쩔 줄 몰라하며 허둥댔다. 벽이 시멘트로 되어 있어 잘 흔들리지 않는다 하더라도 같이 붙어 있는 문을 그토록 조심성 없이 닫다니. 고치지 않으면 안 될 나쁜 습관이었다. 그는 아이를 가르치기 위해 욕실 문을 벌컥 열었다. 하지만 안에는 아무도 없었다.

아 참, 우린 아직 애가 없지.

그는 당황이 되어 다시 텔레비전 앞으로 돌아갔다. 어쩐지 가슴이 아렸다. 화면은 막 광고 타임으로 넘어가고 있었다. 아이라는 존재가 그들 부부 사이에 꼭 필요한지는 확신이 서지 않는다. 가끔 삶에서 적지 않은 결핍을 느끼지만 아이가 있다고 메워지리라는 보장은 없다. 아이가 좋은지 나쁜지는 있어 봐야 알 수 있는 것.

그는 텔레비전을 끄고 아내를 돕기 위해 부엌으로 갔다. 그녀는 프라이팬에다 막 양념된 불고기를 얹고 있었다. 의외였다. 아내는 지독한 채식주의자다.

“웬일로 고기를?”

“당신을 위해 내가 오늘 애 좀 썼지.”

아내가 애교를 떨면서 귀여운 표정을 지었다. 하지만 그에게는 왠지 강자의 여유처럼 느껴졌고 어쩌면 뭔가 얻어 낼 목적이 있는 건지도 모르겠다는 생각을 갖게 했다.

“그럼, 자기는 뭘 먹어?”

“난 낮에 먹던 버섯 탕수육이 남아 있어. 걱정 마, 여보.”

“고마워.”

그는 등 뒤에서 아내의 허리를 껴안았다. 그녀는 엉덩이를 뒤로 뺀 채 몸을 흔들어 그를 털어 냈다. 지지직. 기분 좋은 소리가 집 안에 울려 퍼지자 그는 입맛을 다셨다. 팔을 걷어붙이고 나서 흐르는 물에다 상추를 한 장씩 갖다 댔다.

“제대로 씻어야지. 그게 뭐야.”

아내가 물 묻은 손으로 그의 손등을 오지게 때렸다. 그는 몇 걸음 옆으로 물러났다.

“상추에도 농약을 친다는 사실을 잊었어? 그걸 먹었다간 큰일 난단 말이야. 곧 배란기도 닥칠 건데 조심해야지.”

“상추는 나만 먹을 거잖아.”

그는 시들하게 대꾸했다.

“무슨 소리야? 애를 어디 여자 혼자 만드는 거야? 자기도 나랑 똑같이 노력하고 조심하고 마음과 정성을 다해야지. 임신과 상관없다고 해도 그렇지, 농약 친 야채를 그대로 먹는다는 게 말이나 돼? 자기, 요즘 술 담배는 확실히 끊은 거지?”

“그, 그럼.”

예상치 않은 공격에 그는 화들짝 놀라며 말을 더듬었다. 아내의 시선을 피하기 위해 애써 등을 돌렸다. 그냥 미안하다고 말할 걸 잘못했다는 생각이 들었다. 공연히 말대꾸하다가 본전도 못 찾은 게 어디 한두 번인가. 그는 설거지 그릇에다 물을 받아 상추를 한 장 한 장 정성스레 씻었다. 아내가 하던 동작을 멈춘 채 간간이 그의 행동을 지켜보곤 했으므로 꾀를 부릴 수도 없었다.

소박하지만 만족스러운 식탁이 차려졌다. 불고기 위에다 김치 속을 발라 쌈 싸 먹는 것도 색다른 맛이었다. 반찬이나 양념장을 따로 만들지 않아도 된다는 이점이 있었다. 게다가 처가에서 가져온 김치는 깊으면서도 진한 젓갈 맛이 느껴졌다. 바닷가에서 나고 자란 그의 입에 딱 맞는 맛이었다.

"역시 처갓집 김치가 최고라니까."

그는 한 쌈 가득 입안으로 밀어 넣으면서 중얼거렸다. 아내가 만족스러운 표정으로 그를 쳐다보더니 휴지 한 장을 뽑아 입가를 훔쳐 주었다.

"병원 갔다 온 거 궁금하지 않아?"

아내의 예리한 눈이 그의 표정을 훑었다. 회피하고 싶은 질문이지만 할 수 없이 대답을 해야만 했다. 그는 물컵을 들어 천천히 입에 갖다 댔다.

"왜? 의사가 뭐라는데?"

"뭐라고 하기는, 지난달까지 이런저런 검사하고 준비해 왔으니까 이번 달부터는 인공수정을 시도해 보자고 하지. 생리 끝나고 나서 며칠 있다가 병원에 가면 자기가 가야 할 날짜도 대충 정해질 것 같아."

"그래?"

왜 식탁에서 이런 무거운 이야기를 해야 하나. 웬만큼 식사를 마친 그는 숟가락을 놓으면서 억지로 트림을 내뱉었다. 아내의 말은 계속 이어졌다. 의사 말로는 성공 가능성이 50퍼센트인데 불임 여성치고는 꽤 높은 편에 속한다는 둥 하는 이야기였다. 조영제라는 주사약을 맞고 함께 나팔관을 촬영한 여자들과 만나 점심 식사한 내용을 전할 때는 어쩐지 들뜬 것 같았다. 한 아줌마는 나이가 마흔여덟이야. 병원에 왜 왔는지 알아? 젊어서 임신이 되지 않아 별생각 없이 여자아이 하나를 입양했나 봐. 지금 고등학생이 된 그 애가 가출도 하고 난리가 아닌가 봐. 가끔 집에 들어오면 냉장고를 열면서 왜 이렇게 먹을 게 없어, 더러워 시발, 하면서 마구 욕을 한대. 아내의 흥분에 샘이 난 그는 그쯤에서 슬쩍 끼어들었다. 아무 생각 없이 입양하는 사람이 세상에 어디 있냐? 그러자 아내가 정색을 하며 눈을 흘겼다. 그 아줌마가 그렇다니까 그런 줄 알지, 자기는 그런 것까지 판단하면서 남의 말 듣냐. 잔소리가 길어질 기미를 보였다. 그 여자는 결국 자기 애 낳으려고 병원 온 거고 그럼, 딴 여자는? 그는 순발력을 발휘해 재빨리 말을 돌렸다. 그 애는 이제 겨우 서른한 살이야. 남편은 12살 연상이래. 결혼은 스무 살 조금 넘어 했나 봐. 그런데 검사결과가 어떤지 알아? 다낭성난포증후군이래. 난포가 제대로 자라지도 않은 상태에서 터지는 거야. 초음파로 보면 작은 물집 같은 게 열개 이상 생기다가 만다는군. 불쌍하기도 하지. 하지만 나처럼 남편과 별거하다시피 하는 건 아니니까 그나마 덜 외로울 거야. 게다가 부부는 서로가 몹시 사랑하나 봐. 아내는 부러운 듯 말을 흐렸다. 그 끝에 인공수정을 할 때 남자가 소극적으로 나오는 것처럼 여자를 힘들게 하는 게 없다는 거 알아? 하면서 동의를 구하듯 그를 쳐다보았다.

그는 어, 하고 얼버무리면서 고개를 떨어뜨렸다. 공연한 분노가 치미는 듯 아내의 얼굴이 찡그려지는 것을 그는 무기력하게 지켜보았다. 이번에는 아주 시비조였다.

"표정이 왜 그래?"

"내가 뭘?"

"언제나 시들하게 반응하잖아, 내가 애 갖는 거 싫어?"

"싫다니, 그런 말이 어디 있냐?"

"그럼, 왜 그래?"

아내가 목청을 돋웠다. 그녀의 가파른 감정 변화가 부담스러워 그는 슬그머니 눈을 내리깔았다. 팔짱을 낀 채 숨을 쌕쌕 몰아쉬던 아내는 그가 제일 싫어하는 이야기를 꺼냈다.

"제주도에서는 언제 올라올 거야?"

"사업이라는 게 하루아침에, 단칼에 정리가 되지는 않잖아. 조금만 더 기다려 줘."

"내가 미쳐요, 불임 치료를 받으면서 한 사람은 서울에, 한 사람은 제주도에, 이게 도대체 말이나 되는 거야?"

"그러게 조금 더 생각해 보자고 했잖아."

그는 기어들어 가는 목소리로 겨우 말했다. 아내가 폭발했을 때 절대로 말대꾸하지 말거라. 죽은 척 그저 가만히 엎드려 있는 게 남자가 할 일이야. 어머니가 귀띔한 말이었다. 하지만 그는 할 말이 많았다. 일방적으로 밀어붙인 건 아내였다. 그녀는 조금 더 기다렸어야 한다. 적어도 그가 제주도를 정리해 서울로 올라올 때까지만이라도.

"생각? 뭘 더 생각해? 내 나이가 지금 몇인지 알아? 그리고 난 정말 이해가 안 가. 부부는 함께 살아야지. 그렇게 제주도가 좋으면 나를 왜 그곳으로 데려가지 않아? 한 번 놀러 가겠다고 해도 펄쩍 뛰면서 밀어내잖아. 거기에 따로 여자가 있는 게 아니라면 난 당신이 그럴 수가 없다고 봐.”

“또 그 소리야?”

이번에는 그가 버럭 소리를 질렀다. 아내의 표정이 놀라며 움츠러들었다. 다른 남편들이 아내를 위하듯 왜 나를 그렇게 보살피지 않는 거야? 도대체 왜? 아내는 그렇게 쏘아붙이고는 눈물을 주르르 흘리며 안방으로 뛰어 들어갔다. 빌어먹을! 그는 마음을 진정시키기 위해 식탁 모서리를 힘주어 부여잡았다.

2

탄천 산책로 옆에는 개나리가 노랗게 피어 있었다. 그는 꽃나무 틈새에 숨어 담배를 피웠다. 연기를 빨아들일 때마다 눈동자가 뜨겁게 부풀어 올랐다. 아내와 몸을 섞고 나면 언제나 이런 식이다. 그 때문에 부부관계를 자주 갖지 않는 편이었다. 오늘은 몇 주 만에 그녀를 안은 것 같다. 다행히 아내는 마음이 풀렸고 웃으면서 잠들었다. 적어도 모레 아침 제주도로 내려갈 때까지는 더 이상 징징거리지 않을 것이다. 그러면 일주일이 편안해진다. 다음 주에 시달릴 각오는 그때 가서 하면 될 일이다.

그는 당분간 제주도 생활을 청산할 의향이 없었다. 세상에서 아내만큼 소중한 사람은 없지만 제주도도 못지않았다.

그가 맡아 운영하는 극단은 규모가 작고 초라하지만 관광객을 상대로 사시사철 공연 스케줄이 짜여 있었다. 전통극과 현대극을 넘나들며 나름대로 분주한 일상을 보내다 보면 그곳이 서울인지 제주인지 분간이 안 갈 정도로 시간은 빠르게 흘러갔다. 와중에 해외 초청 공연을 여섯 차례나 유치한 건 그가 내세울 크나큰 자랑거리의 하나였다. 올해만 하더라도 다음 달부터 일본 나고야 역에 있는 오아시스 21에서 주말마다 공연을 하기로 되어 있었다.

아무리 바빠도 그는 한 달에 두 번은 서울 집으로 돌아와 아내와 시간을 보낸다. 생일이나 결혼기념일이 끼어 있을 때에는 한 달에 세 번도 마다하지 않았다.

그가 원하는 것은 지금처럼 제주도와 서울을 오가면서 바쁘게 사는 것이다. 아내에게 미안한 일이라는 것은 잘 알고 있었다. 극단은 적자를 면치 못하고 있으며 그의 몫으로 돌아오는 수익은 쥐꼬리만 한 상태다. 해마다 은행 융자가 늘고 있는 것이야말로 큰 골칫거리가 아닐 수 없다. 이렇게 가다가는 서울 집이 날아가지 않으리라는 보장이 없다. 호시탐탐 자물쇠를 부수고 들어오려는 도둑이 문제가 아니다.

그는 새 담배에 또 불을 붙였다. 집에 들어가기 전에 양껏 피워 둘 필요가 있었다. 필터를 빨 때마다 공연히 주변을 두리번거렸다. 혼자 나왔으니 편안한 마음으로 담배를 피워도 무방할 테지만 왠지 께름칙한 느낌을 떨치기 힘들었다. 아내는 다 알 것 같았다. 평소에 기막히게 그의 마음을 알아맞히곤 하지 않던가.

다시는 싸우지 말아야지.

생각해 보면 이상한 일이었다. 결혼하기 전, 아내가 아이에 대한 계획으로 부풀어 있을 때 그는 무척 여자답다고 여겼고 만족감 같은 것을 느꼈다. 아내와 결혼을 결심했던 이유와도 무관하지 않았다. 한 눈에도 그녀는 살림 잘하고 내조에 공들일 것 같은 유형이었다. 그녀와 함께 어느 정도 시간을 보내고 나면 모든 것이 그의 취향에 맞게 안정되어 있을 것 같았다. 결혼을 하고 보니 아내의 그런 기질이 오히려 부담스러울 때가 없지 않았다. 그녀에게 영국 유학을 권한 것은 그였다. 아내도 자기만의 세상을 가졌으면 했다. 그런데 유학을 다녀오고 삼 년도 되지 않아 아내는 다시 주저앉았다. 도대체 살림살이라든가 아이와 함께하는 생활에서 어떤 즐거움을 얻을 수 있단 말인가. 날마다 시끄러운 고함소리, 갖가지 투정에 파묻혀 살게 될 것이다. 그는 아내에게 버림받고 돈 버는 기계로 전락할지도 모른다.

담배에 대한 허기가 가시자 그는 산책로로 내려갔다. 탄천을 걷는 사람들이 점점 늘어났다. 주로 가족 단위로 나온 이들이 삼삼오오 패를 지어 다니면서 큰 소리로 웃고 떠들었다. 누군가 그의 어깨를 치고 지나갔다. 그는 와락 싫증이 나서 발걸음을 집으로 돌렸다.

상가 옆을 지나는데 쇼핑백을 든 남녀 한 쌍이 옷가게에서 나왔다. 선물 고마워. 고맙긴 자기한테 더 좋은 걸 해 줘야 하는데 난 늘 미안하기만 해. 아이 이이는 참…… 여자의 작달막한 키가 처녀 적 아내 모습을 연상시켰다. 그는 방향을 바꾸어 인근 아울렛 매장으로 갔다. 액세서리 가게는 화려한 조명에도 불구하고 한산했다.

"아내에게 선물하려고 하는데 뭐가 좋을지……."

점원은 신이 나서 이것저것 권했다. 가격과 아내의 취향을 고려해 14K로 된 귀고리 한 쌍을 샀다. 자잘한 큐빅이 화려하면서도 품위 있게 박혀 있었다.

아파트로 들어서는데 경비가 그를 불렀다. 그를 바라보는 경비의 표정이 왠지 다른 때와는 달라 보였다. 호기심 같은 게 느껴졌다.

"누가 찾아왔던데요?"

"저를요?"

"네, 여자던데. 아마 근처 어딘가에 계실지도 모르겠네요. 제가 인터폰으로 확인한 다음 안 계신다고 했더니 다시 오겠다는 말을 남기고 가셨어요."

"아, 뭔가 잘못된 걸 겁니다. 전 찾아올 사람이 없어요."

그는 웃으면서 그렇게 말했다. 가끔 도시가스 점검원이나 경비의 눈을 피해 잠입한 외판원이 있었을 뿐 그에게는 방문자가 없었다. 도둑이라면 몰라도 여자라니, 말도 안 되는 소리였다. 경비는 뭔가 더 할 말이 있어 보였지만 그의 단호한 태도가 고까운 듯 입을 다물어 버렸다. 그는 엘리베이터로 다가가 버튼을 눌렀다.

아내는 여전히 잠들어 있었다. 동그랗게 구부린 손등으로 얼굴을 고인 모습이 사랑스러웠다. 귀고리가 아니라 반지를 살걸, 하면서 잠깐 후회했지만 큰 문제는 아니었다. 다음에도 얼마든지 기회가 있었다. 그는 조명을 스탠드로 바꾼 다음 아내 옆에 누워 조심스럽게 한쪽 귀고리를 채워 주었다. 다른 귀 하나는 베개 속에 파묻혀 있었으므로 나머지 한 짝은 침대 밑에 놓아 두었다. 귀에 착 달라붙는, 앙증스런 액세서리가 백열등 불빛에 반짝거리며 타올랐다. 아내의 몸 전체가 보석처럼 빛나는 것 같았다. 온몸의 피가 정화되는 것 같은 희열이 몰려왔다. 그는 아내의 이마에 입을 맞추고 옷 속으로 손을 넣어 가슴을 만졌다. 함몰된 오른쪽 유두는 좀체 탱탱해지지 않았다. 잠든 여자의 몸은 더디게 깨어난다. 그는 아내를 깨우기 시작했다. 코끝을 건드리고 볼을 꼬집어도 반응이 없기에 엄지손가락 하나를 콱 깨물어 버렸다. 아내는 비명을 지르면서 눈을 떴다. 그는 재빨리 속삭였다.

"이렇게 잠만 잘 거야?"

"지금 몇 시예요?"

"9시가 넘었어."

아내가 부스스 일어나 침대를 내려오다가 소리를 지르며 고꾸라졌다. 그가 아무렇게나 던져둔 귀고리를 밟은 모양이었다. 아내의 발에서는 피가 흘렀다. 이런 제기랄! 그는 머리를 쥐어뜯으며 스스로에게 화를 내다가 119 불러 줘, 라는 아내의 고함을 듣고는 정신을 차렸다. 119는 부르지 않았다. 상비약이 있었으므로 그럴 필요까지는 없었다. 다행히 상처가 심한 편은 아니었다.

아내가 절룩거리며 다가가 소파에 앉자 그는 리모컨을 이용해 텔레비전을 켰다. 막 주말 드라마가 시작되고 있었다. 아내에게 귀고리 한 짝을 마저 채워 주고는 거울을 비쳐 주었다. 아내의 얼굴이 대번에 밝아졌다. 풀린 듯 게슴츠레하던 쌍꺼풀이 선명하게 되살아났다. 내친김에 그는 소반에다 과일과 칼을 챙겨 와 아내 곁에 앉았다.

그때 난데없는 인터폰 소리가 집 안을 뒤흔들었다. 어두워서 그런지 화면에는 사람의 윤곽만이 어렴풋이 드러나 있었다. 반짝거리는 작은 것은 동물의 눈동자에 반사된 불온한 빛이었다. 그는 가만히 있었다. 뭔가가 몹시 혼란스러웠으나 그게 무엇인지 알아차리기는 힘들었다. 아내를 봤더니 몸을 벌떡 일으킨 채 불안감으로 입을 벌리고 있었다. 그는 외부의 위험으로부터 그녀를 보호하듯 어깨를 꼭 끌어안으면서 소파에 주저앉혔다. 인터폰 소리는 계속되었다. 그는 할 수 없이 수화기를 들었다.

"누구세요?"

“저예요.”

여자 목소리였다. 순간 그는 피식 웃었다. 저라니, 얼마나 웃기는 말투인가. 사람들은 왜 툭하면 그렇게 말하는 걸까. 한번은 길을 가는데 웬 청년이 앞을 가로막았다. 저예요, 청년은 그렇게 말했다. 사람 잘못 봤다고 했을 때 청년은 화를 냈다. 형, 이러실 필요까지 있어요? 하면서. 다행히 인터폰을 누른 건 남자 아닌 여자다.

“저라니요?”

그는 여자가 빨리 상황을 파악할 수 있도록 자신의 개성이 드러난 목소리로 커다랗게 소리쳤다. 여자는 막무가내였다.

“문 열어요!”

마치 시끄러워! 하고 소리치는 것 같았다. 결국 그는 인상을 찌푸리며 문을 열었다. 남의 돈 떼어먹은 적도 없고 사기 친 일도 없으며 고의로 거짓말해 본 지는 오래되었다. 늦은 밤이긴 하지만 상대는 여자였다. 겁낼 이유가 없었다.

“좀 들어갈게요.”

문을 열기 무섭게 여자 한 사람이 현관문을 잡아 벌리면서 다짜고짜 안으로 들어섰다. 문을 닫은 것도 그 여자였다.

“저예요.”

그에게 어떤 감동을 기대하기라도 한 걸까. 여자는 들뜬 것 같았다. 그는 멍한 표정으로 여자를 내려다보다가 믿어지지 않아 눈을 깜빡거렸다.

“저라니까요.”

여자는 한 번 더 말하면서 은근슬쩍 그의 팔뚝을 잡아챘다. 그는 질색하면서 자기 팔을 빼내 뒤로 감추었다.

3

　그는 여자를 현관에 세워 둔 채 안방으로 들어가 화장실 불을 켰다. 큰일 났다, 전영애가 왔어! 거울 속 남자는 무척 놀란 표정이었다. 그는 얼굴을 거울 가까이에 댔다가 떼어 내기를 수없이 반복했고 간간이 자신의 눈을 들여다보았다. 검은 눈동자는 검고 흰자위는 하얗다. 적당하게 촉촉하고 위험하지 않을 만큼 반짝거리는 동공은 아이의 그것처럼 맑고 선연했다. 미소를 만들면 눈 밑에 주름이 잡히는 것도 이전 그대로였다. 이만하면 노프라블럼 아니야? 그나저나 이걸 어떻게 수습하지? 그는 거울에 대고 입김을 불어 보았다. 희미하게 김이 서렸다. 그때 공교롭게도 텅 빈 손목이 눈에 들어왔다. 은행 융자 연체금을 갚기 위해 전영애가 선물이라며 채워 주었던 루이비통 손목시계를 종로에 있는 금은방에 가져간 것은 불과 보름 전쯤의 일이었다. 삼 일가량 지나 그 시계가 가짜로 판정되었다는 연락을 받았다. 작년 여름 6년 만에 전영애를 다시 만났을 때에도 그는 그 시계를 애지중지하며 잘 관리하고 있었다. 하지만 지난주부터는 제주도 그의 사무실 서랍 안에다 아무렇게나 팽개쳐 두었다. 그 시계가 가짜여서 기분 나쁘다는 생각은 하지 않았다. 아쉬운 건 돈이었다. 그동안 집을 담보로 너무 많은 융자를 풀어쓴 탓에 이제는 더 버티기 힘든 지경에 이르고 말았다. 그는 도리질을 치면서 다시 입김을 불고 글자를 썼다. 자국이 났다가 순식간에 사라지는 것을 확인할 수 있었다. 그는 다소 진정이 되어 밖으로 나왔다.

　여자는 어느새 거실 안으로 들어와 있었다. 그런데 뭔가 좀 이상했다. 팽팽한 긴장 속에서 아내와 그 여자가 싸움닭처럼 서로를 노려

보고 있으리라는 짐작은 맞지 않았다. 전영애는 아내에게는 전혀 관심도 없다는 듯 지나 페론의 그림을 감상하고 있었다. 그녀의 손가락은 그림 속 곡선의 윤곽을 집중력 있게 좇아갔다. 사람의 장기는 물고기의 생김새와 구별이 불가능했다. 그림 하단의 커다란 주머니에는 아이를 닮은 물고기, 혹은 물고기를 닮은 아이가 셋인가 넷인가 들어 있었다. 인간의 갈비뼈 같기도 하고 살을 발라낸 생선뼈 같기도 한 것을 지나 왼쪽쯤에서 전영애의 손가락이 갈피를 잡지 못한 채 멈추어 섰다. 다른 부분과는 달리 아크릴 판으로 찍어서 색깔과 모양이 미묘한 차이를 드러내는 곳이었다. 뭘 알겠다는 건지 전영애는 고개를 끄덕거렸다. 자신이 어디에 와 있는 건지 잊어버린 것처럼 보였다. 그녀다운 태도였다. 오래전 용문사에 혼자 놀러 와 그를 꼬였던 여자였다. 동전 던지기를 하려고 은행에서 백 원짜리 동전을 백 개나 바꿔 왔다고 한 것을 보면 정신이 반쯤 나간 축에 속하는지도 모른다. 다음 날 제주도까지 따라와 그와 더불어 13시간짜리 결혼식을 올렸으나 그 약속을 다 지키지 못한 채 중간에서 도망갔다. 지난해 6년 만에 나타나 나머지 시간을 채우기는 했지만 다시는 만나지 않을 것을 전제로 한 약속이었다. 전영애는 그가 미도호텔에서 6년 동안 기다려 온 것에 대해 깊은 감동을 받은 눈치였다. 그녀는 그가 자신을 깊이 사랑한다고 느끼는 것 같았다. 전영애에게 사랑이라는 감각적 느낌을 안긴 것은 6년의 기다림이었다. 하지만 그것은 어느 정도는 사실이지만 착각이 섞여 있지 않다고는 말하기 힘들다. 그가 숭배하는 것은 인간과 인간 사이의 약속이지 사랑은 아니었다. 그가 사랑하는 여자는 오직 아내뿐이었다. 엄청난 숙박비를 지불하면서까지 미도호텔 1117호에서 6년간이나 전영애를 기다린 이유는 오로지 끝나지 않은 약속에 대한 책임감 때문이었다. 거기에는 체기(滯氣) 같은 스트레스가 복합적으로 얹혀 있었다. 그는 한 번 정한 약속은 끝까지 이행해야 마음이 편했다. 이제 약속은 다 끝나고 그녀와 그 사이에는 아무런 볼일도 남아 있지 않았다. 그런데 그것을 모를 리 없는 전영애가 느닷없이 서울 집으로 쳐들어와 뒷짐을 진 채 그림을 구경하고 있었다. 그것도 그의 아내 앞에서.

아내는 사색이 되어 에어컨 사이 작은 벽면에 숨어 덜덜 떨었다. 불행 중 다행인 것은 두려움에 빠진 나머지 아내가 자신의 얼굴을 양손으로 가리고 있었다는 거다. 그는 재빨리 전영애에게 다가갔다.

"왜 이래요? 여긴 무슨 일로 왔어요?"

말해 놓고 보니 어투가 지나친 감이 없지 않았다. 마치 치한을 대하듯 하는 것은 좋지 않았다. 어쨌거나 한때 그의 아내였던 여자이고 그녀와의 시간은 나쁘지 않았다. 그렇다고 아내가 보고 있다는 사실을 의식하지 않을 수도 없는 일. 골치 아팠다. 어떤 선택이 필요했다. 전영애는 실망감을 드러낸 채 떨떠름하게 웃었다.

"당신이 와 달라고 했잖아요? 내가 잘못 온 건가요?"

내가 언제요?라는 말이 막 튀어나올 뻔했으나 간신히 참았다. 그건 분위기 좋을 때 그냥 한번 해본 소리였어, 라는 말은 하기 힘들었다. 와 달라는 장소는 집이 아니라 제주도였다. 13시간이 완전히 종료되자 그는 미도호텔 1117호 그 방을 빼 버렸다. 50% 할인을 받아오긴 했지만 방세가 너무 부담스러웠고 약속이 다 끝났으므로 계속 비싼 숙박비를 물고 있어야 할 이유가 없었다. 그의 새 숙소는 한적한 숲 속에 위치해 있었다. 만약 그녀가 그곳으로 그를 찾아왔더라면 틀림없이 환영받았을 것이다. 13시간과는 완전히 다른 의미에서. 그 모든 것을 눈치채지 못했을 리 없는 전영애가 시치미를 떼고 있는 거였다.

"그걸 지금 말이라고 해요?"

그는 아내 쪽을 흘금거리면서 낮은 소리로 짜증을 냈다. 아내는 저러다 금방 쓰러지고 말 것이다. 보통 큰일이 아니었다. 그는 다가가 아내를 부축하고 싶지만 엄두가 나지 않았다. 아내가 그에게 베풀곤 하던 따뜻함은 사라졌을 것이다. 냉정히 그를 뿌리칠 것이고 욕설을 퍼부으며 물건을 집어던질지도 모른다. 그는 여자의 옷깃을 잡아당겼다.

"나가요, 나가서 이야기해요."

그때 아내가 고개를 들어 그를 쏘아보았다. 질투와 염려의 감정이 복합적으로 뒤엉킨 눈빛이었다. 그는 아내를 향해 말했다.

"당신은 잠깐 방에 들어가 있어."

아내는 질색하는 것 같았다. 말투가 강경했기 때문이라는 것을 그는 알 수 있었다. 나중 일은 나중 일이고 우선은 사태를 수습하는 게 급선무였다. 두 사람을 떼어 놓는 게 무엇보다 중요했다. 그런데 눈치라곤 전혀 없는 전영애가 문제였다.

"무슨 소리예요? 지금 누구더러 하는 말이에요?"

이번에는 그가 못 들은 척했다.

"얼른!"

그는 아내를 쳐다보며 한 번 더 재촉했다. 에어컨과 벽 사이에서 튀어나온 아내가 울면서 안방으로 사라졌다. 순간 그는 왠지 모를 시원함을 느꼈다. 막혔던 가슴이 뚫리는 것 같았다. 아내가 사라진 안방 쪽을 쳐다보다가 그는 이유를 깨달았다. 그것은 통쾌함이었다. 봐, 알고 보면 나도 인기 있는 남자야. 이렇게 집으로 들이닥치기까지 하는 여자가 원하는 게 뭐겠어? 당신은 이런 나를 알아주고 받들어야 해. 언제든 다른 여자를 찾아 떠날 수도 있는데 그렇게 하지 않는 나의 순정을 높이 사 줄 필요가 있어, 알아들어? 그러자 입에서 비식비식 웃음이 터져 나오려고 했다. 아내를 멋지게 한 방 먹인 셈이었다. 하지만 우쭐한 느낌은 잠깐이었다. 안방에서 무언가 와장창 깨지는 소리가 들려왔다. 그는 부리나케 안방으로 뛰어 들어갔다.

"야, 이 자식아! 네가 어떻게 나한테 이럴 수가 있어?"

스탠드 전등 갓이 그를 향해 날아왔다. 그는 얼른 방문을 닫았다. 전영애에게 이런 장면을 들키고 싶지 않았다. 아내가 스탠드 발을 휘두를 때마다 도자기와 이런저런 장식품들이 부서져 나갔다. 날카로운 파편이 함부로 방 안을 날아다녔다. 그는 재빨리 불을 껐다. 그러고 나서 방문에 등을 기댄 채 기다렸다. 아내의 광기는 순식간에 잠잠해졌다. 거친 호흡과 흐느낌 소리만이 남아 있었다.

"뭘 잘못 알고 찾아온 정신 나간 여자야, 곧 내보낼 테니 얌전하게 기다리고 있어. 절대 밖으로 나오면 안 돼, 알았지?"

그는 안방 문을 닫고 나오면서 흐르는 땀을 닦았다. 부엌에서 정수기 물을 마시고 거실로 돌아왔더니 전영애는 안됐다는 듯 고개를 저으며 혀를 찼다. 그는 대번에 불쾌해졌다.

"다 당신 탓이에요, 이게 도대체 무슨 짓이에요? 내 아내가 얼마나 놀랐겠어요? 어떻게 여길 다 쳐들어와요? 나가요, 빨리."

그는 불이란 불은 모두 끄고 여자를 밖으로 내몰았다.

"당신 아내는 없어요."

엘리베이터 벽에 몸을 기대면서 여자가 그를 쏘아보았다.

"당신은 정말 상식 밖의 여자네요."

엘리베이터 문이 닫히자 그는 분통을 터뜨렸다. 생각 같아서는 조금 더 거칠게 화풀이하고 싶었으나 그녀에게는 어떤 게 난폭한 것인지 가늠하기 어려웠다. 웬만한 사소한 일에는 잘 반응하지 않는 이상한 여자였다.

"내 생각에 당신 아내는 없는 것 같아요. 당신은 독신남이에요, 그렇죠?"

이번에는 여자가 그의 양팔을 잡고 흔들어 댔다. 마치 어서 꿈에서 깨어나라고 다그치는 것 같았다. 그는 전영애의 손을 뿌리쳤다.

"과일 소반 위의 포크도 두 개가 아니라 하나뿐이었어요."

아파트 광장으로 나서면서 여자는 속사포처럼 쏘아붙였다. 그는 불안하게 주변을 둘러보기도 하고 그녀의 잘난 뒤통수를 무기력하게 훔쳐보기도 했다. 그가 잘 따라오는지 확인하려는 듯 그녀가 뒤돌아보았을 때에는 얼른 눈길을 내리깔았다. 그러고 보니 여자는 화장도 하지 않았다. 함께 지낼 때 여자는 그가 화장실에만 다녀와도 얼굴빛깔이 달라져 있곤 했다. 작년에 5시간 18분을 채울 때는 가관이었다. 사랑을 처음 나누고 난 뒤 곧바로 거울 앞으로 달려가 난리를 피우는 것이었다. 콤팩트를 가져오지 않아 화장을 고칠 수 없다는 사실을 그녀는 참을 수 없어했다. 이후 몇 개월 동안 혼자 지내면서 그 장면을 얼마나 많이 되새김질했는지 모른다. 그런 여자가 맨얼굴로 나타나 이상한 소리를 한다. 그는 그녀가 자기 앞에 나타난 이유를 따져 보기도 전에 덜컥 겁부터 났다.

4

커피숍은 시끄럽고 소란스러웠다. 그는 번잡스러운 장소는 애써 피해 다니는 편이지만 이번만은 어쩔 수 없는 것 같았다. 탄천에 나갔더니 너무 많은 사람들이 나와 있었다. 표정이나 행동, 옷차림이 사이버 공간에 풀어놓은 로봇 같았다. 앉을 만한 장소를 물색하기 위해 삼십 분가량 돌아다니다가 결국 상가 쪽으로 발길을 돌렸다. 전영애가 공원 같은 장소를 꺼리는 것도 이유의 하나였다. 그녀는 겨우 무릎에 닿을락 말락한 짧은 플레어스커트를 입고 있었다. 오렌지 주스두 잔을 쟁반에 얹어 온 여자는 핸드백을 무릎 위에 올려놓고 자리에 앉더니 대뜸 말했다.

"짐작한 대로네요."

"뭐가요?"

"당신 아내에 관한 거요. 어느 순간 당신이 혼자라는 확신이 들더니 그게 맞았어요."

또 그 얘기였다. 그녀가 당신 알고 보면 도둑이죠?라고 했더라면 고개를 끄덕일 수 있을 것 같았다. 사람의 속성을 의심한다는 건 쉬운 일이다. 하지만 그의 눈에 또렷이 존재를 드러내는 대상을 의심한다는 건 있을 수 없는 일이었다.

"요점이 뭐예요?"

여자는 어깨를 으쓱하더니 주스 잔에 천천히 입술을 댔다. 그는 허겁지겁 담배를 찾았으나 지니고 있지 않았다. 탄천에서 아내 몰래 담배를 피우고 난 뒤 나머지는 버렸다. 아내에게 들키지 않아야 했기 때문이다. 요즘에는 커피숍에서 담배를 팔지 않을 텐데, 하고 당황하는데 여자가 핸드백에서 꺼낸 담배 케이스를 그에게 밀어 주었다. 그가 한 개비를 꺼내 불을 붙이는데 전영애가 물었다.

"담배 맛이 어때요, 괜찮나요?"

그는 질문의 요지를 간파하기 위해 담배 종류를 확인했다. 박하 향이 나는 초록색 에쎄였다. 그러자 기억이 났다. 6년 전 처음 키스할 때는 물론 작년에 그녀와 첫 번째 관계하기 전에도 두 사람은 그 담배를 피웠다. 박하 향에 닿기 위해, 스스로가 상대방이 원하는 박하 향이 되기 위해 분투했던 시간들이 슬프지 않은 기억으로 떠오르자 그의 기분은 고양되기 시작했다. 하지만 그곳이 어딘지를 알아차리고는 자세를 가다듬었다. 그는 멍한 눈으로 전영애를 쏘아보다가 무슨 말이든 해야 할 것 같은 느낌에 떠밀려 입을 열었다.

"우리가 만나기로 한 장소는 제주도예요. 잊었어요?"

오라고 해서 온 것뿐이라는 말은 아무래도 용납하기 힘들었다. 짚고 넘어가고 싶었다. 여자가 제주도 그의 숙소로 찾아왔더라면 이렇게 밉살맞지는 않았을 것이다. 하지만 그가 아무리 눈을 치떠도 전영애는 위축되는 기미가 아니었다.

"서울서 만나면 되는데 뭐하러 제주까지 내려가요?"

"당신, 그렇게 앞뒤 분별이 없어요? 여긴 내 아내가 사는 집이잖아요. 안 그래요?"

"당신 아내는 없어요."

전영애는 단호히 잘라 말했다. 그 역시 힘주어 말하지 않을 수 없었다.

"있어요!"

"왜 없는 사람을 있다고 하는 거죠? 당신이 누군지는 알아요?"

이번에는 너무 기가 막혀 말이 나오지 않았다. 여자는 숫제 그를 이상성격자로 취급하는 것 같았다. 그는 자신이 누군지 분명히 알고 있었다. 윤기훈이라는 이름에다 42세였고 고향은 경상북도 구룡포였다. 부모님은 지금도 거기서 민박을 친다. 고등어 육개장을 좋아하고 겨울에는 과메기로 몸보신한다. 그런데 내가 누군지 모른다고? 처음부터 이상하다는 생각은 했지만 이렇게 몰상식할 줄은 몰랐다. 하긴 그의 뒤통수를 만져 보고 싶다며 제주도까지 따라왔던 여자가 아니던가. 그때 차갑게 등을 돌렸어야 한다. 아니, 자신의 태도도 문제가 있는 것 같았다. 제주도든 서울이든 다시 만나지 말아야 한다는 사실을 명료히 할 필요가 있었다. 그는 여자를 향해 경고했다.

“우리 관계는 다 끝났어요, 그걸 잊었어요?”

“알아요.”

그녀는 천연덕스러웠다. 끝난 걸 알면서도 찾아온 내막은 설명하지 않았다. 무언가 뒤바뀌었다. 이런 경우 남자가 여자를 협박하거나 사소한 빌미를 잡아 들러붙어야 말이 되는데 그들은 반대였다. 여자가 남자 집으로 밀고 들어와 말도 안 되는 소리를 늘어놓는다. 어떻게 해야 하는 걸까.

“이제 그만 가요. 다시는 오지 말아요.”

그는 그렇게밖에 말하지 못하는 자신이 한심스러웠다. 자꾸 스토커처럼 들이대면 경찰에 신고하겠다든가 당신 남편에게 알릴 수밖에 없다, 뭐 적어도 그렇게 나가야만 확실하지 않을까. 그때 전영애가 태도를 바꾸어 말했다.

“알았어요. 당신이 너무 놀란 것 같으니까 오늘은 그만 갈게요. 나, 당신 괴롭히거나 힘들게 할 생각 조금도 없어요. 우리 그냥 친구처럼 가끔 이렇게 만나요, 어때요?"

당신과는 친구하기 싫다며 못을 박고 싶지만 우선은 여자의 의도를 간파하는 게 중요하다. 거짓말 같지는 않았다. 장난기도 없어 보였다. 그녀가 확실히 마음을 바꾼 것 같다는 생각이 들자 그는 안심이 되었다. 하지만 고개를 끄덕이며 그녀의 제안에 굳이 동의할 필요가 있었을까. 그가 낭패감에 괴로워하는 사이 여자가 먼저 자리에서 일어났다.

"그만 가 봐야겠어요."

그녀는 앞장서 밖으로 나갔다.

"당신 아파트 주차장에다 차를 뒀어요."

"갑시다."

그가 손짓으로 여자를 앞세우려는데 그녀가 덜렁 그의 팔짱을 꼈다. 하지만 아파트 단지 안에 들어가서는 팔짱을 풀더니 자동차 키를 꺼내 문을 열었다. 그녀는 자동차 안으로 들어가 순식간에 시동을 걸었다. 그는 깜짝 놀라 창문을 두드렸다.

"이렇게 갈 거예요?"

"가라면서요? 그래야 하는 거 아닌가요?"

"아니 뭐⋯⋯."

그는 뭐라고 해야 할지 몰라 쩔쩔맸다. 그녀가 가 버리길 원했고 그렇게 말한 건 틀림없는 사실인데 그냥 보내기에는 아쉬웠다. 왠지 모르게 박하 향이 간절해지는 것이었다. 다시 한 번 그 향기에 닿고, 그 향기가 되어 그녀 속으로 사라지고 싶었다. 그의 팔에서 여자의 온기가 쉽게 사라지지 않을 것 같은 느낌도 문제였다. 그러고 보니 생얼굴과 짧은 플레어스커트가 묘한 조화를 이루고 있는 것 같았다. 스커트 밑으로 뻗은 다리는 가늘지만 단단한 근육질로 보였다. 굽 없는 구두 속에 감추어져 있는 발가락 혹은 뒤꿈치 어느 부근쯤에 틀림없이 박하 향이 숨어 있을 것 같았다. 그 향기는 그녀의 살 속에 박혀 있는, 그 자신의 또 다른 흔적일지도 모르는 일이었다. 그는 더욱 몽롱해졌다.

"오라고 해서 왔더니 실컷 홀대하고서는. 언제 내키면 또 올게요. 그 사이에 확실히 생각해 보세요. 당신에게 아내가 있는지 없는지."

여자가 창문을 열고 말했다. 잠시 후에는 "있다면 누구인지." 하고 덧붙였다. 그러자 그의 내면에서 어떤 투지 같은 것이 필사적으로 불타올랐다. 이렇게 보내는 건 그가 원하는 게 아닌 것 같았다. 그는 앞뒤 가리지 않고 뛰어들 듯이 차 안으로 들어가 앉았다. 하지만 무슨 말을 어떻게 해야 할지 안절부절못했다. 그러다가 자신도 모르는 사이 다짜고짜 여자를 껴안아 버렸다. 창피하고 말고 할 게 없었다. 거기에 그가 미처 생각지 못했던 의미라도 있었던 걸까. 한 평도 안 되는 차 안에서 전영애와 함께했던 시간에 대한 느낌이 고스란히 되살아나고 말았다. 단순한 기억이 아니라 일종의 순간 체험과 유사했다. 그녀의 살에서 콩고물 팥고물 냄새가 났다. 별 거부감 없이 안긴 여자가 고맙고 사랑스러웠다. 그는 용기를 냈다.

"좀 더 있다 가요. 이렇게 가 버리면 난 어떻게 해요."

"왜 이랬다저랬다 그래요? 확실히 해요, 나, 내릴까요?"

그는 커다란 동작으로 고개를 끄덕였다. 여자가 마침내 시동을 껐다. 나중에 그 순간을 되새겨 보면 확실히 여자에겐 계산된 무엇이 있었던 것 같다. 그런 급박한 순간에도 머리 회전이 가능하다니, 여자들은 참 대단한 존재가 아닌가. 그녀는 여유로웠고 조급증으로 안

달한 것은 그였다. 전영애는 그에게 다가와 귀엣말로 속삭였다.

"당신 집으로 가요."

"그건 안 돼요."

그는 펄쩍 뛰면서 호들갑을 떨었다.

"왜 안 돼요?"

"내 아내가……."

"당신 아내는 없어요."

"말도 안 돼요. 제 아내는 분명히 집에 있어요. 아까도 봤잖아요."

그러자 전영애는 한숨을 푹 내쉬었다. 그녀는 그의 양팔을 잡고 한참을 생각하면서 "어디 멀리 가슴속 같은 데 있다는 것도 골치 아픈 데 이건……." 하고 얼버무렸다. 다행히 잠시 후에는 좋아요 그럼, 하고 화통하게 나왔다.

"10분 안에 방법을 생각해 봐요. 우리가 당신 아내를 방해하지 않으면서 집에 들어갈 수 있는 방법을요."

"무슨 소리예요?"

"뭐 그녀를 어딘가로 내보낸다든가 벽장 안에 가둔다든가 하는 방법이 있을 것 아니겠어요, 말하자면 응급조치랄까?"

"벽장 안에 가둔다고요, 내 아내를?"

여자의 냉정한 말투에 그는 또다시 격분하고 말았다. 아, 이렇게 몰인정한 여자에게 툭하면 휘둘리는 나는…… 갑자기 자신에 대한 혐오감이 치밀 지경이었다. 문제는 그가 자신을 수습하기도 전에 그녀가 "그럼, 나 그만 갈래요." 했고 그는 놀란 듯 양손을 내젓고 말았다는 것이다.

"알았어요. 방법이 생각났어요. 불을 끄면 돼요. 어둠 속에서 내

아내는 아무것도 보지 못해요. 불만 켜지 않으면 절대로…… 알겠어
요?”

“좋아요. 가요.”

여자는 웃음을 삼키면서 그의 손을 잡았다. 그는 보지 못했다. 주
변이 어둡기도 했지만 안도의 한숨을 내쉬느라 그녀가 웃는지 마는
지 살필 겨를이 없었던 것이다.

5

그는 아내 앞에 무릎을 꿇었다. 죽을죄를 졌어, 하고 그는 울먹였
다. 변명의 여지가 없었다. 감당하기 어려운 보복을 당하더라도 고스
란히 감수하지 않을 수 없는 상황이었다. 그는 어제 일을 후회하기 시
작했다. 그렇게 하지 말았어야 했다. 전영애가 들이닥쳤을 때 곧장 쫓
아냈어야 한다. 아내 앞에서 개망신을 시키는 게 현명한 처신이었다.

아내는 아침에 티브이 폭발음 같은 비명을 지르면서 그를 깨웠다.

“왜, 무슨 일이야?”

“그걸 지금 몰라서 물어?”

아내가 안방으로 안고 와 그의 얼굴 위로 덮어씌운 것은 커튼이었
다. 문간방 창문을 가려 놓은 짙은 와인색 천이 그물처럼 몸을 옭아
맸을 때 그는 숨 쉬기가 어려워 팔다리를 허우적거렸다. 잠시 후 기
도가 간질거리더니 재채기가 마구 터져 나왔다. 오랫동안 세탁을 하
지 않아 먼지가 쌓여 있었던 모양이었다.

“왜 이래, 왜 이러는지 말을 해야 할 것 아니야?”

그는 캑캑거리면서도 적지 않게 반발하며 억울함을 호소했다. 몸을 굴려 침대 아래로 떨어지고 난 다음에야 겨우 커튼 속에서 빠져나왔다.

"너 그 여자랑 저 방에 있었지? 커튼 깔고 그 위에서 뭐한 거야? 내가 정말 살 수가 없어. 똑바로 말해. 빨리 말 안 할 거야?"

아내는 그에게 다가와 닥치는 대로, 사정없이 두들겨 팼다. 그런 식의 일방적인 폭행은 살다 살다 처음이었다. 그는 머리통이 깨질 듯이 아팠으나 잠자코 있을 수밖에 없었다. 정말 귀신이다. 그런 생각이 들면서도 한편으로는 울화가 치밀었다. 너라니, 아무리 화가 났어도 그렇지, 여자가 하늘 같은 남편에게 어떻게 그런 막말을 할 수가 있는 거지? 당장 말버릇부터 교정해 주고 싶지만 지금은 아무래도 때가 아닌 것 같았다. 그러다가 간밤에 있었던 일을 모두 기억해 내고 말았다. 그가 아내에게 저지른 잘못은 전영애가 집으로 들이닥치게 만든 데서 그치지 않았다. 그는 아내를 배반한 채 여자를 문간방에 들인 것이다. 하~ 그는 자신의 뻔뻔함에 입이 다물어지지 않았다. 윤기훈, 너 어쩌다 이렇게까지 됐니?

하지만 어둠 속에서 살금살금 문간방으로 스며들 때의 스릴과 긴장감을 떠올리자 슬며시 웃음이 나오려고 했다. 아내에게 매 맞는 것 따위는 문제가 아니었다. 전영애는 보기보다 까다롭지 않았다. 그가 원하는 것과 그녀가 요구하는 것이 신기하게 맞아떨어질 때가 얼마나 많은지. 함께 즐기며 시간을 보내기에는 안성맞춤인 그녀.

"쉿!"

전영애가 입술 위에다 손가락을 대면서 그보다 한술 더 떴다. 과장된 몸짓에는 장난기가 가득했다. 유령처럼 소리 없이 호들갑을 떠는 여자를 보면서 그는 잠깐 아내라는 존재를 더 이상 상정하고 싶지 않았던 것 같다. 방에서 다시 나와 신 두 켤레를 안으로 가지고 들어갈 때에는 첩보작전이라도 벌이는 기분이었다. 전영애가 키들키들 어깨를 들썩이자 그만 정신이 산만해진 그는 그녀를 따라 함께 킥킥거리고 말았다. 그때부터 본격적으로 잘못되기 시작한 것 같다. 그는 전영애가 나타난 이유를 더 이상 생각하지 않았고 경계심을 완전히 풀어 버렸다. 무엇인가 두 사람을 터무니없이 결속시켰다.

"빨리 말해. 저 커튼은 왜 벗겨 낸 거야?"

아내는 그의 머리끄덩이를 잡아당기며 발을 동동 굴렀다. 그는 무엇보다 아내가 커튼을 가지고 물고 늘어지는 게 싫증 났다. 여자를 방으로 들인 마당에 커튼 따위가 도대체 무슨 대수란 말인지. 아내가 짐작하고 있는 것처럼 그 위에서 서로의 몸을 만지고 키스를 나누었던 건 사실이다. 하지만 본격적인 것은 커튼을 떼어 내기 전에 이미 다 치른 상태였다. 벌거벗은 몸뚱이들은 의자 위와 벽과 방바닥으로 옮겨 다니느라 정신이 하나도 없었다. 여자는 엉거주춤 책상 위에 엎드린 채 까무러칠 듯 헐떡거렸다. 커튼을 떼어 낸 건 너무 추웠기 때문이다. 이불은 모두 안방 장롱 안에 있고 바닥은 차가운데 손님에게, 그것도 여자에게 뭘 어떻게 할 수 있었겠는가. 할 수 없이 커튼을 뜯어서 핀을 빼고 그 위에 누워서 놀았다. 아내에게 그렇게 말했더니 이번에는 뭘 하고 놀았느냐며 길길이 날뛴다. 그는 랜턴으로 불을 켰다 껐다 하며 놀았다고 대답했다.

"랜턴?"

아내가 코웃음을 쳤다. 하지만 그건 사실이었다. 어둠 속에서 책상을 더듬다가 랜턴을 찾아냈고 서로의 몸 여기저기를 비추면서 장난을 쳤다. 중요한 건 아니었지만 이런저런 수다를 떠느라 시간 가는 줄 몰랐다. 갑자기 생각난 듯 전영애가 그를 타고 앉아 소리를 질러 대기도 했다. "뭐? 여길 왜 찾아왔느냐고?" 그녀는 분해서 죽을 지경인 것 같았다. "제주도에서 6년 동안 날 기다린 건 뭐였어? 죽을 만큼 보고 싶어 찾아왔는데 우리 관계는 끝났으니 돌아가라고? 또 그 따위 멘트 날릴 거야?" 흥분하면 반말을 해대는 전영애 때문에 그는 완전히 질려 버렸다. 여자가 남자에게 반말하는 것이야말로 그가 참기 힘든 일 중 하나였다. 전영애는 다른 것도 물어보았다. 그녀는 그가 결혼한 지 얼마나 되었냐는 것과 아내의 이름이 무엇인지 알려고 했다. 그는 좀 놀랐다. 한 시간 전만 하더라도 그가 한 번도 결혼한 적이 없는 남자라고 했던 것이다. 전영애의 의도를 알 수는 없었지만 대답하지 않을 이유가 없었다. 그는 12년 전에 분명히 결혼식을 올린 경험이 있었다. 1997년 4월 20일이었다. 화창한 날씨는 아니었지만 기상청 예보와는 달리 비가 오지는 않았다. 아내의 이름은 인여은이었다. 그는 아내에게 그런 내막을 시시콜콜 설명하고 싶지 않았다. 남편이 다른 여자에게 자기 이야기를 했다는 걸 알면 어느 여자가 좋아할까. 그는 랜턴을 얼굴에 대고 귀신 놀이를 했다고 둘러붙였다. 그렇게 말하는 순간 불빛에 드러난, 전영애의 엉덩이 곡선이 실없이 떠올라 하마터면 웃을 뻔했으나 다행히 경거망동은 겨우 면했다. 문제는 아내가 다시 커튼 얘기를 꺼냈다는 것이다. 어떻게 거기서 다른 여자와 놀아날 수가 있느냐며 통곡을 하는데 그는 더 이상 참지 못해 그건 중요하지 않아, 하고 소리치며 벌떡 몸을 일으키고 말았다. 호기롭게 일어나기는 했지만 곧 후회했다. 상황을 반전시킬 만한 말이나 행동이 떠올라 주지 않았던 것이다. 그는 할 수 없이 커튼을 가져와 핀을 꽂기 시작했다. 다시 달아 놓는 것 외에는 이렇다 할 방법이 없었다. 아내가 다가와 거친 동작으로 커튼을 잡아당겼다.

"이리 내놔. 내 꺼란 말이야."

"당신 꺼? 난 이 커튼을 당신한테 준 적이 없는데?"

그는 도도하게 버티면서 그녀를 흘겨보았다. 아내가 커튼 따위에 이토록 집착하는 줄은 몰랐다. 이걸 그녀에게 줘 버리고 일을 수습할 수만 있다면…… 그는 회심의 미소를 지으면서 우격다짐으로 커튼을 도로 빼앗았다. 아내가 난폭한 동작으로 달려들었다.

"무슨 소리야? 이건 내가 결혼할 때 해 온 거잖아. 고속터미널 가게에서 내가 직접 골라 끊은 거란 말이야. 그걸 벌써 잊었어?"

"그래?"

그는 얼른 커튼을 내려놓았다. 아내의 통곡소리가 높아졌다. 그는 귀를 틀어막으며 거실 바닥에 털썩 주저앉았다. 기억이 떠올랐다. 아내의 결혼 전 직업은 공연기획자였다. 무대에 불이 붙어 커튼 일부가 타 버리자 반쪽짜리 하나를 다시 맞추었다. 새 커튼을 들고 잠깐 아파트에 들렀다가 그것을 이불처럼 펴놓고 사랑을 나누었다. 두 사람으로서는 처음 나눈 경험이었다. 결혼 두 달 전이었으므로 막 계약이 끝난 아파트는 텅 비어 있었다. 수건 하나 비누 한 장 없는 상태였다. 아파트는 유난히 넓어 보였고 짙은 와인 빛 커튼 속은 따뜻하기 그지없었다. 그의 넓적다리 위에 포개져 있던 그녀의 살이 살가워 자꾸만 그 안으로 파고들라치면 창밖의 햇살이 덮치듯 그의 눈을 찔렀었다. 무대용 커튼에는 혈흔과 체액이 범벅된 채 묻어 있었다. 이걸 우리가 갖자. 기념물로 삼자. 그가 먼저 제안했다. 1984년 빈티지의 와인을 얼룩 위에 부은 것은 이틀 뒤였다. 코팅하는 거야. 영원히 변치 말라고. 얼룩을 중심으로 재단을 다시 한 건 그녀였다. 하지만 색깔이 가정집에는 영 어울리지 않았으므로 숨겨 놓듯 문간방 창문에다 어정쩡하게 걸어 둘 수밖에 없었다.

"당신은 정말 나빠."

울다 지친 아내가 마지막 힘을 그러모아 쏘아붙였다.

"맞아."

그는 힘없이 중얼거렸다.

"이제 어떡할 거야?"

"뭘?"

"잘못했으면 대가를 치러야지."

"난 이제 당신한테 줄 게 없는데."

그는 고개를 떨어뜨렸다.

"그게 있잖아."

팔짱을 낀 아내가 턱으로 그를 짚었다. 그는 영문을 몰라 안절부절못했다. 아내가 그에게 다가오더니 손가락으로 정확히 그의 아랫도리를 가리켰다.

"이거 말이야. 이제 이건 내 꺼야, 알았지?"

"나 참, 이건 언제나 당신 꺼였잖아."

그는 수줍어하면서 히죽히죽 웃었다.

"아니, 그렇게 얼렁뚱땅 넘어갈 일이 아니야. 지금 이 순간부터 당신은 나와 함께하지 않고서는 어디에서도 그걸 사용할 수 없어. 알아들어?"

순간 아내가 너무한다는 불만이 치밀었지만 드러내 놓고 반발할 수도 없는 문제였다. 분명한 것은 그런 얼토당토않은 약속은 절대 할 수 없다는 거였다. 굳이 그런 식의 방법을 동원하지 않더라도 다시는 전영애와 선을 넘지 않을 자신이 있었다. 위기가 닥치면 와인 빛 커튼을 떠올릴 것이다. 맹세할 수 있었다. 그것이면 충분했다. 그는 아내의 눈치를 보면서 숨을 쌕쌕 몰아쉬었다. 하지만 궁리를 끝내기도 전에 아내가 앞질러 말했다.

"그렇게 할 수 없다면 우리 그만 이혼해."

"이혼?"

"그래, 부부가 사랑하지 않는다면 그만 사는 게 순리야."

"그건 그렇겠지. 하지만 사랑하지 않는다는 걸 도대체 어떻게 알 수 있지?"

"무슨 소리야?"

"난 내 마음을 모르겠어. 더 이상 줄 게 없는데도 사랑한다는 확신이 들 때가 있는가 하면 그립다고 느끼면서도 당신이 믿어지지 않아 괴로울 때가 많아. 모든 게 끝났다고 단정하고 돌아서다 보면 어느새 당신은 불멸의 이름표를 달고 내 가슴속 의자에 앉아 웃고 있어. 그중에 뭐가 맞는지, 어느 게 나인지 혼란스럽고 헷갈려."

"그으~ 래?"

아내가 단단히 팔짱을 두르면서 콧방귀를 뀌었다. 마치 그럴 줄 알았다는 식이었다. 문득 불안감이 밀려든 그는 정신을 차리려고 마음을 가다듬었다. 하지만 방금 자신이 뭐라고 떠들었는지 그저 어렴풋할 뿐이었다. 아내가 뾰로통하게 내쏘았다.

"그럼, 당신은 날 정말로 사랑하지 않는다는 거야?"

"무슨 소리, 그럴 리가 있어?"

"날 사랑하는지 아닌지 헷갈린다며? 난 분명하지 않은 건 사랑이 아니라고 봐. 그러니 우리 그만 헤어지자.”

“그, 그건 안 돼.”

그는 정신없이 부정하면서 아내의 발목을 잡고 늘어졌다.

“당신 없이 나 아무것도 아닌 거 알잖아. 제발 그런 말만은 하지 말아 줘. 약속할게. 이제 이건 당신 꺼야. 어떤 경우에도 내 맘대로 사용할 수 없어.”

그는 자신의 그것을 가리키다가 다짐하듯이 아내를 향해 양손을 그러쥐어 보였다. 그녀가 결투를 앞둔 사무라이의 야무진 맹세를 연상하길 바랐다. 그는 끝내 문제를 해결한 자신이 대견스러웠다. 잠시 후에 아내의 부드러운 손길이 그의 머리카락 속을 파고들었다. 그는 아내의 발등에 얼굴을 묻으며 감격의 눈물을 흘렸다. 그녀에게서 희미하게 발 냄새가 났으나 아랑곳하지 않았다. 고린내야말로 피비린내에 버금가는 존재의 심각한 현상이 아니던가.

6

비행기가 하늘로 서서히 떠오르자 그의 마음은 차분히 가라앉았다. 이번 주말은 유난히 정신이 없었다는 생각이 들었다. 내내 들뜬 상태로 시간을 보냈다. 이런 게 사는 거지. 그는 흡족하게 미소 지으며 의자에다 몸을 파묻었다. 두 여자의 얼굴이 다투어 찾아들었다.

귀여운 것들!

그는 몸을 꿈틀거리며 등받이에다 상체를 비비적거렸다. 그는 두 여자와 있었던 일을 하나하나 들추어내 되새기면서 즐거운 기분으로 회상했다. 어떤 한 순간에 생각이 오래 머무르면 새삼 그 여자의 사진을 꺼내 들여다보았다. 전영애가 손목시계의 행방을 들추지 않은 것은 그나마 다행이었다. 그녀의 아버지가 사랑하는 만딸에게 물려준 거라고 했다. 가짜이긴 했지만 그가 상관할 문제는 아니었다. 그것을 벗어 버리자 가벼워진 것은 손목만이 아니었다. 추억도 짐이 된다는 것을 그때 처음 알았다. 그는 더 이상 13시간이라는 감옥에 갇히고 싶지 않았다. 6년 동안 그녀를 기다리면서 그는 너무 큰 희생을 치렀다. 남은 것은 사랑도 아니고 추억도 아닌, 빚뿐이었다. 아내의 처녀 적 표정은 단순하기 그지없었다. 세상 물정이라고는 통 몰라서 사랑이라는 이름을 걸고 다가가면 뭐든 내어 줄 것 같은 타입이었다. 여직원들이 자판기 앞에 모여 아내 이야기를 하고 있었다. 혈육이 없는 부유한 외삼촌이 그녀 남매에게 엄청난 재산을 물려주었다는 것이다. 여직원들은 좋겠다면 아내를 부러워했다. 지난주에 비해 전영애에 대한 마음이 확 바뀐 것이 놀라우면서도 애틋했다. 관계가 끝났다고 믿었을 때는 마음도 희미하여 남처럼 느껴지더니 다시 그녀라는 존재와 부대끼고 보니 감정이 되살아났다. 나쁜 일이라는 생각은 들지 않았다. 물론 그녀와의 관계가 아내를 괴롭히는 지경까지 가는 건 곤란하다. 앞으로는 조심해야 할 것이다. 전영애 사진을 들여다보다가 깜빡 졸았던 모양이다. 누군가 깨우는 기미에 눈을 떴더니 스튜어디스가 전영애 사진을 내밀었다. 영문을 몰라 당황하고 있는데 스튜어디스가 말했다.

"이걸 떨어뜨리셨네요, 조심하세요."

그 뒤 조심하세요, 라는 말이 사라지지 않고 계속 뇌리를 맴돌았다.

전영애 사진은 그것이 유일하였다. 그는 서울 집에 들어갈 때마다

행여 아내에게 들켜 빼앗기기라도 할까 봐 사진을 우편함에다 넣어 놓는다. 그러다가 월요일 아침에 제주도로 내려가면서 다시 꺼내 지갑에 넣는다. 사진 원본이 휴대폰 안에 남아 있었으나 5시간 18분을 채울 때 전영애에게 들켜 삭제당했다. 그 사진을 보고 전영애가 경악하리라는 상상은 미처 하지 못했다. 전영애는 자신의 사진을 맘대로 현상해 미도호텔 벽에 걸어 놓은 행위를 용서하지 않으려고 했었다. 다행히 그 사진은 서울 집 우편함 속에 넣어 놓고 깜빡했던 게 행운으로 작용해 그나마 건질 수 있었다. 찢기지 않고 살아남은 사진에 다시 애착을 갖게 되리라고는 예상하지 못했다. 그녀가 생생하게 살아나는 게 그로서는 신기할 따름이었다.

하지만 전영애가 본격적으로 그의 삶에 뛰어들려고 하는 건 좀 생각해 볼 필요가 있다. 더구나 그녀는 토요일 저녁, 가족을 이루고 사는 이방인들이 어쩔 수 없이 한자리로 모여드는 시간대에 맞춰 그를 찾아왔다. 그와는 상관없는 일이긴 하지만 그녀가 두서없이 쏟아 놓은 말 중에 마음에 걸리는 것도 있다. 와인 빛 커튼 속에 묻혀서 전영애가 말했다.

"아이는 사촌을 따라 교회 엠티에 갔고 남편은 부재중이에요."

"부재중이라면 출장 갔다는 뜻인가요?"

"아니요, 그는 아주 이상해요."

그녀의 남편은 쉬는 날만 되면 어느 찻집으로 향한다고 했다(자신의 남편이 뭐하는 사람인지는 말하지 않았다). 찻집에 혼자 앉아 하염없이 시간을 보내다가 집으로 돌아오는 것, 그것이 전영애가 남편에게서 발견한 심각한 문제의 증상이었다. 부부싸움이 끊이지 않는 이유도 그 때문이었다. 그 안에서 아무도 만나지 않는 것은 물론 전화 통화도 하지 않고 신문을 읽지도 않는단다. "하염없이, 라면?" 하고 그가 물었더니 토요일이나 일요일처럼 근무가 없는 날에는 10시간 이상을 그 찻집에서 보낸다고 했다. 아무것도 마시지 않지만 나갈 때에는 커피 일곱 잔 값을 지불한다.

"남편에게 물어봤어요, 왜 그러는지?"

"그냥 쉬는 중이래요. 남들이 바람을 피우거나 등산을 하거나 골프를 하거나 컴퓨터 게임을 하는 것처럼 자기는 찻집에 혼자 멍하게 앉아 있을 때 가장 편안하대요."

"그럼 계속 그렇게 쉬면 되는 거 아닌가요?"

"문제는 자주 그런다는 거예요. 덕분에 집에서는 거의 부재중이죠. 사실 전 이해가 안 돼서 많이 괴로워요."

"좀 특이하긴 하지만 쉬는 방법이 그렇다는데 어쩔 수 없는 일 아닐까요?"

말은 그렇게 했지만 그는 왠지 그 남자에게 관심이 갔다. 먼발치에서라도 얼굴이나 한번 보고 싶다는 생각이 들 정도였다. 전영애는 남편이 자신이 해명할 수 없는 시간을 살기도 하는 게 싫은 눈치였다. 그 역시 그 의미를 알고 있었다. 부부의 공동 영역, 즉 교집합만으로 만족해야 하는데 완전한 합일 상태인 합집합을 가정이라고 착각하는 순간 비극이 초래되는 것이다. 적어도 전영애는 그러지 않을 줄 알았다. 그녀가 누구인가. 공동 영역에 대한 전제 없이도 자신의 소망을 이루기 위해 13시간 동안의 결혼에 동의했던 여자가 아니던가. 그런 그녀가 법적인 결혼에 이르러서는 안면 몰수하고 흔하디흔한 보통여자로 돌아가 대한민국 주부로서의 역할에 그토록 충실할 수 있다니, 합리적이기까지 한 그녀의 자기분열이 그로서는 낯설고도 이

상했다. 그녀가 자신의 남편에게 바라는 게 무엇인지도 궁금했다. 그
날도 자기 남편을 두 시간 가까이 지켜보다가 지루하고 피곤해서 그
를 찾아왔다는 거였다. 말끝에 그 찻집이 바로 그의 집 근처에 있다
고 해서 깜짝 놀랐다. 걸어가면 이십 분쯤 걸린다는 설명에는 듣지
말아야 할 비밀을 알게 된 것처럼 께름칙한 느낌이었다.

"당신을 만나서 마음이 가라앉았어요. 며칠 동안은 그에게 너그럽
게 대해 줄 수 있을 것 같아요."

"어째서 그렇지요?"

"미안하잖아요. 그가 나를 섭섭하게 한 것보다 이건 좀 더 지나친
경우잖아요. 저는 남편에게 잘못한 게 있어야 마음이 열리는 편이에
요. 괴상하지만 저로서도 어쩔 수 없어요. 가끔 그에 대한 미움이 최
고조에 달할 때가 있어요. 요즘에는 균형이 깨졌으나 당분간은 괜찮
을 것 같아요. 당신을 다시 만났으니까. 우리 집의 평화는 그렇게 지
켜져요."

"그건 나하고 아주 비슷하네요."

그렇게 중얼거리고 난 뒤 그는 멈칫했다. 전영애가 당신은 가정생
활도 하지 않으면서 어째서 그런 거죠? 하고 억지 쓸 게 뻔했기 때문
이다. 다행히 전영애는 그의 말을 듣지 못한 것 같았다. 그녀는 자기
기분에 도취되어 있었다.

여기까지 떠올리고 나자 그는 기분이 묘하게 가라앉는 것을 느꼈
다. 그때 왜 비슷하다고 말했는지 아무리 생각해도 기억이 나지 않았
다. 아내가 그의 것을 하나하나 빼앗아 가기 때문에? 하지만 왠지 그
게 아닌 것 같았다.

전영애가 단지 재미있는 이야기를 한 것 같지만은 않다는 생각이

드는 것도 마음에 걸렸다. 당신을 만나서 마음이 가라앉았어요. 그 말은 무슨 뜻일까. 그는 입속말로 혼자 떠들었다. 우리는 각자의 방이 있는 거네요. 잠시 후 그는 누군가 알아듣지 못하기라도 한 듯 고쳐서 말했다. 남들처럼 우리가 사는 곳도 지붕으로 덮여 있는 건 분명하지만 사실 그건 집이 아니라 방이에요. 우리에겐 집이 없어요. 마치 비정규직 회사원처럼. 그러자 전영애가 말하는 것 같았다.

우리 집을 만들까요. 당신과 나의 집을?

어디에, 어디에 우리 집을 만든다는 겁니까.

그러자 서울 집이 떠올랐다. 그는 화들짝 놀란 표정으로 도리질을 쳤다. 서울 집을 전영애에게 내어 줄 수는 없었다. 그곳은 아내가 있는 그들만의 보금자리였다. 아내만이 그곳의 안주인이 될 수 있었다.

그가 그 장소에 여자를 들인 것은 큰 문제였다.

전영애를 어떻게 떼어 내나.

아무래도 휴대폰 속 사진을 들키던 그때였던 것 같다. 전영애가 자기 사진을 맘대로 찍었다고 길길이 날뛰는 바람에 지나치게 저자세로 돌아섰던 게 화근이었다. 그녀가 그의 지갑을 뒤지고 주민등록증까지 꺼내 들여다보는데도 저항하지 못했다. 전영애는 어쩌면 그의 휴대폰 번호까지 알아냈는지도 모른다. 그의 전화번호는 6년 전 13시간을 약속할 때와는 같지 않았다. 서울 집 주소도 그때 노출되었음이 분명하다. 하찮은 사진 한 장 지키려다가 초가삼간 다 태운 격이었다. 아니, 기실은 그녀와 질질 끄는 관계가 문제의 근원이다. 아무런 신상정보도 주고받지 말자고 약속했지만 시간이 흐름에 따라 두 사람 자체가 정보가 되어 버렸다. 그나저나 이제 어째야 하나. 어떻게 해야 전영애를 떼어 낼 수 있을까. 그가 머리를 쥐어뜯으며 신음

소리를 흘리자 스튜어디스가 달려와 괜찮으냐고 물었다. 그는 고분고분 입을 다물었다.

조만간 일본 공연이 시작되는데 두어 달 출장 다녀와서 생각해 보지 뭐.

그는 전영애가 돌아가면서 남편이 몹시 미워서 참을 수 없을 지경이 되면 당신을 다시 찾아올 것 같아요, 가정의 평화를 위해서 말이에요, 라고 한 말을 떠올렸다. 그때 고개를 끄덕이지 말았어야 한다는 것을 비로소 깨달았다. 그건 무엇보다 그에게 잔인한 일이었다. 자신이 누군가의 화풀이 도구로 전락하는 것도 참기 힘든 일이지만 뭐랄까, 전영애가 자꾸 서울 집까지 들락거린다면 왠지 모를 혼란이 올 것 같다. 어느 순간 더는 견디기 힘들어질지도 모른다. 그가 먼저 집을 뛰쳐나갈지도 모른다.

그는 갑자기 그녀가 거추장스럽게 여겨졌다. 귀찮고 불편한 일만 늘어 갈 것이다. 기분 내키는 대로 두 남자 사이를 함부로 오가면서 죄책감도 느끼지 않는 이기적인 여자였다. 이제 자기 소유의 물건은 별로 없지만 그는 자신의 가정이 만족스러웠다. 뿌듯함을 느낄 수 있는 공간이었다. 그만을 바라보고 사는 여자가 있다는 것은 행복한 일이 아닐 수 없다.

한편으로 그의 진정한 안식처는 제주도도 서울도 아닌 제3의 장소일 수 있다는 상상도 해본다. 제주도와 서울 사이…… 비행기 안에서는 두 여자에 대한 사랑과 미움이 자유롭다. 죄의식 없이 함부로 내팽개치고 짓밟아도 무방하다. 삶의 단맛 쓴맛이 다 빠져나가고 앙금으로만 남은 흉터를 상처 없이 회상할 수 있는 곳도 비행기 안이었다. 생각이 거기에 이르자 그는 왠지 잃었던 자신을 되찾은 것 같았다. 오랜만에 자신의 삶이 긍정되는 느낌이었다. 서울과 제주도, 그리고 그 사이. 이만하면 멋진 인생 아닌가.

고개를 돌리자 구름 아래로 제주시가 내려다보였다. 비행기가 김포에 안착할 때와 똑같은 반가움이 밀려왔다. 그는 무릎 위에 놓인 사진을 챙겼다. 한순간 전영애 사진은 찢어서 버릴까 했지만 막상 그렇게 마음먹는 순간 미련인지 뭔지가 그것을 가로막았다. 사진을 없애는 건 고사하고 거기에 먼지가 묻는 것조차 못마땅했다. 그는 사진을 바지에 문질러 닦아 먼지를 제거하고 크로스백 안주머니에 소중하게 챙겨 넣었다.

7

토요일 아침이었다. 그는 공항 버스에서 내리고 난 뒤 길에 서서 담배부터 피웠다. 긴장한데다 기분이 언짢아서 그런지 담배 맛은 날카롭지 못한 채 씁쓰레하였고 오른쪽 가슴이 따끔거리기까지 했다. 그는 세 개비를 연달아 피운 다음 담배를 케이스째로 쓰레기통에 버렸다. 하지만 몇 발자국 이동하지 않아 쓰레기통으로 되돌아가 담배 케이스를 도로 꺼냈다. 그 과정에서 멀쩡한 한 개비가 쓰레기통 축축한 곳으로 떨어졌다. 아까운 게 문제가 아니라 한 시간도 되지 않아 다시 찾을 게 분명했으므로 통째로 버리는 것은 어느 모로 보나 낭비였다. 남은 담배는 모두 아홉 개비였다.

그는 아울렛 매장에 들러 사물함에다 담배 케이스를 넣어 놓은 다음 백 원짜리 동전을 이용해 사물함을 채웠다. 하지만 곧장 병원으로 가지 않고 화장실로 향했다. 거기서 담배냄새를 제거하지 않으면 곤란한 일이 생길지도 모른다. 그는 세수를 하고 아카시아 껌을 두 개나 입에 넣고 씹었다. 흠흠, 냄새를 맡아 보니 괜찮은 것 같았다.

아내는 병원 입구에서 동동거리며 그를 기다리고 있었다. 한눈에 얼마나 초조하게 애를 태웠는지 알 만했다. 그는 와락 짜증이 났으나 내색은 하지 않았다.

"벌써 열 시가 다 되어 가잖아, 이게 뭐야! 첫 비행기를 타라고 그 만큼 얘기를 했으면 알아들어야지. 지난번 검사 때도 속을 썩이더니, 정말 너무한 거 아니야?"

시골 여자처럼 다짜고짜 삿대질을 해대는 아내 때문에 미칠 것 같은 기분이었다.

"적반하장이군. 이미 표를 끊어 놨는데 그걸 어떻게?"

"교환을 했어야지!"

"누군 그걸 몰라? 나도 애를 쓸 만큼 썼다니까. 문제는 모든 걸 일 방적으로, 당신 맘대로 하고 있는 거잖아, 내 입장도 조금 생각해 줘 야 하는 거 아니야?"

"어머 기막혀라, 입장이라니, 도대체 무슨 입장?"

아내는 멱살이라도 잡을 듯이 달려들었다. 자신이 억지 쓰고 있다 는 것은 그도 잘 알고 있었다. 어차피 아이를 갖기로 합의했으면 적 극적으로 협력해야 하는데 그렇게 하지 못하는 자신의 옹졸함이 문 제였다. 그만의 입장이 따로 존재할 리는 없었다. 그가 막 미안하다고 사과하려는데 아내가 울음을 터뜨렸다.

"당신이 날 사랑한다면 이럴 수가 없어. 지난밤에 엉덩이에다 혼자 주사 놓으면서 처절할 만큼 외로웠는데 또 이런 모욕을 당하다니, 당신이 사람이야?"

"미안해."

그는 아내를 끌어안기는 했지만 목소리는 퉁명스러웠다. 진심으로 미안하다기보다 일말의 반발심이 남아 있었다. 그의 마음이라고 좋을 리는 없었다. 거기다 품속의 아내는 집에서처럼 포근하거나 편안하지 않고 어딘지 모르게 이물스러웠다.

"기껏 도착하자마자 당신이 질책부터 하니까 그렇지."

그는 변명조로 중얼거리면서 아내를 데리고 병원 안으로 들어가 2층으로 올라갔다. 그녀는 이내 울음을 그쳤다. 의사가 9시 30분까지 오라고 했다니 진정으로 아내를 도울 의향이 있다면 화만 내고 있어서는 곤란하다.

간호사의 지시에 따라 아내와 헤어져 각자의 임무에 착수했다. 그의 손에는 플라스틱 케이스가 들려졌다. 정자를 그 안에 담아 주면 의사는 쓸 만한 놈들을 골라 아내의 자궁 안으로 주입할 것이다.

"전 좀 자신이 없는데."

그는 엄살스러운 불평을 늘어놓으면서 담당 간호사를 쳐다보았다. 그 어떤 비디오를 틀더라도 도움이 되지 않을 게 뻔했다. 게다가 간호사가 지정해 준 그 공간이 마음에 들지 않았다. 이렇게 낯설고 딱딱한 곳에서는 발기가 되다가도 말 것 같았다.

"짐승도 아니고 말이에요……."

그가 혼잣말인 듯 투덜거리자 간호사가 냉큼 받아쳤다.

"짐승이 아니니까 가능한 일이죠. 상상력을 잘 발휘해 보세요."

"하지만……."

"아, 아직 시간은 있으세요. 천천히 하셔도 돼요."

간호사가 시계를 보더니 여유 있게 말했다. 그는 무슨 소리냐며 파고 물었다.

"인여은 님의 배란 예상 타이밍이 그렇다는 거예요."

"그래요?"

그는 기겁을 한 채 입을 다물었다. 불안과 초조에 시달리던 아내가 행여 그가 늦을세라 시간을 속인 것이다. 곧 있을 장기 출장을 염두에 두었다는 걸 백번 이해하더라도 좀 황당하고 마땅찮았다. 스멀스멀 분노가 치밀었다. 그는 케이스를 주머니에 감추고는 에스컬레이터를 타고 일층으로 내려가 어째야 하나 잠시 서성거렸다. 이대로 휘말리는 건 왠지 억울했다. 이용당하는 것 같은 심사만은 어떻게든 정리하고 싶었다. 그러다가 좋은 생각이라도 떠오른 듯 아내에게 문자를 넣었다.

아무래도 집에서 받아 오는 게 나을 것 같아 여기선 상상력이 작동되기 힘들어…… 우리 여보야 걱정하지 말고 기다려^^

마침 병원에서 집까지는 5분 거리였다. 그는 터덜터덜 아파트로 향했다. 그런데 집에 채 도착하기도 전에 기막힌 아이디어가 떠올랐다. 오늘이 토요일이라는 데 생각이 미친 것이다. 전영애는 어쩌면 그의 집 근처에 와 있을지도 모를 일이었다.

사실 작년에 전영애와 다시 만나기 전까지만 해도 그는 아내를 통해서만 성적 욕망을 분출할 수 있는 남자였다. 최선을 다해 그녀를 애무하고 그 결과 흥분한 아내가 오르가슴에 도달하는 과정을 생생히 보여 주면 그 역시 흥분되어 절정에 닿을 수 있었다. 그녀의 절정이 촉각을 통해 몸에서 비롯되는 거라면 그의 흥분은 그녀의 동작, 신음소리 같은 것을 보고 듣고 체험하는 것에서 시작되었다. 그는 그녀를 흥분시킨 것이 자기 자신임을 믿어 의심치 않는 것처럼 자기 자신의 흥분 역시 스스로가 그 출처임을 굳게 확신하고 있었다. 거기서 그는 자부심을 가져도 좋은 진정한 가장이 되는 것이다. 두 사람은 하나의 원, 하나의 고리로 이어져 있다. 아내가 없이는 남편도 존재하지 않는다. 그에게 있어 부부는 그런 거였다. 부부 공동의 협력에 의해서만 완성되는 섹스는 두 사람이 정한 규칙의 제1항이었다. 아내와의 그 폭발을 그는 언제나 잊지 않는다. 그런 점에서 아내는 그에게 유일하면서도 진정한 여자인 것이다. 다른 어떤 여자도 아내를 대신하기 힘들다. 아내에 의해서만 그는 남자로 존재할 수 있었다. 하지만 시간이 흐르자 그것 역시 진부해졌다. 때로는 진정한 기쁨의 기억마저 어렴풋했다. 요즘은 가끔, 그야말로 몇 년에 한 번쯤 진정한 기쁨을 경험하지만 대부분은 어딘가 많이 미진하고 께름칙했으며 뒤에는 약간의 두통이 남는 그런 것이었다. 물론 그렇다고 해서 그가 전영애에게 마음이 쏠렸다는 이야기는 아니다. 전영애는 있으면 좋고 없어도 상관없는 여자였다. 그녀가 오르가슴에 도달하는 경로는 아내와 달랐다. 그에 의해서라기보다는 그녀가 남자라는 몸을 도구처럼 활용해 스스로의 힘으로 어딘가를 향해 미끄러져 갔다. 그녀는 독립된 존재였다. 그곳은 그가 함께 가 보지 않은 모르는 곳이었으므로 그녀에게 그는 유일하지 않았다. 전영애가 눈치를 챘는지 못 챘는지 모르지만 그녀와 몇 번의 결합에서 그가 사정을 한 건 딱 한 번이었다. 그로서는 속수무책이었지만 그래서 나빴다는 말은 하고 싶지 않다. 그는 새롭다는 느낌을 분명히 받았다. 그녀가 도달하는 그 어디가 어

떤 곳인지는 모르지만 그곳이 어디인지 많이 궁금한 것 자체가 그녀
와의 결합을 자꾸만 갈망하게 만들었다.

그는 재빨리 택시를 타고 그녀가 말해 준 장소로 찾아갔다. 백화
점 골목 번화가 입구에 정말 에어플라인이라는 이름의 커피숍이 있
었다. 요행히 출발한 지 이십 분도 되지 않아 그녀를 만날 수 있었다.
그를 먼저 알아본 것은 전영애였다. 그녀는 패밀리 마트 안에서 하품
을 하면서 커피숍을 노려보고 있었다.

"저기 저 남자예요."

그는 여자가 가리킨 곳을 쳐다보았다. 상호를 빼고 나면 평범한 찻
집의 전형적인 모습이었다. 전영애 남편이라는 사람의 위치는 파악이
되었지만 거기에 앉아 있는 게 여자인지 남자인지도 분간이 가지 않
았다. 찻집 유리창이 바깥의 밝음과 실내의 어둠을 적절히 분리시키
고 있었기 때문이다. 그는 이웃한 다른 가게로 시선을 돌렸다. 유아복
전문매장이 눈에 들어왔다. 주인인지 종업원인지 펑퍼짐하고 인상 좋
은 여자가 손님 차 트렁크에다 유아용 목욕통을 실어 주고 있었다. 전
영애는 어느새 그의 팔짱을 끼고 있었다. 그녀의 팔짱 낀 오른손이 그
의 손목을 꽉 쥐고 있었는데 순간 그는 자신이 물에 빠진 사람의 지
푸라기가 된 것 같은 느낌을 받았다. 그는 여자의 온기에 서서히 정신
이 혼미해졌다. 어디선가 박하 향이 우러난 커피 냄새가 나는 것 같기
도 하고 체온과 체온이 섞이면서 하나가 된 것 같은 착각마저 불러왔
다. 덕분에 병원 일은 까마득해졌다. 화장을 하지 않은 여자는 눈 밑
의 주근깨와 누르스름한 피부를 다 드러내고 있었다. 그런데 오늘따
라 그것이 더 그녀 속으로 빠져들게 만드는 것 같았다. 마치 아내와
나들이 나온 기분이었다. 언젠가 전영애는 물었다. 당신이 40대에 가

장 하고 싶은 일이 뭐예요? 난 아내랑 손잡고 마트에 가 보는 거예요. 나는 카트를 끌고 아내는 물건을 고르고…… 그는 마트 안이라는 것도 잊은 채 여자를 옆으로 끌어안고 목덜미에다 입술을 갖다 댔다.

"우리 집으로 갈래요?"

그의 제안에 전영애는 그의 손목을 더욱 세게 움켜잡고는 옆구리를 밀착해 왔다.

"당신 아내는?"

"외출했어요."

그러자 여자의 오른손은 미끄러지듯 그의 손목에서 손바닥으로 옮겨 갔다. 두 사람은 택시를 타고 그의 집으로 갔다. 하지만 들어가자마자 옥신각신하기 시작했다. 문간방에서 하자는 의견과 안방이 좋을 것 같다는 의견이 팽팽하게 맞섰다. 끝내 양보한 사람은 여자였다. 그는 겨우 요 한 장을 가져와 바닥에 깔았다. 그러고는 전영애가 문간방에서 나가 집 안을 활보할 것을 우려해 도어 버튼을 눌렀다.

옷을 벗다가 그는 주머니에 든 플라스틱 케이스를 발견하고는 갑자기 마음이 더 급해졌다. 한참 동안 서로를 끌어안고 입술을 빨아댔다. 하지만 불행하게도 그의 것은 발기되지 않았다. 어떤 노력도 소용이 없었다.

"아내 때문이에요."

그는 전영애의 몸에서 내려와 와인 빛 커튼을 노려보며 절망적으로 한숨 쉬었다. 그녀는 팩 돌아누우며 화를 냈다. 그가 알 수 없는 소리를 중얼거렸을 때에는 깜짝 놀라서 상체를 치켜들었으나 곧 힘없이 널브러졌다. 그는 얼굴을 감싸 쥐며 자초지종을 시시콜콜 털어놓았다. 플라스틱 케이스만은 비밀에 부쳤다. 이건 아내 이외의 여자와 놀아난 벌이었다. 달게 받을 수밖에 없는 일이라며 그는 엄살을 피웠다. 그렇지만 플라스틱 케이스에 관해서는 어떻게든 해결을 보아야만 하는 게 아닐까.

"잠깐만 화장실에 다녀올게요."

그가 졸아드는 음성으로 투덜거리자 여자는 울화통 터진다는 표정으로 일어나 앉았다. 그는 안방 화장실로 달려가 전화를 걸었다.

"여보세요."

아내의 음성을 듣는 순간 별똥별 하나가 뿌연 매연을 내뿜으며 눈앞을 지나가는 것 같았다. 그래도 이런 일에 대비해 아내가 자물쇠를 채워 놓은 거라고 생각하니 죄책감은 덜했고 대화의 물꼬를 트는 것도 수월했다.

"받았어?"

"아니, 그게 서질 않아. 당신이 채워 놓았잖아."

그는 약간의 불만을 섞어 가면서 시도에서 좌절까지 주저리주저리 이야기했다. 그러니 할 수 없다, 안 되겠다는 결론에 이른다면 그로서는 손해날 게 없을 것 같았다. 그는 어쩌지?라는 말을 던져 놓고는 느긋하게 기다렸다. 그런데 아내의 입에서 튀어나온 한마디는 예상과는 전혀 다른 것이었다.

"당신 지금 뭐하는 거야? 무슨 상상을 하는 거야?"

"무슨 소리야?"

"그게 서질 않는다면 당신이 다른 여자를 상상하고 있다는 뜻이잖아. 날 생각하고 있다면 서지 않을 리가 없는데, 맞지? 다른 여자를 상상하고 있지?"

"아니야. 기, 기가 막혀."

"누구야, 어떤 년을 떠올리고 있는 거야? 영화배우야? 서양년이야 한국년이야? 손에 사진이라도 들고 있는 거니?"

"아, 아니야."

"오호라! 그년이구나, 여우같이 반반한 그년!"

"아, 알았어. 받아 가면 될 거 아니야, 받아 간다고."

그는 더 들어 보지 않고 얼른 전화를 끊었다. 휴! 식은땀이 흘렀다. 이 여자, 어쩌면 이렇게 모르는 게 없지? 그는 자신이 애지중지 공들인 넝쿨이 앞을 향해 창창하게 뻗어 나가는 것을 목도한 듯 뿌듯한 기분으로 히죽히죽 웃었다. 문간방으로 달려갔더니 전영애는 옷을 챙겨 입고는 등받이 없는 보조의자에 앉아 있었다. 뭔가 달라진 느낌이 들어 방 안을 살폈더니 창문을 가려 놓은 커튼이 온데간데없었다. 보기 싫어서 베란다로 내놨어요. 전영애가 말했다. 그뿐이 아니었다. 벽에 걸어 놓은 액자의 위치도 바뀌어 있었다. 그는 그녀의 행동을 중대한 위협으로 간주했으나 더는 말하지 않았다. 마음이 급했다. 나중에 원상 복구시켜 놓으면 만사 땡이다. 그는 눈을 감은 채 등 뒤에서 전영애의 가슴으로 손을 집어넣은 다음 아내의 유방을 상상해 보았다. 커다란 고무풍선 유방 하나가 휘청휘청 그의 시야를 압도해 왔다. 이젠 풍선 주둥이를 물고 불고 빨아 대야 할 일이 남았다. 조금 역겨웠다. 절로 얼굴이 찡그려졌다. 아내가 이만큼이나 성적 매력을 상실했다니…… 가슴이 아파서 저도 모르게 코를 훌쩍거릴 때였다. 놀랍게도 그것이 조금씩 살아나는 게 느껴졌다. 그가 힘이 들어간 아랫도리를 전영애 허리에 대고 비벼 대며 신호를 보내자 그녀의 몸이 부르르 진저리 치며 걸음마를 떼었다. 전영애의 움직임이 숨 가빠졌다. 거대한 해일이 밀려드는 것 같았다.

8

전영애는 감감무소식이었다. 그날 이후 전화도 걸려 오지 않는다. 아무래도 단단히 토라진 모양이었다. 그는 자신의 잘못이 무엇인지 생각해 보았다. 스스로도 모르는 실수를 저질렀을지는 몰라도 잘못이었다고 이름 붙일 만한 행동은 하지 않은 것 같았다. 무례를 범한 것은 전영애였다. 아내가 있다는 증거를 대 보라니, 그런 말을 듣고 가만히 있을 사람이 세상에 어디 있겠는가. 멀쩡히 잘 있는 사람의 존재를 의심하는 것은 무슨 심보일까. 자기가 하느님이라도 되나? 그는 그녀가 원하는 게 마음에 들지 않아 괴로웠다.

"현관 입구에 깔아 두세요. 지금 있는 건 버리시고요."

그날, 병원의 지정된 곳에다 플라스틱 케이스를 갖다 놓고 부리나케 커피숍으로 달려갔더니 전영애는 난데없이 쇼핑 봉투 하나를 내밀었다. 욕실 앞에 깔아 두는 발판과 화장실용 방향제, 수건 등 자질구레한 소품들이 잔뜩 들어 있었다. 아울렛을 둘러보다가 심심해서 샀다는 말에 쓴맛이 나는 나무뿌리를 씹는 기분이었다. 이건 명백히 사생활 침해였다. 이렇게 가다가는 열쇠를 달라고 할 날도 머지않은 것 같았다. 그뿐이 아니었다.

"이제 우리 사이에 새로운 규칙을 만들어야 하는 거 아닌가요?"

전영애가 말했다. 그는 펄쩍 뛰었다.

"무슨 규칙을요?"

"우리 각자의 가정생활이 어떠하든 당신과 내게는 함께할 시간이 필요하잖아요."

전영애 머리에서 나온 말이라는 것이 믿어지지 않을 정도였다. 물론 두 사람이 질퍽거리게 된 책임을 그녀에게만 덮어씌울 수는 없었다. 무대 위의 원숭이처럼 왜 그녀 앞에만 서면 자기 자신을 잊게 되는지 알다가도 모를 일이다.

"아, 난 그렇지 않아요. 오늘은 그저…… 내 아내가 외출을 해서……."

던져 놓고 보니 너무 형편없고 졸렬한 말이었다. 그녀의 얼굴빛이 새파래졌다. 다행인 것은 그의 말 중에서 못 들은 척, 혹은 못 알아들은 척한 대목이 있는 것 같다는 것이다.

"흥! 아내가 가출이라도 한 건가요?"

"아, 아니요. 그런 건 아니고…… 아무튼 오늘은 미안해요. 하지만 결코 당신과는……."

"그 어떤 약속도 할 수 없다?"

"맞아요, 그거예요."

그는 재빨리 고개를 끄덕였다. 방심하지 않으려고 안간힘을 썼다. 이젠 아내와의 의리를 지켜야 한다. 그가 새삼 다짐하는 사이 전영애는 벌떡 일어나 그의 얼굴에다 찬물을 끼얹고 나가 버렸다. 주스가 아니라 물 잔을 집어 든 건 다행이라고 여기던 참인데 그녀가 되돌아와 자그마한 핸드백으로 그의 어깨를 치면서 "당신은 형편없는 남자야!"라며 종알거리고는 신발소리를 내며 멀어져 갔다. 그제야 정신이 번쩍 든 그는 뒤뚱거리며 달려 나가 여자를 붙잡았다. 탄천 다리 밑으로 내려가 여자 앞에서 무릎을 꿇은 채 용서를 빌었다. 얼결에 사랑한다고 고백했을 뿐 아니라 그녀가 정한 몇 가지 규칙에 속수무책 동의하고 말았다. 그중에는 주말마다 그의 집에서 만나고 일 년에 한 번, 최소한 삼박사일간 함께 여행 간다는 항목이 포함되어 있었다.

처음에는 버틸 때까지 버텨 볼 작정이었다. 새로운 규칙은 필요 없지만 전영애는 없는 것보다 있는 게 나았다. 원하는 것은 얻고 원하지 않는 것은 물리고 싶었다. 규칙은 구속이잖아요. 뭐하러 우리를 거기다 맞춥니까? 그가 모호한 태도로 눈치를 보자 전영애는 그렇다면 우리 관계는 정말 끝이네요, 잘 있어요, 하면서 유유히 손을 흔들었다. 그 한마디에 스스로도 모르는 사이 무릎이 꺾어졌다. 빌어먹을! 그뿐이 아니었다. 당신이 원하는 건 뭐든 들어줄게. 입에서 그런 거짓말이 술술 흘러나왔다. 정말이지 너무 안이하고 비굴한 짓이었다. 조금 더 버티는 게 옳았다. 그녀와 헤어져 집으로 돌아오는 길에 그는 모든 것을 뒤집기로 결심하지 않을 수 없었다. 무릎 꿇는 수모만 없었더라도 그렇게 빨리 판단을 내리지는 못했을지 모른다. 게다가 아내를 두고 다른 여자에게 사랑한다고 말하다니, 결단코 진심이 아니었다. 그저 재미있는 농담이었을 뿐이다. 그는 자신의 변화가 조금도 이상하지 않고 오히려 자연스러웠다. 어차피 무슨 문서화된 기록이 있었던 것도 아니어서 그것을 찢는다거나 불태우는 식의 유치한 수고는 하지 않아도 좋았다. 한마디로 그날 전영애와 했던 것, 정확히 말해 그건 약속이 아니었다.

이틀 뒤였다. 여느 때처럼 제주공항에 내리자마자 아내에게 전화를 걸기 위해 휴대폰을 켰다. 그날은 공교롭게도 전화기 세팅이 끝나는 순간 벨이 울렸다. 전영애였다.

환장하겠군!

그는 손바닥으로 이마를 문질러 땀을 닦아 냈다. 마침내 올 것이 왔다는 생각이 들었다. 전영애가 그의 전화번호를 어떻게 알았는지, 또 내내 꺼 두었던 휴대 전화기가 방금 켜졌다는 것을 어떻게 알았는지, 절묘한 타이밍이 신기하면서도 야릇했다. 더 걸작인 것은 전영애의 첫마디였다.

"설마 당신 아내와 통화하고 있었던 건 아니죠?"

그는 힘이 빠져 걸음을 멈춘 채 가만히 서 있었다. 지금 막 전화를 걸려던 중이라고 했더니 그녀가 마구 웃었다. 전화기에서 산발적인 배경음이 들렸다. 집이 아닌 것 같았다. 먼 느낌으로 공명하는 기계음이 들리고 난 뒤 전영애가 물었다.

"어제가 결혼기념일이었겠네요, 뭐하고 보냈어요?"

"결혼기념일이라니요?"

"1997년 4월 20일에 결혼했다면서요? 어제가 4월 20일이잖아요. 당신 아내 생일이기도 하죠. 그리고 당신, 1997년과 올해 2008년 4월 달력이 똑같은 거 알아요?"

"아, 잠깐! 당신이 그, 그런 걸 다 어떻게 알아냈죠?"

그는 너무 놀라고 충격을 받아 하마터면 휴대폰을 떨어뜨릴 뻔했다. 남의 아내 생일이 언제든, 그날이 결혼기념일이든 말든 도대체 자기하고 무슨 상관이란 말인가. 그런데 정색을 하는 건 오히려 전영애였다.

"어머, 당신이 다시 만난 그날 다 이야기했잖아요. 커튼 깔고 그 위에서. 생각 안 나요?"

커튼이라는 소리에 그는 더욱 말을 더듬었다.

"내, 내, 내가 그런 말까지 했어요?"

"왜 이래요? 그 밖에도 많은 이야기를 했는데. 물론 저도 제 얘기를 했고요."

"난 1997년과 올해 4월 달력이 똑같다는 걸 알지도 못해요. 그런데 어떻게 내가 그런 소릴 할 수 있었겠어요?”

“그거야 내가 달력을 보고 알아낸 거고요, 참 내.”

“아, 당신이 방금 내가 그런 말을 했다고 했잖아요?”

그는 자신도 모르는 사이 흥분하여 꽥 소리를 지르고 말았다. 여자의 말투 때문인지도 몰랐다. 아무 잘못 없이 부당하게 잡도리 당하는 건 딱 질색이었다. 문제는 전영애가 끝내 자기 잘못이 뭔지 모르는 것 같다는 거다.

“이봐요, 윤기훈 씨, 약속을 했다가 다시 어기고, 당신 왜 자꾸 날 이상한 사람으로 만들려는 거죠?”

여자가 더 흥분하는 바람에 그는 머쓱해졌다. 충분히 화를 내지도 못하고 할 말을 다하지도 않았는데 전영애가 먼저 전화를 끊었다. 누가 누구에게 화가 난 탓인지 아니면 용건이 끝나 자연스럽게 끊어진 것인지 분간이 서지 않았다. 아무튼 지독히 꺼림칙한 대화였다.

잠시 후에 그는 휴대폰에 찍힌 곳을 향해 통화 버튼을 눌렀다. 전영애가 떨떠름한 목소리로 전화를 받았다.

“그렇다면 내 전화번호를 가르쳐 준 것도 나인가요?”

그는 독하게 쏘아붙였다. 짐작은 가지만 그냥 넘어가기 힘들었다. 제주도에서 두 사람은 아무런 신상정보도 나누지 않았다. 남의 지갑과 휴대폰을 뒤지고 함부로 밀고 들어오고 전화 걸고 간섭하고 요구하고…… 암튼 지갑 간수 잘못해서 잃은 게 하나둘이 아니었다. 그 무엇보다 평화롭던 삶에 균열이 생기고 말았다. 그는 전영애가 전화를 걸어 온 게 얼마나 어이없는 짓인지를 다시 한 번 강조하고 환기시켰다. 하지만 그녀의 반응은 차가웠다. 오히려 적반하장으로 공격해 왔다.

“당신이 아내한테 걸려 왔다면서 받는 전화가 좀 이상했어요. 당신이 전화를 걸어 통화할 때도 마찬가지였고. 휴대폰은 제3자가 어쩔 수 없이 상대방 목소리를 듣게 만들잖아요. 당신이 통화할 때는 안녕하십니까!라는 연변 사투리, 혹은 사무적인 말투가 들리거나 아무 소리도 들리지 않았어요. 그런데 당신은 늘 이렇게 대꾸하더군요. 아, 당신이야? 하고 말이죠. 처음에는 일부러 그러는 줄 알았어요. 내게 그렇게 보여 주고 싶어 한다고 믿었어요. 하지만 어느 순간 그게 나하고는 상관없는 행동이라는 것을 눈치챘어요. 없는 걸 있다고 믿고 없는 것과 관계하는 게 당신 일상이죠?”

“정말 기가 막히는군요. 도대체 그게 다 무슨 소립니까?”

“그래서 당신 휴대폰을 몰래 검색하고 뒤졌어요. 그건 정말 미안하게 생각해요. 하지만 당신과 내가 그럴 수 없는 사이라고는 믿지 않아요. 우리가 함께했던 시간이 그냥 흐르기만 한 건 아니잖아요. 그 밑으로 어쩔 수 없이 침전물이 쌓이고 부유물이 생기고…… 그렇지 않나요?”

그는 멍한 표정으로 전영애의 음성을 듣고 있었다. 정말 큰일 났다! 그런 생각이 들었다. 사실 이런 일이 생길까 봐 그동안 얼마나 조마조마했는지 모른다. 아내에게 전영애를 들키는 것보다 더 무서운 일은 전영애가 그의 아내라는 존재를 위협하는 것이었다. 그 혼란을 피하기 위해 이런저런 노력을 해 왔으나 이제는 소용없게 되었다. 그가 아파 오는 머리를 감싸 쥐며 얼굴을 찡그리는데 전영애가 또 한마디를 날렸다.

“당신은 당신 휴대폰으로 전화를 걸어 놓고 아내에게 걸었다고 우기잖아요, 아닌가요?”

“내, 내가 언제요?”

“자주 그랬어요. 당신 아내한테서 걸려 왔다는 전화는 P라고 적힌, 발신자 표시가 안 된 번호였고요, 내가 모를 줄 알았어요?”

“나 참 어이가 없어.”

“아마 중국에서 걸려 오는 사기 전화나 불법 광고전화 같은 거였겠죠? 아니면 그런 전화를 걸어 달라고 어디다 부탁해 놨거나.”

그는 픽 웃었다. 이렇게 많은 오해, 이렇게 지독한 편견이 어디서 비롯되었는지 정말 알다가도 모를 일이다. 그는 체념하듯 한숨을 폭 내쉬었다. 그런 다음 겨우,

“아무리 그래도 휴대폰 뒤지는 건 바람직하지 않아요.”

라고 말할 수 있었다. 서로의 결핍을 반복해서 환기시키느니 점잖게 꾸짖는 쪽을 택한 것이다. 사실 그는 전영애의 휴대폰을 6년 동안 보관하고 관리했지만 화면을 열어 검색한 적은 거의 없었다. 그건 그의 소관이 아니었다. 허락 없이 남의 휴대폰을 뒤지는 건 부부 사이라고 해도 용납하기 힘들었다. 사람은 각자 다 다르고 제각기 다른 사람들이 모이고 흩어지는 원리는 자명하다. 끊임없이 약속하고 지키고 또 약속하는 것, 이 세상에서 사람이 함께 살며 나눌 수 있는 것이 그 밖에 또 무엇일 수 있을까. 전화기를 뒤져도 좋다는 규칙 따위는 어디에도 존재하지 않는다. 그의 아내 역시 전화기를 뒤진 적은 없었다. 흥분은 조금씩 가라앉았다. 특히 바람직하지 않아요, 라고 발음할 때는 자연스럽게 타이르는 말투로 바뀌었다. 하지만 그 다음이 문제였다. 전영애가 말했다.

“그 후 주말에 몇 번 당신 번호로 전화를 한 적은 있지만 통화는 이루어지지 않았어요. 서울에 오면 당신은 주로 전화를 꺼 놓는 것

같더군요. 상상 속의 아내와 놀기 위해서겠죠?”

“상상 속의 아내라니, 무슨 그런 말이 다 있어요? 도대체 나한테 왜 이러는 거예요? 왜 자꾸 내게 그런 소릴 해요? 목적이 뭐예요?”

그는 파르르 떨며 물을 게워 내는 하마처럼 벌컥거렸다. 하지만 목적이 뭐냐고 쏘아붙인 다음에는 스스로도 모르는 사이 멈칫했다. 가슴이 아팠다. 그렇게 심한 말을 할 필요까지는 없었다. 커튼 위에서였던가. “당신은 살 만한 집 부인인데 나를 향한 두려움 같은 건 없어요?” 하고 물었더니 그녀는 고개를 가로저었다. “윤기훈이 누구든, 라이프 스타일이 어떠하든, 당신이 좋은 사람이라는 믿음에는 변함이 없어요. 세상 사람 모두가 당신에게 비난을 퍼부어도 난 언제나 당신 편이에요. 그것만은 믿어도 돼요.” 그토록 어여쁘게 말하던 여자였다. 여태 살면서 어느 누구에게도 그런 소리는 들어 본 적이 없다. 그가 머뭇거리는 사이 전영애가 말했다.

“당신이 정말 원하는 건 따로 있어요. 그걸 몰라요?”

“나는 내가 원하는 게 뭔지 알아요. 내 아내와 함께 사는 거죠. 당신과는…… 내가 당신에게 자꾸 빠져드는 건 나도 알아요. 그건 수수께끼죠. 하지만 아내가 싫어하는 걸 계속할 수는 없어요. 그게 아무리 좋아도.”

여자는 말없이 거친 숨을 몰아쉬었다. 잠깐 비웃음인지 한숨소린지가 지나가고 난 뒤 여자가 입을 열었다. 꽤나 냉정한 말투였다.

“당신 아내가 있다는 증거라도 있어요?”

“뭐라고요? 기가 막혀. 당신은 분명히 내 아내를 봤잖아요? 마주쳐 놓고 못 본 척 시치미 떼는 이유가 뭐예요?”

“난 못 봤어요. 암튼 내게 당신 아내가 있다는 증거를 보여 줘요.

그럼 믿을게요."

그러더니 뚜뚜, 하고 또 전화가 끊어졌다. 그는 발광한 사람처럼 머리를 쥐어뜯다가 어느 순간 멍해졌다. 아내가 있다는 증거? 살다 살다 그런 이야기는 처음이었다. 그는 헛웃음을 날리며 폴더를 닫았다. 이 여자가 이렇게 이상한 구석이 많았나. 화풀이하듯 길에다 침을 콱 뱉다가 생각이 결혼기념일에 이르렀다.

맙소사!

따져 보니 정말 그랬다. 아내도 그도 깜빡 잊은 채 몰랐던 것이다. 얼굴이 벌겋게 상기된 그는 재빨리 아내에게 전화를 걸었다. 다른 때와는 달리 제주도의 날씨가 어떻고 하는 식의 한가한 이야기는 나눌 틈이 없었다.

"여보, 미안해. 어떡하지?"

"뭘요? 왜 그래요?"

"어제가 우리 결혼기념일이었어. 당신은 알았어?"

"어제가 며칠이죠?"

"4월 20일이잖아."

그러자 아내가 아악, 하고 커다랗게 비명 지르는 소리가 들렸다. 아무리 바쁘고 정신이 없어도 그렇지, 어떻게 결혼기념일을 깜빡할 수가 있는 걸까. 남자인 나는 그렇다 쳐도 여자인 당신은 알고 있었어야 하는 거 아냐? 한 집안의 중대사를 잊고 살다니, 당신 여자 맞아? 그의 내면에서 소리가 되지 못한 말들이 아웅다웅 뒤엉킨 채 난리였다. 하지만 그의 기분을 푸는 것은 중요하지 않았다. 우선은 아내를 진정시켜야 했다. 그는 길에 서서 진땀을 흘리며 한참 동안 그녀를 위로하고 달랬으며 어떻게 당신마저 그걸 다 잊냐? 하고 은근히 구박하기도 했다. 마침내 아내가 마음의 평정을 되찾고 다가오는 주말에 못다 한 기념행사를 치르자는 약속을 할 수 있었다. 전화기 뚜껑을 덮었을 때 그는 고단한 가운데 안도의 한숨을 내뱉었다. 잡다하고 신산스러운 집안일을 오직 자신의 노고 하나로 해결해 냈을 때처럼 뿌듯하고 자랑스러웠다. 전영애 때문에 느낀 불쾌감은 온데간데없이 사라진 뒤였다.

그런데 그들 부부가 결혼기념 축하 파티를 끝내고 이후 열흘가량이 지났으나 그녀는 전화를 걸어 오지 않았다. 허전하고 궁금했다. 어디선가 그를 지켜보고 있거나 골탕 먹일 방법을 궁리하고 있는 건 아닐까 의심이 들기도 했다.

당신 아내가 있다는 증거라도 있어요?

직장에서 업무를 보는데 불현듯 전영애의 그 말이 날아와 마음을 건드렸다. 햐! 정말 어이가 없었다. 그는 지금까지 자유롭게 살았다. 서울과 제주를 오가는 생활은 활력을 안겨 주었다. 그는 그 패턴을 깨고 싶지 않았다. 그런데 전영애는 지금 그의 편안한 삶을 위협하고 있다. 그는 무엇보다 그것이 불길했다. 어쨌거나 조금씩 대비를 해두는 건 나쁘지 않을 것 같았다. 상대가 전영애기 때문이다. 전영애가 말하면 그가 받아치는 건 당연하다. 그는 증거를 모을 방법을 궁리해 보았다. 다른 그 무엇에 앞서 아내가 실제로 있지만 전영애는 보이지 않는다고 우길 것이라는 예상이 가능했다. 아내가 울면서 화를 내는 장면까지도 못 본 체하던 얌체가 아닌가. 서울 집에 가득한 그들의 살림살이, 값나가는 그림과 사진, 형광펜으로 밑줄을 그어 가며 읽은 책들, 관광지에서 사 온 기념품, 손때 묻은 온갖 가전제품, 머리카락, 살비듬, 손톱조각…… 사실은 그것들 모두가 증거일 테지만 보다 구체적인 방법을 택하지 않으면 안 될 것이다. 전영애 앞에서 아내가 노래를 부르게 하는 건 어떨까. 그녀를 안아 보라고 할까. 아니, 아내더러 그 여자의 뒤통수를 후려갈기라고 해볼까. 당장 무엇을 해야 할지 고민을 시작하자 그는 여러모로 난감했다.

스스로도 모르는 사이 지나치게 몰두했던 걸까. 그는 친분 있는 문화단체 음악감독과 점심식사를 하다가 불쑥 그 이야기를 꺼냈다.

"어떤 사람이 이 세상에 존재하는지 마는지를 증명할 수 있는 방법이 뭐가 있을까?"

"작품 이야깁니까?"

"어, 뭐…… 대충."

"아니에요?"

"어, 뭐……."

"실물을 제시하는 것보다 더 생생한 게 있나요?"

"글쎄, 살다 보면 있는 걸 있다고 하고 없는 걸 없다고 하는 단순함마저 통하지 않을 때가 있잖아. 멀쩡히 있는 사람을 보이지도 만져지지도 않는다고 우기는 사람이 있지. 좀 더 객관적인 방법이 필요한데, 없을까?"

"그럼 주민등록등본을 떼어 보는 건 어때요?"

음악감독은 재빨리 대답해 놓고 자신의 재치라도 입증받으려는 듯 으스댔다. 그는 좀 충격을 받았다. 대답이 너무 간단해서 겁이 날 지경이었다. 그렇게 쉽고 빠르고 분명한 방법을 두고 얼마나 비현실적인 상상을 했었는지.

234

주민등록등본.

정말 좋은 방법이었다. 그걸 휴대하고 있다가 그녀를 만나면 보란 듯이 내밀어 기를 죽이는 거다. 봐라, 당신 말은 틀렸다. 여기 내 아내 이름, 인여은이라는 글자가 떡하니 적혀 있지 않느냐. 이거야말로 나라가 공인한 것이다. 다시는 내 앞에서 정신 나간 소리 하지 마라. 그러면 그것으로 끝인 것이다. 다시 자유를 되찾을 수 있다.

그는 음악감독과 헤어져 동사무소로 달려갔다. 그렇게 통쾌한 것이라면 빨리 확인하는 게 나았다. 창구에서 번호표를 받아 들고 기다리다가 어느 중년 여자의 가족관계증명서를 슬쩍 구경하게 되었다. 그러자 얼마 전에 가족법이 바뀌었다는 것을 비로소 기억해 냈다. 그는 창구직원에게 저분과 똑같은 걸 떼어 주세요, 하고 말했다.

천 원을 지불하고 난 뒤 대기 의자로 가서 가족관계증명서를 들여다보았다.

먼저 그의 이름 옆에 출생연월일과 주민등록번호가 적힌 항목이 눈에 띄었다. 가족사항 난에는 부모에 대한 정보만이 표기되어 있었다. 만일 그가 동사무소에 직접 오지 않았더라면 누군가 가짜 서류를 가져와 무례한 장난을 친다고 여겼을 것이다. 그는 창구로 다가가 따지듯이 소리쳤다.

"제 아내의 기록이 누락되었는데요?"

"그럴 리가요."

젊은 청년은 컴퓨터를 들여다보면서 고개를 갸웃거렸다.

"윤기훈 선생님 본인이십니까? 더 이상 가족이 없으신 걸로 나오는데요?"

"말도 안 돼요. 전 아내가 있습니다. 다시 잘 봐 주세요."

“아, 그게…… 그렇지 않은데요.”

“제 아내의 이름은 인여은입니다. 우리는 1997년 4월 20일에 결혼했죠.”

“그런가요? 혼인신고는 언제 하셨습니까?”

“혼인신고요?”

헉! 그의 입에서 고온의 증기가 뿜어져 나왔다. 그런 문제는 생각해 본 적이 없었다. 결혼을 했으니 아내가 아내로 기록되어 있는 건 당연하다고 믿었던 건 아니지만 그 모든 사소한 사태를 넘어서는 게 가족관계라고 보았다. 그에게 가족이란 거의 운명 지어진 것이나 다름없는, 영원불멸한 영혼의 문제였다. 그랬으므로 그의 입에서는,

“우리는 수많은 하객들 앞에서 부부됨을 맹세했어요.”
라는 말이 자연스럽게 튀어나왔다.

“결혼식을 백번 치르더라도 혼인신고를 하지 않으면 부부라는 걸 증명할 길이 없어요. 우선은 여자 측의 기록이 남자에게 넘어올 수가 없거든요.”

동사무소 직원은 그러면 그렇지, 하는 얼굴로 활짝 웃었다. 그건 그도 알고 있는 사항이었다. 그를 당황스럽게 한 건 너무 오래된 일이라 혼인신고를 했는지 말았는지 도무지 기억나지 않는다는 것과 혼인신고를 미처 하지 못했으면 부부가 부부임을 입증할 길이 없는 것인가, 하는 문제였다.

“지금이라도 혼인신고를 하시면 됩니다. 도와 드릴까요?”

동사무소 직원이 그의 눈을 빤히 들여다보며 물었다. 거 봐, 당신은 아내가 없지? 소금을 한 주먹 씹어 삼킨 느낌이었다. 혼인신고를 하지 않아도 아내가 있는 건 있는 거다. 어떻게 있는 걸 없다고 할 수

있나. 중요한 건 결혼식이고 현재 두 사람이 함께 살고 있다는 사실이 아닐까. 결혼식보다 혼인신고가 더 가치 있게 취급되는 사회라면 뭔가 문제가 있는 거다. 외따로운 느낌이 어스름처럼 차올라 그는 말없이 동사무소를 나왔다. 그러다가 혹시 전영애의 사주를 받은 사람들이 전부 한통속으로 움직이고 있는 건 아닐까, 하는 의구심에 이르렀다. 그렇다면 사람들을 동원해서라도 그를 차지하고 말겠다는 심보인 게 분명하리라. 그게 아니고서는 자신에게 일어난 일을 그는 도무지 해명할 길이 없었다.

9

예식장에서 나온 그는 막막한 심정이 되어 거리로 나섰다. 자동차 매연이 매스껍게 비위를 건드렸다. 어디선가 옛날 노랫소리가 들려왔고 때맞춰 어머니의 얼굴이 머리를 스쳐 갔다. 그는 고속터미널로 가서 포항행 버스표를 끊었다. 아내에게는 전화를 걸어 양해를 얻어 냈다. 그는 구룡포로 갈 생각이었다. 어머니라면 그에게 뭐라고 쓸 만한 한마디쯤 던져 줄지 몰랐다. 하늘은 흐리게 가라앉아 있었다.

"저희는 상세한 기록은 남기지 않습니다."

예식장 측의 입장은 간단했다. 자기네는 어느 날 누가 누구랑 결혼했는지에 관한 기록을 보관하지 않는다는 것이다. 그는 결혼예식에 대한 기록이 출생증명서만큼 소중하게 취급당하지 않는 현실이 개탄스러웠다. 사회적 신분을 기록한 것에 불과한 출생증명서 혼인신고서 따위가 한 인간의 진정성까지 다 포괄하고 있단 말인가. 말도 안 되는 일이었다. 이 나라는 모든 게 엉망이다. 뭐 하나 제대로 굴러가는 게 없다. 세상일은 철저히 가족단위로 이루어져 거기서 비껴난 사람은 바보 취급당하기 일쑤지만 가족이 만들어지는 순간은 허술하고 의미 없는 낙서처럼 시간 속에서 쉽게 지워지거나 굴절된다. 그 때문에 자신은 아내의 존재를 증명할 가장 확실한 기회를 잃어버린 것이다.

구룡포에 도착하자 그의 발걸음은 자기도 모르는 사이 초등학교 쪽을 향했다. 비릿한 바다 냄새가 몸 안으로 스며들어 잠들어 있던 세포 하나하나를 자극하는 것 같았다. 그는 학교 안에 들어가 운동장을 천천히 돌면서 흙먼지를 조금씩 불러일으켰다. 시선은 내내 교실 안 여기저기와 그늘진 뒤꼍을 헤매고 있었다. 온갖 구석진 장소들, 비밀이 묻힌 곳, 어둡고 습하지만 안전한 구멍과 난간들. 그는 그런 것에 관해서라면 샅샅이 알고 있었다. 그의 표정에는 안으로 들어가 보고 싶은 간절한 마음과 그렇게 할 수 없는 이의 말 못할 고뇌가 넝쿨처럼 복잡하게 얽혀 있었다. 그곳으로 들어가 잘 기억나지는 않지만 충분히 좋았던 것들 속에 파묻히듯 합류하고 싶으나 왠지 모를 뭔가가 그것을 가로막았다. 그는 끝내 건물 가까이 접근하지 못한 채 학교를 나왔다.

정문 바로 앞에 철기네 분식이 있었다. 코흘리개 적부터 그는 그곳을 드나들었다. 오징어 볶음과 생선 반찬이 든 도시락은 바다에 버리고 찐빵으로 배를 채운 적이 한두 번이 아니었다. 어머니의 지갑 속에 돈은 얼마든지 있었다. 어느 날 학교 화장실 벽에 이런 글씨가 씌어 있었다. '형은 도둑이다. 자꾸만 우리 엄마 지갑에서 돈을 꺼내 간다.' 그는 동생이 나쁜 마음을 먹고 한 짓이라고 여기지는 않았으나 다시는 찐빵을 먹지 않았다. 자신이 도둑이라는 생각은 견디기 힘들었고 동생이 같은 어머니를 두고 '우리 엄마'라며 자신을 밀어내는 게 못마땅했다. 그가 '우리'에서 칼로 금을 그어 놓은 것 같은 분리를 읽기 시작한 것은 그때부터였다. 그는 분식집 안으로 들어가 국수와 팥죽 한 그릇씩을 시켰다. 음식을 기다리면서 찐빵에다 설탕을 듬뿍 발라 먹고 있는데 주인 남자가 말을 걸어왔다.

"혹시 수고 들어갔던 그, 훈동이 아재네 큰아들 아이라요?"

"네, 저……."

그는 당황하여 급히 자리에서 일어난 뒤 고개를 숙였다. 분식집 주인이 누구인지 어렴풋이 알 수 있었다는 게 중요한 것은 아니다. 대를 이어 가게를 운영하는 집은 어디에나 있기 마련이다. 문제는 '훈동이 아재'라는 말이 그의 가슴에 낸 상처였다. 아버지는 아들이 선장이 되기를 바랐으나 그는 '수고'인 수산고등학교를 졸업한 뒤 서울로 올라가 야간대학에 진학했다. 아버지는 아무 말도 하지 않았다. 그는 가끔 꿈을 꾼다. 학교 화장실 벽에는 '아버지와 형은 서로 말을 하지 않는다. 그건 형이 아버지 아들이 아니기 때문이다'와 같은 낙서가 적혀 있었다. 그는 전영애를 떠올리지 않을 수 없었다. 자신이 누구인지 잊는 일은 얼마든지 있을 수 있다. 그는 정말 오래간만에 구룡포를 방문한 것이다.

분식집을 나와 수산고등학교를 향해 걷다가 그는 그만 발길을 돌렸다. 왠지 힘이 들었다. 어쩌면 날씨 탓인지도 모른다. 해가 없지만 후텁지근한 고온의 날씨는 기상청의 진단이 아니더라도 이상기온이라는 단어를 저절로 연상시켰다. 협동조합 앞 구멍가게에서 음료수 하나를 사 마시며 잠시 숨을 돌렸다.

보고 싶어요!

　그는 어두운 정신으로 전영애에게 문자를 넣었다. 답은 없었다.

　민박집 방문은 모두 닫혀 있었다. 성수기가 아니었던 만큼 손님이 없는 건 당연한데도 그는 공연히 가슴이 덜컥 내려앉았다. 흙이 묻어 있는 평상에 앉아 양말을 벗고 발을 씻었다. 지하수는 발가락이 끊어질 듯 차가웠다.

　슬리퍼를 끌고 뒤꼍과 텃밭 여기저기로 다니면서 어머니를 찾았다. 어머니는 옥상에서 신문지에다 노란 콩을 펼쳐 놓은 채 돌과 지질한 것들을 골라내고 있었다. 빨랫줄에 널린 몸뻬 바지에서는 물이 뚝뚝 떨어졌다. 그는 말없이 어머니 앞에 가서 쪼그려 앉았다.

　“뉘신가?”

　어머니가 짓무른 눈으로 그를 쳐다보았다. 머리에는 수건을 쓰고 있었다. 저예요. 그가 말했지만 노파는 아들을 알아보지 못했다. 기훈이라니까요. 그러자 어머니는 털퍼덕 바닥에 주저앉았다.

　“자네가 참말로 기훈인가?”

　“예.”

　그러자 어머니는 주님, 감사합니다! 하고 부르짖었다. 그는 ‘자네’라는 말에서 어머니 몰래 상처를 받는다. 그는 어머니가 교회에 열성적인 이유는 그를 임신한 상태에서 아버지와 결혼한 전력 때문이라고 믿었던 적이 있었다. 그는 교회에 나가지 않았다. 예수가 십자가에 못 박힌다는 이야기를 들으면 콧구멍 속 아주 깊은 곳이 참을 수 없게 간지러웠다. 그런 식의 영웅은 그의 이상형이 아니었다. 아버지는 술만 취하면 너는 내 아들이여, 누가 뭐래도 내 아들이여, 하면서 이를 갈았다. 마루로 내려와 절을 올리자 어머니는 나무껍질 같은 손으로 그를 끌어안았다. 하지만 뭔가 께름칙한 것이라도 있는 듯 아들의 몸에 자신의 앙상한 가슴을 밀착시키지는 않았다. 어머니는 동생들은 모두 바다에 나가고 아버지는 영덕에 바람 쏘이러 갔다고 전했다.

"고등어 육개장을 끓이마."

어머니는 부엌으로 들어갔다. 그는 잠시 어머니의 손동작을 지켜보았다. 다 삶긴 고등어를 건져 내 뼈를 추리는 솜씨가 여전히 날렵했다. 어머니는 양재기에 든 육개장거리와 고기를 된장과 밀가루 등 갖은 양념에 버무렸다. 육개장거리가 막 끓기 시작하는 것을 확인하고 그는 부엌에서 나왔다. 민박용 방에 드러누워 아주 어려서 어머니의 젖가슴을 독차지하던 때가 자신에게도 있었음을 떠올렸다. 그것을 조물락거리지 못해 잠들 수 없는 밤은 길었다. 그가 아내의 몸에서 가장 사랑하는 것도 젖가슴이었다. 아내의 유두가 함몰되어 있다는 것을 처음 안 것은 회사 근처 노래방에서였다. 어머니의 젖꼭지는 언제나 빳빳하게 성이 나 있었다. 동생이 태어난 뒤 그는 다른 방으로 밀려났는데 밤이면 가끔 어머니가 찾아와 그의 사타구니를 더듬으면서 "너 아부지는 하나님이지러." 하고 속삭였다. 어머니와 그는 그토록 가까웠다. 에혀, 우리 큰아들! 어머니가 한숨인지 감탄사인지 모를 넋두리를 내뱉고 나면 어김없이 안방에서 아버지의 헛기침 소리가 들려왔다. 배라먹을 인사! 어머니는 뜻 모를 말을 남긴 채 안방으로 건너갔다.

"남우집 맨키로 와 여서 이라노?"

어머니가 육개장이 얹힌 상을 들고 민박용 방으로 들어왔다.

"여기가 편해요."

"사람이 핀한 것만 밝히만 몬씬다. 불핀한 것도 핀안하게 소화시키
야 진짜 사나지. 내 좀 핀할라고 다른 사람 맘 씨게 하는 거는 어린
아아들이나 하는 짓이지러."

그는 못 들은 척 순가락을 들고 걸쭉한 육개장을 정신없이 퍼먹었
다. 순식간에 땀이 흐르면서 가슴이 시원하게 뚫렸다. 이상한 일이었
다. 그는 바다에서 나는 비린 음식을 좋아하지 않았다. 거기서는 아
버지의 땀 냄새가 났다. 그보다는 어머니 지갑에서 훔친 돈으로 찐
빵을 사 먹는 게 더 가슴 든든한 일이었다. 훔치는 건 나쁘지만 그
돈의 출처가 어머니라는 사실은 그를 안심시켰다. 찐빵에서 나는 것
이 사람 냄새가 아니라 밀가루 냄새라는 것도 좋았다. 아버지의 노동
에 기생하지 않게 된 날 고등어 육개장이 맛있어질 줄 미리 알고 있
었다는 듯 그는 순식간에 두 그릇을 비우고 난 뒤에야 고개를 쳐들
었다. 어머니는 짓무른 눈가를 훔치면서 그가 비운 그릇들을 세듯이
하나하나 포갰다.

"여태 혼자지러?"

어머니가 물었다. 그는 가슴이 두근거리기 시작했다. 그건 그가 어
머니에게 확인해 볼 말이었던 것이다. 그는 찬물을 물고 비릿한 텁텁
함이 가실 때까지 입안을 헹구어 냈다.

"지난번에 제 아내가 어머니 손에서 생선가시를 빼 드렸지요. 가시
는 작게 구부러져 있었어요. 아내가 소독약을 사러 간 사이 어머니
는 상처에다 석유를 부으면서 시원하다고 좋아했잖아요. 혹시 그때
일이 기억나세요?"

어머니는 멀뚱멀뚱 그를 바라보았다. 천장에서는 쥐들이 소란스럽
게 뛰어놀았다. 그는 분위기가 산만해질 것을 우려해 노파의 손을 힘

주어 꽉 움켜잡았다. 어머니는 죄지은 듯 천장을 노려보다가 그에게서 손을 빼내더니 슬그머니 상을 들고 일어섰다. 문지방을 나서면서 어머니는 혼잣말로 중얼거렸다.

"하이고 마, 늙으이 자꼬 노망끼가 동해스리."

그는 안달이 나서 어머니를 따라 밖으로 나갔다. 제 아내가 진주 반지를 해 드렸잖아요. 그건 어쩌셨어요? 그는 슬리퍼를 제대로 꿰어 신으면서 어머니 앞을 가로막았다. 얼마 전에는 멋진 한복을 해 드렸잖아요, 혹시 어디에 걸어 놓으셨는지 기억나세요? 어머니는 버거운지 한숨을 내쉬면서 마당의 평상에다 상을 내려놓았다. 그러고는 허리를 쭉 펴고는 옆구리를 톡톡 두드렸다. 그때 커다란 수탉 한 마리가 나타나 도도한 몸짓으로 마당을 배회했다. 긴 목을 한껏 쳐들고는 먹이를 요구하듯 꼬꼬꼬꼬 위협적인 소리를 냈다. 기분이 팍 상해 버린 걸까. 팔과 목덜미를 번갈아 가며 긁어 대던 어머니는 난데없이 머리에 얹힌 수건을 풀어헤치더니 수탉을 쫓기 시작했다.

"이넘으 달구새끼. 지랄 겉은 달구새끼야. 니는 우예 허구헌 날 넘의 염장이나 지르나. 뭐 잘났다고 눈을 희멀궂하게 치키뜨고 나타나 에미 애비도 몰라보고, 근본도 모리고, 집도 없는 사램맹키로, 하이고 불쌍타. 성씨는 없이도 이름은 있을 틴데 이마빡에다 지름을 발랐는지 삔질거리다 속타 죽을 넘. 핑생 술 한 빙 사 오는 법 없이민서 모이 못 봤다고 타박이나 해쌓고, 아이고 이 도리도 비리고 깅우도 모르는 넘. 이넘 게 섰구라."

닭은 혼비백산하여 달아나다가 어머니의 교묘한 속임수에 말려들어 민박용 방으로 날 듯이 투신했다. 어머니가 방 안으로 쫓아 들어간 뒤 저절로 문이 닫혔다. 한참 동안 옛날 세탁기 돌아가는 소리가 쿵덕쿵덕 들리고 나서 방문이 활짝 열렸다. 수탉은 목을 늘어뜨린 채 어머니 손에서 떨고 있었다.

"이넘 먹고 갈 시간은 있지러?"

헝클린 머리를 가다듬으면서 어머니는 욕탕 안으로 팽개치듯 닭을 던져 넣었다. 한참 동안 플라스틱 바가지로 물 푸는 소리가 들려왔다. 그는 구멍가게로 가서 소주 다섯 병을 사 들고 집으로 들어가 부끄러운 듯 평상 밑에다 내려놓았다. 닭이 익는 냄새를 피해 수챗구멍에 엎드려 있다가 두 그릇 분량의 고등어 육개장을 모두 게워 냈다. 그런 다음 처참한 표정으로 하늘을 올려다보았다. 그는 생각했다. 오랜만에 구룡포에 온 것도 사실이고 종종 아내와 함께 어머니를 방문했던 것도 사실이다. 그런데 그게 뭐가 어떻다는 말인가.

10

서울로 돌아온 다음 날 아침, 그는 다시 예식장으로 길을 잡았다. 왠지 마음에 걸리는 게 있었던 것이다. 집을 나서면서 아내에게 우리가 결혼한 곳이 천호동 사거리에 있는 A예식장이 맞느냐고 물어보았다. 아내는 그의 지나치게 뻣뻣한 앞머리를 손봐 주면서 1997년 4월 20일이었지, 하고 추억에 잠긴 목소리로 속삭였다. 그는 감동한 나머지 아내를 와락 끌어안았다. 며칠 동안 겪었던 마음의 외로움이 다 가시고 보상되는 느낌이었다. 그녀의 몸에서는 수박냄새가 진하게 풍겼다. 예식장 지배인 앞에서 그의 말투는 조금 고까웠을 수도 있다. 직업의식이라고는 조금도 없으신 것 같네요. 자부심은 아니더라도 타인에 대한 약간의 서비스 정신만 있어도 이렇지는 않을 텐데 말입니다. 그러자 예식장 지배인은 말했던 것이다. 예식사업 10년 만에 댁 같은 고객은 처음이오. 그가 궁금한 것은 10년이라는 말 속에 담긴 의미였다. 어머니는 그가 태어난 시를 알려 달라고 할 때마다 새벽 5시라고 말했다. 5시 전이냐 후냐고 물으면 글쎄, 하고 망설였다. 그는 어머니의 시간관념을 알고 있었다. 10시 5분이면 그건 이미 11시나 마찬가지였다. 9월이면 이미 한 해가 다 가고 말아 나이를 한 살 더 먹은 거나 다름이 없었다. 예식장 지배인은 예식사업 10년이라고 했다. 그는 결혼한 지 12년이 되었다. 그가 알고 싶은 것은 지배인이 12년이나 13년을 10년이라고 대충 계산해 버리는 사람인지의 여부였다.

"저희 예식장은 1999년 1월에 오픈했습니다."

예식장 지배인의 설명을 듣고 나자 벌에 쏘인 것처럼 골이 띵했다. 그는 1997년에 틀림없이 한 여자와 A예식장에서 결혼식을 올렸다. 그런데 A예식장은 그로부터 약 2년 후에 생겼다고 한다. 그렇다면 예식장이 착란이라도 일으킨 것일까. 어떻게 기억이 존재보다 일찍 태어날 수가 있는 거지? 시간이 형편없이 우그러진 걸 보면 차원이 다른 세계를 경험하고 있는 건지도 모른다. 그때였다. 딴딴따단. 웨딩마치가 울려 퍼졌다. 일요일이라 마침 예식이 진행되고 있었던 것이다. 그는 까치발을 한 채 결혼식 장면을 구경했다. 허니문 카를 타고 신랑신부가 입장하는 중이었다. 그의 시선을 끈 것은 허니문 카에 함께 탄 꼬맹이들이었다. 그랬다. 그가 결혼할 때도 함께했던 사람이 있었다. 아내의 친구와 그의 친구들. 어째서 미처 그 생각을 못했던 것일까.

그러자 한 여자의 얼굴이 거짓말처럼 뇌리에 박혀 왔다. 유달리 남의 얼굴을 잘 기억하지 못하던 여자였다. 키가 크고 우람한 골격에다 배에는 엄청난 살집을 포개고 있었으나 노래할 때의 목소리는 아름답고 환상적인 소프라노였다.

"왜 여은이를 더 이상 집에 바래다주지 않는 거죠?"

궁금해한다기보다 따지는 쪽에 가까웠다. 그녀는 친구에게 일어난 변화가 썩 마땅찮은 것 같았다. 친구의 남자는 친구를 몇 번 집으로 바래다주더니 더 이상 그 일을 계속하지 않는다. 아무리 바빠도 바래다주는 시늉은 멈추지 말아야 하는 게 아닐까. 그녀는 오랫동안 벼르고 있다가 마침내 친구 일에 끼어들 타이밍을 잡았다는 표정이었다. 말하자면 중재 혹은 조정에 나선 것이다. 그가 두 여자의 관계를 날카롭게 짚어 낸 건 그나마 다행한 일에 속한다. 여자들은 서로가 서로에게 단순한 친구가 아니라고 철석같이 믿고 있었다. 아내의 친구가 더 적극적이었다. 아니, 필사적일 정도로 집요한 면이 있었다. 앞으로 그의 가정이 화평하려면 그녀라는 벽을 뛰어넘어 아내에게 명실상부 일순위의 인간이 되는 데 성공하거나 아내에게서 그녀를 제거해야만 할 것 같았다. 그것만이 그가 취할 수 있는 최선의 조치였다. 평생 두 개의 입, 두 개의 머리를 상대하며 살 수 없는 노릇이다. 아내의 친구는 사랑에 대해 특별한 환상을 가지고 있다는 점에서 낭만주의자에 가까웠다. 그러면서도 재판관의 시선으로 그를 바라보는 모순을 드러냈다. 관찰을 하려는 게 아니라 주시하고 판단하려는 의도를 분명히 드러냈다. 그는 아내의 친구가 품은, 사랑이라는 주머니의 배를 채울 자신이 없었다. 그러고 싶지도 않았다. 다만 그런 타입을 감동시키는 방법을 우연히 텔레비전 드라마에서 캐치해 냈다.

"그럴 필요가 없으니까요."

그는 지나치지 않을 만큼 거들먹거렸다. 그녀의 눈 속에 최초로 불빛을 발견한 사람의 경이로움이 흘렀다. 더 자세히 알고 싶은 듯 그의 곁으로 바싹 다가온 여자의 입에서는 오래된 박물관에서 나는 냄새가 맡아졌다.

"그녀의 마음이 완전히 내게로 왔다는 걸 알았어요."

그가 자신 있게 말하자 여자는,

"마, 마음을 얻으면 바래다줄 필요가 없어지나요?"

하고 더듬거렸다. 그는 부드럽게 미소 지었다.

"필요가 없다기보다 재미가 없어지죠. 재미가 사라진 남녀관계는 끝장난 거나 다름없는 거 아니겠어요?"

여자는 그래도 뭔가 미진한 모양이었다. 그는 더 이상 부언하지 않은 채 가만히 기다렸다. 설명할 길이 없어서는 아니었다. 정말 알고 싶으면 질투하세요. 경쟁심이라는 코드를 작동시키세요. 그런 다음 폭발하거나 떨어져 나가든가.

그 애는 욕심이 끝이 없어요. 그런데도 만족이라니, 사랑은 도대체 무엇인가요?

그녀가 그에게 보내온 메일에서는 복숭아 과즙이 흘러내리는 것 같았다. 여자는 그가 약혼자를 더 이상 집에 데려다 주지 않아도 되는 상황을 그녀가 그에게 만족한 것으로 이해한 것이다. 그것은 정말 터무니없는 넌센스였다. 오해는 그토록 밝은 대낮에, 명료한 언어들 속에서 발생했다. 그는 긴장감을 유발시키기 위해 아내를 바래다주지 않았다는 식의 부연설명을 하지 않았다. 할 필요가 없다고 판단되었다. 광야에서 커다란 돌개바람이 일고 있을 때 인간의 반응이 제각각이라는 것은 널리 알려진 사실이 아닌가. 두려움을 느낀 채 어둠 속으로 숨는 사람이 있는가 하면 강하고 돌발적인 힘에 대한 혐오감을 적극적으로 표현하는 그 자체를 목적으로 삼는 사람도 있다. 그런가 하면 저 중심의 눈에 처해 본다면 기분이 어떨까 상상하는 사람도 없지는 않을 것이다. 어떻게 하면 저 바람을 잠재울 수 있을지 탐구하는 사람은 과학자형이다. 아내의 친구는 세 번째 유형이었다. 그녀의 호기심은 우정과 관계를 초월하는, 존재의 이유쯤 되는 것 같았다. 이런 타입은 경험만을 절대시하는 치명적인 단점의 소유자이기도 하다. 그는 그녀가 납득할 수 있는 답장을 보냈다.

사랑은 밝음에 눈뜨는 것이지요. 그것은 태양처럼 이미 우리 안에 있습니다. 물론 당신 안에도 가득할 겁니다. 내가 인여은을 사랑하는 건 우리 안의 빛이 인도한 벅찬 운명입니다. 죽음도 우리들 가슴속에 떠 있는 태양을 지우지는 못할 거예요.

너무나 유치하여 삭제하고픈 충동을 억제하면서 '보내기'를 눌렀다. 예상은 빗나가지 않았다. 마침내 아내의 친구를 굴복시킨 날 그는 사진 속 그녀의 미간에 꿀밤을 날리면서 키득키득 웃었다. 그는 그녀가 아름답게 떠날 줄 알았다. 하지만 인생은 복잡하다. 여자의 입장은 달랐다. 그녀가 버린 것은 친구의 남자에 대한 경계심일 뿐이었다. 그녀가 진정으로 누르고 싶은 것이 오랜 친구인 아내였다는 사실을 간과한 것이야말로 그가 저지른 치명적인 실수였다. 자신의 야망을 대신 성취해 버린 남자에 대한 주체할 수 없는 호기심은 이미 발동이 되어 버렸다.

그는 더듬어 본다. 그녀의 이름이 뭐였더라. 사는 곳은 어디고 뭐에 관심이 높았더라. 그러다가 그녀가 아내의 고등학교와 대학 동창이었다는 것을 기억해 냈다. 시험기간에 늘 공부를 함께했었다는 이야기도 들었다.

네 시에 일어난다!

그런 주문을 외고 잠든 뒤 아침에 눈을 뜨면 네 시 십 분 전쯤이었다고 한다. 알람을 맞추지 않아도 실수한 적이 없다는 말은 어쩐지 다 믿어지지는 않았다.

그는 아내에게 전화를 걸어 그녀의 이름을 물었다. 아내는 이름은 가르쳐 주지 않고 새우깡이라는 별명만 일깨워 주었다. 아내가 말했다.

"새우깡 절대 만나지 마. 겉으로는 내 친구인 척, 나를 위하는 척해도 실은 교활하기 짝이 없는 애야. 자꾸 만나다 보면 분명히 내게서 당신을 빼앗아 가고 말 거야."

"내가 무슨 물건이야? 여기 갔다 저기 갔다 줏대 없이 움직이게."

"하지만 당신, 그녀에게 충동을 느낀 적이 있잖아. 오래전 설악산 계곡에서."

아내의 목소리가 히스테릭 버전으로 높아져 갔다. 위험신호였다. 예리한 메스가 살갗을 파고드는 것 같아 어지러웠다.

"무, 무슨 소리야?"

"당신 친구인 뿔테 씨하고 넷이서 설악산으로 놀러 갔던 거 기억 안 나? 나하고 장난치다가 새우깡이 계곡에 빠졌었잖아. 물에서 건져 올린 그 애를 당신이 안고 싶어 하는 거 나, 다 눈치챘어. 모르는 척했을 뿐이야. 소라도 때려잡을 것 같은 강한 이미지의 여자가 시체처럼 기절한 걸 보는 건 특이한 경험일 거야. 어디 그뿐이야? 당시 상황은 꿈에서도 반복되었잖아. 느낌까지 그대로.”

“말도 안 돼. 난 새우깡을 여자로 본 적이 없어. 당신 이외의 여자에겐 눈길 한 번 준 적이 없단 말이야.”

그는 당황하여 아무렇게나 말해 버리고 어, 어, 안 들리네, 어쩌고 하면서 쫓기듯이 폴더를 덮어 버렸다. 전화를 끊고 나서도 한동안 진정이 되지 않았다. 식은땀이 흘렀다. 정말 도깨비 같은 마누라였다. 하지만 그에게도 할 말은 있다. 새우깡에게 충동을 느낀 건 사실이지만 사랑이나 연민과는 거리가 멀었다. 다시는 꿈틀거리는 것을 보고 싶지 않다는 점에서 그건 살의에 가깝다. 이 세상에서 그가 진정으로 사랑하는 여자는 아내뿐이다. 아내는 어째서 그걸 모를까.

새우깡은 수유리에 살고 있었다. 아마추어 가수로 활동하고 있을 거라는 예상은 보기 좋게 빗나갔다. 그녀는 독신인데다 영화사에 근무하고 있었다. 놀랍게도 모래 무덤처럼 우람하던 배는 푹 꺼져 있었다. 노래를 포기한 건 뱃살 때문이 아닐까 우려될 정도였다.

새우깡이라면 그에게 아내가 있다는 것을 증명하고도 남을 것이다. 그녀라는 사람 자체가 별난 증거품이다. 새우깡이 그를 좋아하느냐 싫어하느냐는 것은 오뉴월 장맛비에 천둥이 몇 번 치느냐는 것만큼의 중요성도 없다.

난감한 것은 새우깡을 만나더라도 그것을 어떻게 전영애에게 보여 주느냐의 문제였다. 내 아내의 친구 중에 새우깡이라고 있는데 그녀를 만나 아내의 존재를 증명받았다, 라고 해서 믿을 전영애가 아니었다. 전영애에게 그녀를 만나 보라고 권할 수도 없었다. 새우깡, 그 요망한 입이 무슨 말을 쏟아 놓을지 알 수 없는 일이다. 동영상으로 찍거나 녹음을 하려면 제3자의 도움이 필요했다. 그는 궁리 끝에 전영애를 달리기로 마음먹었다. 새우깡과의 만남을 전영애에게 실시간으로 중계하는 것이야말로 가장 빠르고 확실한 방법이었다.

그는 범상치 않은 그 일에 어울릴 만한 캐릭터를 발굴해 냈다. 자신의 오랜 친구였던 노란 뿔테야말로 가장 적합한 인물임에 의심이 가지 않았다. 새우깡을 윤기훈이라는 이름으로 만나고 싶지 않은 게 첫 번째 이유였다. 단순히 용기가 없어서만은 아니었다. 그는 자신의 뭔가를 보호할 필요성을 느꼈다. 두 번째 이유는 설명하기 복잡하다. 그는 새우깡이 노란 뿔테, 혹은 뿔테를 닮은 남자에게 어떤 반응을 보일지 궁금했다. 한때 둘 사이에 좋은 느낌이 오간 일이 있음을 그는 분명히 기억해 냈다.

그는 변장을 위해 전문가의 도움을 받았다. 가발에다 노란 뿔테 안경과 구레나룻만으로도 윤기훈이 지워지고 다른 사람이 태어나게 하는 방법을 배웠다. 그는 일주일간 서울에 머물겠다고 제주도에 알렸다.

그녀를 미행한 지 단 사흘 만에 그럴듯한 방법을 찾아냈다. 새우깡은 자기 동네 뒷산을 혼자 다녔다. 전영애에게 미행을 요구하기에 산만큼 좋은 장소가 있을까. 그는 전영애에게 문자를 넣었다.

내 아내의 존재를 증명할 확실한 기회를 드릴게요. 좀 만날 수 있어요?

'보고 싶어요', '왜 이렇게 연락이 안 돼요?', '설마 아픈 건 아니죠?'라는 식의 능청에는 묵묵무답으로 일관하던 전영애가 곧바로 답장을 보내왔다.

언제요?

내일 아침 열 시 반쯤 수유리 아카데미 하우스 정문 앞으로 나올 수
있어요?

좋아요.

그럼 내일 봐요 산에 올라가게 될 것 같으니까 운동화 신고 나와요 ^.^

웬-.....-산?

곧 끊어질 것 같던 문자가 자꾸 이어지면서 한참 동안 티격태격하
였다. 전영애는 무지 약을 올렸다. 당신 아내가 산으로 기도하러 갔
나요? 산에서도 환상이 출몰하다니 생각보다 증세가 심한 거 아닌가
요? 하는 식의 빈정거림에 조금씩 피가 더워졌다. 자신의 답변이 자
꾸만 변명조로 움츠러드는 것도 심기 사나운 일이었다. 전영애는 멈
추지 않았다.

맞다! 발자국이 생기나 안 생기나 보면 되겠네! 그게 증거죠? 아! 눈
오는 겨울이면 더 확실한데 안타깝사옵니다! ㅋㅋ

결국 화가 머리끝까지 치솟은 그는 다음과 같은 문자를 보내지 않
을 수 없었다.

안되겠어요, 우리 지금 좀 만나요!

전영애는 기고만장 받아쳤다.

흥! 그러면 누가 겁날 줄 알고?

하지만 전영애가 도착하기도 전에 분노는 수그러들고 오래전 용문
사 우물 앞에 앉아 청개구리를 감상할 때의 느린 여유가 되새겨졌다.
전영애도 그런 것 같았다. 아파트 주차장에 나타난 그녀 역시 전의를
상실한 기색이 역력했다. 그는 미리 못부터 세게 박았다.
"오늘은 절대로 우리 집에 들어가서는 안 돼요."
"왜요?"
"아내가 유산했어요. 의사가 안정을 취해야 한댔어요."
전영애는 "유산요?" 하고 놀라더니 "어머, 별걸 다 하네요, 호호
호." 하고 웃었다. 그는 얼굴이 확 붉어지는 것을 느꼈으나 참는 것 외
에는 도리가 없었다. 그녀가 원하는 게 뭔지 알 만했다. 그 역시 집으
로 들어가 전영애의 옷을 벗기고 싶은 마음이 굴뚝같았다. 여자의 몸
에 얼굴을 묻고 존재의 냄새를 깊이 들이켜고 싶었다. 하지만 아내가
아픈 건 사실이었다. 지난달에 이어 이번에도 착상에 실패한 것이다.
궁여지책 끝에 두 사람은 전영애의 자동차 안으로 들어가 마주 앉았
다. 그는 다음 날의 계획을 설명하면서 그녀의 이해를 구했다. 새우깡
과의 관계를 비교적 상세히 들려줄 수밖에 없는 이유는 변장 때문이
었다. 미리 양해를 얻어 놓는 게 여러모로 자연스러울 것 같았다.
"변장이라고요?"

전영애가 흥미를 드러내는 게 왠지 불안했다. 그가 방법을 이야기했을 때는 눈을 빛내면서 고개를 끄덕였다. 자기가 학교 때는 연극무대를 누비고 다녔다고 고백하면서 얼굴빛이 살짝 상기되었다. 그러던 어느 순간이었다. 전영애는,

"잘됐다."

하고 손뼉을 치는가 싶더니 갑자기 헛소리를 늘어놓았다.

"제가 당신의 아픈 아내를 위해 죽을 끓일게요. 전복죽을 기가 막히게 끓일 줄 알아요."

그는 펄쩍 뛰면서 악을 썼다.

"미쳤어요?"

전영애는 요지부동 눈도 깜짝하지 않았다.

"변장을 하면 되잖아요. 남자로 말이에요."

또다시 옥신각신하지 않을 수 없는 노릇이었다. 전영애가 남자로 변장하는 것은 불가능하다. 그녀의 몸 구석구석 들어차 있는 여성적 기운의 충만함을 도저히 지울 수 없다는 것도 문제겠지만 의상이나 가발 같은 기본적인 소도구조차 없었다. 하지만 그의 판단과는 달리 전영애는 들뜰 대로 들떠서 저 혼자 찧고 까부느라 이미 제정신이 아니었다. 재미있겠다! 전영애는 변장용 도구가 없다는 사실을 차분히 환기시키는 그를, "아파트 지하에 가 봐요. 거기 재활용품 옷가지들이 얼마나 많은데요." 하면서 간단히 제압해 버렸다.

결국 두 사람은 아울렛 매장으로 가서 전복 이만 원어치를 샀다. 변장용 옷가지는 여러 동의 지하실을 뒤지며 돌아다닌 끝에 완벽히 갖추어졌다.

아내에게 벙어리 요리사라며 전영애를 소개하던 순간은 아마 오

랜 세월이 흘러도 쉽게 잊지 못할 것 같다. 뭐랄까. 오랜만에 부양가족을 한자리에 모아 놓은 가장의 뿌듯함에 버금간다고나 할까. 그는 가정이라는 것에 대한 관심을 멈출 수가 없는 남자였다. 어린 시절 특별하다면 특별한 불화를 겪으면서도 가정에 대한 환상이 깨어지지 않은 채 지속되는 것이야말로 별나고 신비스러운 자연현상의 하나인지도 모른다. 그는 그 이치에 감동 먹은 나머지 아버지마저 용서한 아들이었다. 다른 건 몰라도 가정을 이루자는 약속만은 절대 어기지 말고 지켜야 한다는 신념이 남자인 그의 첫 번째 가치이고 도덕률이었다. 그 약속을 어겼던 한 남자 때문에 그라는 사생아가 태어났다. 그는 자신의 출생배경에 대한 열등감을 약속을 아무렇게나 취급하는 사람들을 혐오하는 방향으로 대체해 왔다. 그런 사정이 아니었다면 6년씩이나 기다려 13시간의 약속을 매듭짓지도 않았을 것이다. 그는 가정이 창조되는 그 순간을 즐겼다. 그는 아버지처럼 힘 있는 가장이 되고 싶었다. 그에게 아내의 존재가 확인된다는 것은 위태로워진 가정을 바로 세우는 길이자 자신이 했던 약속이 완전하게 지켜졌음을 증명하는 것이기도 하다. 그는 반드시 아내의 존재를 증명하고 말 것이다.

아내는 옷차림이 구겨진 요리사를 별로 신뢰하지 않는 것 같았으나 찹쌀을 꺼내 와 식탁 위에 올려놓는 것으로 벙어리를 받아들였다. 그는 조마조마한 마음에 "요리만 끝나면 금방 갈 거야"라는 말을 세 번이나 반복했다. 전영애는 아내 몰래 그를 향해 눈을 흘겼으나 화가 난 것 같지는 않았다. 오히려 재미있어 죽겠다는 표정이었다.

부엌칼로 전복을 다루는 전영애의 솜씨가 예사롭지 않았다. 내장과 살을 나누어 발라낸 다음 물에 불린 찹쌀을 믹서에 살짝 갈았다.

“찹쌀을 너무 오래 갈면 씹히는 맛이 덜해요.”

아내가 끼어들었다. 전영애를 쳐다보았더니 자기도 잘 안다며 입을 삐죽거렸다. 그는 아내와 나란히 서서 전영애가 잘게 썬 전복을 참기름에 달달 볶는 모습을 지켜보았다. 전영애의 요리법이 아내와 다른 것이라면 전복 내장을 버리지 않고 죽에 이용한다는 것이었다. 전영애는 찹쌀이 웬만큼 끓자 그 안에다 썰어 놓은 내장을 집어넣고 잘 저었다. 푸르스름한 내장이 금세 찹쌀 속으로 퍼져 나갔다. 순간 아내가 얼굴을 찡그리면서 방으로 들어갔다. 하지만 죽이 완성되자 식탁 앞에 와 앉으면서 숟가락을 들었다.

“맛있네요.”

정말 그랬다. 고소하면서도 깊은 맛이 특별했다.

“짐작과는 다른 맛인데요.”

아내가 흔쾌한 동작으로 엄지손가락을 치켜세웠다. 오랜만에 행복해하는 모습이 보기 좋았다. 순간 그 역시 마음을 턱 놓았다. 사람 사는 집 같은 분위기에 콧잔등이 시큰거릴 정도였다. 불안감이 사라지자 그 자리를 새로운 생각이 메워 나갔다. 아내가 양치질을 하려고 화장실에 들어간 틈을 타 그는 전영애의 귀에다 대고 속삭였다.

“어때요? 내 아내가 있다는 걸 이젠 알겠죠? 지금이라도 당신이 날 믿겠다면 내일 일정을 취소할게요. 새우깡이라는 그 여자 정말 만나기 싫어요.”

그는 희망과 기대에 부풀어 전영애의 표정을 살폈다.

“이봐요, 윤기훈 씨!”

전영애가 그날 그의 집에 들어온 이후 처음 입을 떼었다.

“도대체 이 집에 당신 말고 누가 또 있다는 거죠?”

11

깊은 상념에 빠진 것 같은 표정으로 새우깡은 산을 내려오고 있었다. 사이코 기질이 다분한 등산객 전영애는 콧노래 부르면서 그 주변을 얼쩡거렸다. 그녀는 한 여자의 존재를 밝히는 데 열중하기보다는 이런 상황 자체를 즐기기에 여념이 없었다.

그는 기회를 잡기 위해 새우깡의 일거수일투족을 주시했다. 그녀가 무슨 생각을 하고 있을지는 그가 알 바 아니었다. 자연스럽게 말을 걸면 되는 것이다.

잠시 후 호흡을 가다듬고 타이밍을 골랐다. 요이 땅, 하나 둘 셋, 원 투 스리…… 마침내 그는 양팔을 크게 벌리고 새우깡 앞으로 뛰어들었다.

"저기요……."

"……."

안경 너머로 새우깡의 몽롱한 눈빛이 그를 쳐다보았다. 그는 침을 삼켰다.

"죄, 죄송하지만, 실례 좀 해도 될까요?"

순간 새우깡 입에서 딸꾹질처럼 미끄러져 나온 대답은 정말 믿을 수 없는 한마디였다.

"아니요."

그가 심사숙고하며 가지런히 배열해 놓은 시나리오를 한 방에 뭉개 버린 새우깡은 미라처럼, 혹은 중국 영화에 나오는 공동묘지 귀신처럼 발소리도 내지 않고 산을 내려갔다. 그건 사람의 움직임이 아니라 유령의 행동에 가까웠다. 뒤돌아보지도 않았다. '아니요'라는 말이 그녀의 입에서 나왔다는 사실조차 의심스러울 지경이었다. 충격에서 쉽사리 놓여날 수 없었던 그는 실신한 사람처럼 바위에 주저앉았다. 새우깡이 '실례'를 거부한 것이 뿔테를 알아보아선지 아닌지도 분간이 가지 않았다. 그러다가 우연히 가수면 상태라는 단어를 떠올렸고 공포도 놀라움도 없었던 그녀의 눈빛을 달리 설명할 길이 없다는 것을 깨달았다. 새우깡은 이상한 나라에 갇혀 있는 자였다.

"하하하하. 아이고 우스워."

전영애는 배를 움켜쥔 채 킬킬거렸다. 부주의하게 다가와 함부로 방정을 떨며 접촉을 시도하자 그는 질색을 하며 그녀를 떨쳐 냈다. 다행인지 불행인지 그가 정신을 수습해 갈 즈음 새우깡이 다시 산 위로 올라왔다. 이번에는 헐레벌떡 두리번거리며 불안하게 서두르는 것으로 보아 정신이 완전히 그곳, 수유리 뒷산으로 돌아온 것 같았다.

"어머, 진짜 죄송해요. 이상하셨죠? 조금 내려가다 보니 정신이 들었어요. 내가 방금 전에 무슨 짓을 했는지 깨달을 수 있었어요. 다른 뜻은 없어요. 그냥 제가 어떤 생각에 빠지면 좀 그러는 편이에요. 아저씨에 대해 나쁜 감정이 있는 건 절대 아니니까 오해 마세요."

새우깡은 안경을 벗었다 쓰기를 반복하면서 정신없이 떠들어 댔다. 정말 혼란스러운 것은 그였다. 뿔테를 알아보지 못한다는 사실에 안심하고 말고 할 틈이 없었다. 그가 무슨 말을 해야 할지 몰라 쩔쩔매는데도 산만한 그녀는 계속해서 오해 말라는 소리만 되풀이하였다. "아, 난 왜 이러지"라고 중얼거리면서 자신의 뒤통수를 때리거나 먼 산을 쳐다보면서 "저 정말 이상한 사람 아니거든요"라며 팔을 내저었다. 그는 혼이 쏙 빠지는 느낌이었다. 다행히 한참 만에 겨우 대화의 실마리를 잡았다.

“그럼, 미안해서 다시 올라오신 거네요?”

“아, 네, 우이씨, 제가 자주 그러는 거는 아니거든요. 하여간 오해를 좀 받아요.”

“정말 착하신 분인 것 같아요.”

“좀 그런 편이에요.”

그는 안도의 한숨을 내쉬었다. 새우깡은 많이 변한 것 같았다. 이전보다 더 단순하고 멍해진 것 같았다. ‘실례’를 요구하자 ‘아니요’라고 반응할 때처럼 그녀는 줄곧 자기 생각에 빠져 있는 셈이었다. 그런 여자가 상대를 자세히 관찰할 리 없었다. 남의 말을 귀담아듣지도 않을 것 같았다. 그는 신속하게 상황을 매듭짓기 위해 움츠렸던 어깨를 폈다.

“노래를 자주 부르셨죠?”

하면서 입을 떼자 그녀가 비로소 무슨 일이냐며 호기심을 드러냈다.

“예전에 친구 결혼식장에서 뵌 게 기억나서요. 노래를 부르셨잖아요. ‘사랑을 할 거야.’ 얼마나 좋았던지 지금도 어디서 그 노래만 흘러나오면 저도 모르게 멈추어 서서 그때 그 순간을 떠올리게 돼요.”

“이상하네, 난 ‘사랑을 할 거야’ 안 좋아하는데. 대체 누구 결혼식이었죠?”

새우깡이 거만하게 고개를 갸웃대는 것을 그는 가만히 지켜보았다. 표정도 조금씩 변하는 것 같았다. 그건 그녀도 잘 깨닫지 못한 직관에서 비롯된 감정 변화일 테지만 그에게는 그저 불안감을 심어 주는 나쁜 조짐일 뿐이었다. 온몸의 살갗이 비듬처럼 일어서는 느낌이 징그러워 그는 슬쩍 뒷걸음치지 않을 수 없었다.

“저는 그쪽을 알지만 아마도 맥은 잘 모르실 거예요. 저야 뭐 워낙

티가 안 나는데다 남 앞에서 노래 부른 적도 없으니까요.”

“그러니까 누구 결혼식이었냐고요?”

새우깡은 성급히 짜증을 냈다. 그는 신중한 태도로 입을 열었다.

“제 친구 중에 윤기훈이라고 있었거든요. 그쪽 친구 중에 인여은이
라는 분과 결혼했는데. 기……억 나세요?”

“이, 인여은? 오, 맙소사!”

새우깡은 양손으로 자신의 입을 틀어막았다. 그녀의 얼굴이 파랗
게 질리는 것을 그는 물끄러미 쳐다보았다. 상대가 뿔테인지 아닌지
에 관해서는 전혀 관심이 없는 것 같았다. 잠시 후 새우깡은 안경테
를 만지작거리며 말했다.

“그 두 사람은 결혼을 못 했는데요.”

산 밑으로 내려간 그는 새우깡과 함께 등산로 입구 자판기에서 음
료수 하나씩을 뽑아 손에 쥐었다. 다행히 테니스장에는 사람이 없었
고 기다란 나무 의자도 비어 있었다. 새우깡은 낡은 벤치에 앉아 눈
물을 줄줄 흘렸다.

“윤기훈, 그 개자식!”

새우깡의 이 가는 소리에 자신을 버티고 있던 마음속 나무 하나가
뚝, 하고 가지를 부러뜨리는 것 같았다. 그는 어깨를 한껏 옹송그렸
다. 주변을 두리번거릴 용기는 나지 않았다. 새우깡이 완벽한 사이코
라 상정하더라도 자신이 누군가에게 이만큼이나 나쁜 사람으로 찍혀
있다는 건 창피한 일이었다. 더구나 제3의 눈이 그를 지켜보고 있는
현장이라면.

“그놈은 사람도 아니에요.”

새우깡은 참을 수 없다는 듯 욕설을 퍼부었고 간간이 음료수를 마시면서 불안하게 눈동자를 굴려 댔다. 그는 멍한 눈으로 훌쭉해진 새우깡의 몸매를 훔쳐보았다. 아무래도 이 여자의 스트레스 에너지는 쪼그라든 아랫배에서 솟구치는 것 같다. 터무니없는 미움이 그 살을 다 태우고 말았으리라. 분노는 한 여자를 노래하지 못하는 인간으로 만들어 버렸다.

새우깡이 그에게 관심을 보인 것은 시간이 조금 더 흘렀을 때였다. 있지도 않았다는 결혼식과 부르지 않은 노래에 관해서는 그가 먼저 해명하지 않으면 안 될 것 같았으나 뭘 어떻게 해야 할지 난감하기 이를 데 없었다. 그는 분명히 아내와 결혼식을 치렀고 새우깡이 축가 부르는 것을 보았다. 섬세하면서 쩌렁쩌렁한 음성은 건물을 뒤흔들고 심장근육을 팽창시켰다. 흥이 난 나머지 그는 저도 모르게 구두 끝에 박자를 넣지 않았던가.

"저……."

그는 용기를 냈다. 생각해 보니 어차피 그는 윤기훈도 아니었다. 새우깡이 물어보지 않는 한 이름 없는 사내로 그칠 가능성이 높았다.

"두 사람이 결혼하지 않았다는 건 무슨 뜻이죠? 12년 전인가? 천호동 사거리에서 분명히 결혼식을 올렸는데, 그날 저도 갔었거든요."

"무슨 소리예요? 제가 아는 한 두 사람은 완전히 깨졌어요. 결혼을 하려고 해도 할 수가 없는 상황이었죠."

"왜죠?"

"제 친구가 쓰러져 버렸거든요."

"네? 무, 무슨 이유로?"

"뇌졸중이었어요. 위급한 상황이었죠. 그것도 결혼식을 일주일가량 앞두고."

순간 그의 머릿속에 뇌졸중으로 쓰러진 여자의 형상이 떠올랐다. 흐릿한 눈빛 하나가 그의 심장을 아프게 찔러 댔다. 입에서는 침이 흘러내렸다.

"말도 안 돼요. 그럼, 그녀가 죽었다는 건가요?"

"글쎄요. 그건 저도 알 수 없어요."

"그녀가 어떻게 되었는지 모른다고요?"

"다시 만난 적이 없거든요."

"친구라면서요?"

그는 새우깡에게 본질적인 모순이라도 발견한 사람처럼 목소리를 높이며 집요하게 물고 늘어졌다. 그토록 견고했던 '우리'라는 벽이 결국은 아무것도 아니었단 말인가. 새우깡의 표정에는 신경질적인 기색이 완연했다.

"친구가 아니라 하느님이라도 어쩌겠어요. 그녀는 완전히 의식이 떠나 버렸는데. 누가 그걸 가지고 절 비난하더라도 어쩔 수 없어요. 누구든 자신을 알아보지 못하는 사람과 친구가 되기는 힘들 테니까. 그 애는 겨우 목숨만 붙어 있는 상태였어요. 불결하게 침을 흘리고 냄새나는 목젖을 드러낸 채 살진 애벌레처럼 꿈틀거렸어요. 목을 가누지도 못했지요. 그 후 친구들 누구도 그녀에 관해 말하지 않았어요. 어쩌면 상태가 호전된 그녀가 다시 결혼을 했을 수는 있겠네요. 하지만 노래를 부른 건 분명히 제가 아니에요."

어찌나 목이 타고 열이 받던지 그는 자판기에서 뽑은 밀키스를 단숨에 마셔 버렸다. 하지만 금세 혓바닥이 말리는 것을 느꼈다. 돌아봤더니 전영애는 등을 진 채 먼 산을 보고 있었다. 아무런 비밀 이야기도 들은 적 없는 양 새끼손가락으로 귀를 후비며 시치미를 떼었다. 그렇다고 추락한 위신이 다시 서는 것은 아니었다. 이런 소리나 듣자고 새우깡을 만난 건 아니었다. 전영애에게 이런 모습을 보여 주고 싶었던 건 아니었다. 이제 와서 그녀더러 돌아가라고 말할 수는 없었다.

아니, 지금 전영애가 문제는 아니었다.

가족관계증명서와 어머니와 새우깡의 발언을 종합해 보면 그는 아내와 결혼하지 않았다. 그가 아내와 함께 생활해 온 건 결혼과는 상관없는 일이었다. 그렇다면 과거란 그 자신이 한낱 그렇게 믿고 싶었을 뿐인 환상이요 허구였단 말인가. 아내와 누린 행복했던 그 시간들은 무엇이었나. 아니야, 그럴 리가 없어! 그가 괴로움을 이기지 못해 고개를 가로저을 때였다.

"윤기훈 그 개자식!"

새우깡이 이를 갈았다. 그는 번쩍 정신이 들었다.

"도대체 내 친구 윤기훈이 뭘 어쨌다는 겁니까?"

그는 새우깡을 향해 불만스럽게 쏘아붙였다. 그러자 자신이 윤기훈이 아니라 정말 그의 친구 같다는 느낌이 들었다. 지금 욕을 먹고 있는 건 그가 아니라 친구인데 굳이 나서서 길길이 흥분할 필요가 있을까. 하지만 곧 그럴 필요가 있다, 라는 결론에 도달했다. 친구가 부당한 오해를 받고 있다면 가만히 있을 수 없는 일이었다. 그가 아는 윤기훈은 절대 여자에게 나쁘게 할 남자가 아니었다. 새우깡은 제멋대로 떠들고 있는 거였다.

"그는 사기꾼이었어요. 그걸 밝혀낸 건 바로 저예요. 순진하고 불쌍한 제 친구는 속고 말았어요."

"무슨 소립니까? 제 친구는 통 거짓이라고는 모르는 사람인데."

"흥!"

새우깡은 강하게 콧방귀를 뀌더니 그것도 친구라고 내 참, 하고 중얼거렸다. 그의 얼굴이 벌게졌다. 자신에게서 윤기훈을 떨쳐 내기 위해 애써야 할 지경이었다.

"일단 그는 가난뱅이였어요. 아무것도 가진 게 없는 남자면서 여은이와 함께 살 아파트를 계약했어요. 그 애가 막대한 유산의 상속자라는 것을 미리 안 거예요. 결국 계약금에 중도금을 치른 것은 여은이였죠. 한 쪽은 속이고 다른 쪽은 당하고, 그게 그 두 사람 관계의 본질이에요."

"그, 그럴 리가요, 유, 윤기훈이 가난한 건 틀림없는 사실일 테지만 그의 잘못은 아니죠. 결혼이라는 약속을 하면서 집이나 살림살이를 누구 돈으로 장만하든 그건 순전히 당사자들 문제 아닌가요?"

"당사자들 문제죠. 하지만 한 사람은 속였다는 거예요. 말하자면 약속은 약속이되 반칙으로 얻어 낸 약속이라니까요."

"아, 아파트를 그럼, 기훈이가 이, 일부러 계약했다는 겁니까?"

그는 지독하게 말을 더듬고 있었는데 새우깡이 윤기훈을 비난하는 것보다 자신이 버벅대는 게 더 마음에 걸렸다. 새우깡의 이야기는 날조된 헛소리였다. 남자가 여자와 가족을 이루고 살기 위해서는 얼마나 많은 난관과 시련을 거쳐야 하는데 고작 아파트가 어떻고 하는 치사한 문제로 그의 사랑을 비하하다니. 그 아파트를 계약하고 중도금을 치른 것은 아내였다. 방 두 칸짜리 다세대주택에서 월세를 살고 있던 그는 아내에게 단지 미안하다고 말했을 뿐이다. 거기서 그냥 살면 안 되겠냐고 묻던 그에게 아내는 자신이 다 알아서 할 테니 걱정 말라며 웃었다. 그런데 그 일이 전혀 엉뚱하게 윤색되어 그를 공격할

빌미로 이용되다니. 그는 자신이 거짓말에 무심하지 못하고 강한 반응을 드러내는 게 무척 자존심 상했다. 마치 그것이 그가 정말 여자의 돈이나 노리는 남자였다는 것을 입증하는 것만 같아 불쾌하기 이를 데 없었다. 하지만 새우깡의 몹쓸 소리는 그치기는커녕 점점 도를 더해 갔다.

"아파트를 차지하기 위해 마치 자신이 중도금을 치를 능력이 되는 것처럼 행동한 것이죠. 명의를 그 작자 이름으로 한 것만 봐도 분명한 거 아닌가요?"

"믿을 수가 없네요. 그럼, 여은 씨는 뭐예요? 그녀는 일방적으로 속임을 당하고 모든 걸 빼앗기기만 한 바보인가요?"

"바보죠. 그 애는 순진한 데가 있어요. 어려서부터 맹한 축에 들었죠. 사람을 너무 쉽게 믿어요. 윤기훈 문제만 해도 그래요. 그렇게 속지 말라고, 가난하니까 헤어지라고 타일렀건만 내 말을 듣지 않았어요. 옆에 있는 나는 진실이 다 보이는데 그 애는 장님이었어요. 단언하건대 제 친구는 아마 결혼이 파토 났는데도 집을 돌려받지 못했을 거예요. 뻔하죠"

"정말 너무하네요. 사랑이라는 건 장님인 그 상태가 표출하는 정신의 특이한 현상이 아니던가요? 다른 사람은 알 필요도 없는, 당사자들만이 납득할 수 있는 예외적 감정이라고요. 그런데 왜 당신의 잣대로 남의 사랑을 진단하려는 거죠? 게다가 집은 기훈이가 되돌려주려고 했던 것으로 알고 있습니다. 하지만 여은 씨 남동생이 그럴 필요가 없다고 해서 유야무야된 겁니다."

그는 자신도 모르는 사이 버럭 소리를 지르고 말았다. 하마터면 손에 든 밀키스 깡통을 집어던질 뻔했으나 산에서 내려오는 한 떼의 등산객들을 발견하고는 겨우 고정할 수 있었다. 그러다가 한순간 그는 멍하게 굳어졌다. 뭔가 이상했다. 결혼은 예정대로 치러졌으므로 그건 말이 안 되는 이야기여야 한다. 그런데 집을 되돌려 주려고 했다고? 자신이 평소에 생각하거나 믿지도 않았던 것이 어디에 숨어 있다가 난데없이 툭 튀어나온 걸까. 게다가 그건 왠지 거짓말 같지 않았다. 마치 하나의 공간에서 두 갈래의 시간, 두 개의 이질적인 사건이 동시에 펼쳐지는 기분이었다. 그는 한 사람인데 양립할 수 없는 모두가 그의 인생인 것 같았고 어느 것이 진실인지는 도저히 가늠하기 힘들었다. 아니, 그것을 파헤치려는 것 자체가 고약한 짓이었다. 그는 고개를 흔들어 어리석은 생각을 밀쳐 냈다. 새우깡이 그러냐, 난 몰랐다고 말하는 순간 그녀를 완전히 깔아뭉개는 것만이 그가 여기서 빠져나갈 수 있는 방법이었다. 그런데 새우깡의 푸른 혓바닥은 또다시 그의 예상을 배반하고 말았다. 그녀는 뱀처럼 날름거렸다.

"어디 그것뿐인 줄 아세요?"

"뭐가 또 있습니까?"

그는 원한에 사무친 눈으로 새우깡을 쏘아보았다. 하지만 새우깡에게 그의 감정 따위는 중요하지 않아 보였다. 그녀의 눈은 그를 향해 있었지만 시선은 내면으로 말려들어가 있었다. 산 위에서처럼 새우깡이 보고 있는 것은 자기 자신이었다. 그는 자신을 윤기훈 친구라고 소개한 것을 조금 후회했다. 그녀가 그를 쳐다보지 않는 이유가 자신이 윤기훈이 아니기 때문인 것 같았다. 불현듯 윤기훈으로, 윤기훈이 되어 그녀를 마주 보고 싶다는 충동이 일었으나 가까스로 억제했다. 무엇보다 자기 자신을 감당하기 버거울 것 같았다.

"제 친구 여은이는 마치 혼수를 마련하듯이 극단을 설립했어요.

윤기훈을 대표로 앉힌 거예요. 가끔 어리석고 못난 여자들이 자신의 소중한 꿈을 그렇게 탕진해 버리곤 하죠. 남자를 위해서 말이에요. 윤기훈 그 인간은 그것마저 꿀꺽했어요. 당연한 수순이었죠. 불쌍한 그녀는 쓰러져 이 세상을 잊고 그놈은 돈과 명예를 얻은 거예요.”

“맙소사! 이봐요, 그 극단은 아무런 재무 가치가 없다는 걸 모르세요? 완전 비영리단체에 가깝다고요. 요즘 세상에 극단으로 이윤을 낳을 수 있다고 봐요? 알지도 못하면서 어떻게 한 사람 인생을 놓고 그런 말을 함부로 하고 다녀요?”

그는 울 듯이 소리치고 말았는데 자신의 목소리가 청승스러운 게 또 못마땅했다. 어차피 같은 일을 놓고도 사람마다 다른 경험을 하기 마련이라는 것은 그도 알고 있었다. 기억이 서로 이질적인 이유는 그 때문일 것이다. 보고 싶은 것만 보고 기억하고 싶은 것만 기억하는 게 사람의 속성이다. 억울하고 분하지만 어쩔 수 없는 일이라고 생각해 버리는 게 속 편할지도 모른다. 새우깡은 자기 세상에서 살면 되고 그는 그대로 살면 된다. 아무 문제도 없는 것이다. 하지만 마음은 쉽게 평정을 찾지 못했다. 해도 해도 너무한다는 생각이 들었다. 그 무엇보다 자신이 아내와 사랑을 한 게 아니라 하찮은 사기 행각을 벌였다는 모함만은 참을 수 없었다. 반드시 교정하고 헤어져야 할 것 같았다. 그는 분노를 누르고 목소리를 가라앉히기 위해 자판기에서 음료수 하나를 더 빼 왔다.

“제가 기훈이를 다 안다고 말할 수는 없을지도 모르지만 난 그 친구가 여자 때문에 아파하는 것을 분명히 봤어요. 두 사람이 늘 좋기만 했던 건 아니잖아요. 절대로 안 볼 것처럼 헤어졌다가 다시 만나기도 했지요.”

　그러고 보니 그런 일도 두어 차례 있었다. 이유가 일일이 다 기억나지는 않지만 여느 연인들처럼 토닥거리다가 헤어지고 열흘도 안 되어 다시 화해하고는 했다. 그의 신용카드 결제금액을 보고 놀란 아내가 한 달간 압수하겠다며 카드를 내놓으라고 했을 때는 큰 싸움이 벌어졌다. 가진 거라곤 쥐뿔도 없으면서…… 그녀가 그를 모욕하지만 않았어도 한 달이 넘도록 연락을 끊지는 않았을 것이다. 먼저 손을 내민 것은 아내였다.

　"맞아요, 그때 아주 갈라졌어야 해요. 그랬더라면……."

　"기훈이가 여자를 이용했다기보다는 사랑했다는 생각은 안 드십니까?"

　"훗! 사랑요? 지나가는 강아지가 웃겠어요. 그 애가 쓰러지자 윤기훈이 뭣부터 했는지 아세요? 결혼식부터 취소했어요. 알겠어요? 말씀해 보세요. 그게 사랑인가요?"

　"아니, 그럼, 결혼식이 불가능한데 그걸 취소해야지 다른 방법이 있습니까?"

　"문제는 재빨리, 머리가 그런 쪽으로 잘만 돌아갔다는 거예요. 보통 사람은 사랑하는 사람이 쓰러지면 그 자체에 빠져들지 뒷수습 같은 건 못하잖아요. 그 작자는 제 친구를 사랑하지 않았으니까 그렇듯 정신이 말짱했던 거라고요. 그녀가 쓰러진 건 윤기훈 때문이에요. 윤기훈이 준 스트레스가 제 친구의 정신을 야금야금 먹어 들어간 거라구요."

　새우깡은 인정사정이 없었다. 그는 충격 속에 파묻혀,

　"그건, 그건 말이에요."

하면서 뭐라고 변명하려다가 갑자기 얼굴을 감싸 쥐면서 울음을 터

뜨렸다. 음료수 깡통이 저만치 나가떨어지면서 피 같기도 하고 분노
같기도 한 액체를 콸콸 쏟아 내고 있었다.

12

그는 문을 열고 집 안으로 들어갔다. 현관 입구에 빈 택배 박스가
놓여 있었다. 주소를 확인하지 않아도 생식용 식품이 배달된 박스임
을 짐작할 수 있었다. 아내는 그동안 생식을 받아먹던 회사를 바꾼
것 같았다. 몇 번의 유산을 경험한 뒤 더 극성을 떠는 아내가 애처로
우면서도 못마땅했다. 언뜻 봐도 임신과 생식은 걸맞지 않았으나 뭐
라고 끼어들어 개입하기는 힘들었다. 그저 지켜보는 것 말고 달리 할
일이 없었다. 자신이 아무런 힘이 되어 주지 못한다고 생각하면 미안
한 기분이 들었다.
"다녀왔습니다!"
그는 큰 소리로 외치며 집 안을 뒤지고 다녔다. 이번에도 애를 먹
일 요량인지 아내는 좀처럼 모습을 드러내지 않았다. 에어컨 사이 벽
면에도 화장실이나 베란다에도 없었다. 나중에는 붙박이장과 싱크대
의 어두운 구석까지 뒤졌다.
"빨리 안 나오면 또 향 피운다!"
입으로는 극단의 협박을 하는 대신 목소리는 부드럽게 낮추었다.
향냄새는 아내가 보통 질색하는 게 아니었다. 특히 침향(沈香)과 안
식향(安息香) 성분이 들어 있는 것을 유난히 못 견뎌하는 것 같았다.
쑥향이나 자단향(紫檀香)은 오히려 반기고 즐기는 편이었다. 그의 집

에 있는 향은 사원에서 피우는 합향(合香)으로 침향과 안식향이 모두 들어 있었다. 거실에서 향을 피운다는 것은 아내에게 있어 살인행위에 가까웠다. 그러나 아내는 모습을 드러내지 않는다. 아마도 그가 절대 향을 피우지 않으리라 믿는 모양이다.

"나 왔다니까!"

이제는 이골이 난 듯 그의 목소리는 여유로웠다. 향을 꺼내 와 부스럭거려 볼까 하다가 포기하고 안방 화장실로 들어가 거울 속 자신을 들여다보았다. 추레하게 나이 든 그는 신기하게도 아버지를 닮아가고 있었다. 무엇보다 콧구멍 바깥으로 삐져나온 코털이 흰색이라는 것이 마음에 들지 않았다. 아버지 역시 코털에서 가장 먼저 새치가 발견되었다. 그때였다.

"호호호……."

그는 화장실을 나가 아내를 찾아 두리번거렸다. 그가 숨바꼭질을 포기하자 참을성 부족한 그녀가 안달하기 시작했음을 알 수 있었다. 잔잔한 미소가 틀니처럼 그의 얼굴에 끼워졌다.

이 다크서클 좀 봐, 당신한테 얼마나 시달렸으면…….

아내의 웃음소리는 지나 페론의 그림 안에서 터져 나왔다. 그는 아내를 찾기 위해 그림을 자세히 들여다보았다. 인체와 물고기 이미지가 혼재된 채 뒤엉켜 있었다. 하단의 커다란 주머니에는 작은 아기 물고기가 세 마린가 네 마리 들어 있었다. 주머니는 한눈에 여자의 자궁이라고 짐작되었다. 그곳에서 그는 아내의 오른손을 발견했다. 주머니 한쪽 귀퉁이로 드러난 손이 물고기 한 마리를 잡아채 바깥으로 끌어당기는 중이었다. 달랑 4분의 3 정도만 드러난 주먹이지만 피부 빛깔과 생김새, 힘줄의 선명도로 보아 아내의 것임을 확신할 수 있었다. 물론 팔 다리 어깨 허리 머리는 어디에 숨어 있는지 보이지 않았다. 그는 다가가 손바닥으로 그녀의 주먹을 탁 때렸다.

"아야?"

비명을 지르기 무섭게 아내가 손등을 비비면서 눈앞에 나타났다. 잠시 다른 여자라는 착각이 들어 깜짝 놀라며 뒷걸음쳤다. 아내는 반팔 양장으로 쫙 빼입은 상태였고 짙게 화장한 얼굴 여기저기가 은빛 펄로 반짝거리고 있었다. 입술에서는 금세라도 물방울이 떨어져 내릴 것처럼 촉촉한 윤기가 흘렀다.

"저 안에서 뭘 한 거야?"

"막 울려던 참이었어."

"왜?"

그는 놀란 눈으로 아내를 쳐다보았으나 새치름한 표정이 뭘 말하고 싶어 하는지 오리무중이었다. 짐작이 가지 않는 바는 아니었다. 아내는 아이에 관한 욕망을 안고 그림 안으로 들어갔을 것이다. 어떻게 하면 빨리 임신에 성공할 수 있을까 궁리하면서 기도했을 것이다. 궁금한 것은 옷차림이었다. 보기 드문 정장 차림인데다 마스카라를 통해 속눈썹까지 공들여 말아 올린 것이 예사롭지 않았다.

"당신이 집에 들어오지 않으면 별생각이 다 들어. 혹시 그 여자랑 함께 있는 게 아닐까, 그 여자가 나보다 먼저 당신 아이를 임신해 버리는 건 아닐까."

"무슨 소리야, 그 여자라니?"

그는 버럭 소리를 지르면서 발뺌했다. 확실히 그의 생활에서 전영애의 비중은 높아지고 있다. 겪어 나갈수록 괜찮은 여자였다. 도무지 토라질 줄 모르고 어떤 상황에서도 그를 믿으며 응원한다. 그는 복

많은 사내다.

수유리에서 새우깡과 헤어진 직후였다. 한강에 나가 자살이라도 해야겠다는 심정으로 머리를 쥐어뜯고 있는데 전영애가 다가와 그의 등을 어루만져 주었다.

"당신한테 쪽 팔려 죽겠어요. 이게 무슨 꼴인지."

"아직 멀었어요, 당신은! 어쩜 그렇게 여자를 몰라요?"

그는 무릎 사이로 처박았던 머리를 쳐들고 전영애를 올려다보았다. 그녀는 안됐다는 듯 고개를 둘래둘래 흔들면서 그의 옆자리에 엉덩이를 걸쳤다.

"여자는 상황과 기분에 좌우되는 편이에요. 감정의 해소가 그 무엇보다 우선하죠. 당신이 볼 때 새우깡은 윤기훈이라는 남자를 어떻게 생각하는 것 같아요?"

그는 긴장이 되어 점점 상체를 곧추세웠다. 새우깡이 윤기훈을 생각하는 거야 뻔하지 않은가. 여우 같은 것이 옆에서 다 들어 놓고 모르는 척하다니.

"원한에 사무쳐 있죠."

그가 힘없이 중얼거리자,

"맞아요."

하고 전영애가 맞장구쳤다. 빌어먹을!

"그것도 보통 원한이 아니에요. 당신에 대한 새우깡의 감정은 그만큼 복잡한 것 같아요. 내 짐작이 맞는다면 거기엔 애정 비슷한 감정도 섞여 있어요. 마치 불순물처럼. 지금은 꼬일 대로 꼬여서 뭐가 뭔지 알아보기도 힘들지만."

"말도 안 돼요."

"문제는 있잖아요, 당신이 한 번도 그걸 알아주지 않았다는 거예요."

그는 펄쩍 뛰었다. 말이 안 되는 것만이 아니라 핵심이 아니었다. 잠시 지나치는 감정이었다면 납득할 수 있다. 얼핏 그랬던 것 같기도 하다. 전영애는 그의 태도는 아랑곳 않은 채 "내게 그랬듯이 손이라도 한번 잡아 주지 그랬어요?" 하면서 그를 쳐다보았다. 그는 아무 대꾸도 못했지만 속으로는 들입다 콧방귀를 뀌었다. 덮어놓고 손을 잡았다가 따귀 맞을 일 있어? 그러다가 멈칫했다. 말벌 한 마리가 윙윙거리며 눈앞을 지나갔다. 그는 부르르 몸을 떨었다. 그 밖에도 전영애와 많은 이야기를 나누었다.

"사랑만이 우리를 구원할 수 있어요."

처음에는 매우 엉뚱한 이야기라고 받아들였다. 진부한 말이기도 하다. 전영애는 자신에게는 불안이라는 이름의 병이 있었다고 했다. 순간적인 충동의 힘이 그녀를 좌우할 때마다 죽고 싶은 생각이 들 때가 많았다. 전영애는 그 병을 고쳐 준 건 사랑이라고 했다. 한 사람을 지속적으로 생각하는 힘이 생겼을 때 과거는 물론 미래조차도 인간을 더 이상 불안감에 빠뜨리지 못한다는 것이다. 그는 그녀의 말이 이해되었다. 그의 삶에 일관성이라는 맥락을 부여하는 것은 바로 아내였다. 그는 전영애가 털어놓는 사랑이 자신이 아니기를 바라는 마음을 표정에 담아 그녀를 바라보았다. 그러자 눈치 빠른 전영애가 재빨리 상황을 수습했다. "물론 그건 그냥 내가 그렇다고 믿고 생각하는 사랑일 뿐이지만요." 그는 안심이 되어 얼른 인상을 폈다. 헤어지면서 전영애는 다시 한 번 그의 손을 확실히 잡아 주었다.

"언젠가도 말했지만 난 당신 편이에요. 모든 건 생각하기 나름이잖아요. 새우깡이 그렇게 믿겠다면 까짓것 그러라고 해요.”

그 말이 위로가 되어 집으로 돌아올 용기를 냈다. 하지만 피투성이가 된 자신의 모습을 떠올리면 현기증이 났다. 새우깡 말대로라면 그는 이 세상에 살 가치가 없는 파렴치한이었다. 그는 수없이 자문해 보았다. 나는 나쁜 사람인가. 남에게 폐를 끼치는 중인가. 물론 부분적으로는 그렇다고 말할 수 있을는지 모른다. 호텔 생활을 하면서 몇 년째 직원들 월급은 동결시켜 버린 것, 어머니 말대로 늙은 부모의 생활비를 책임지지 않은 것, 아버지를 아버지라 부르지 않은 것, 탄천에서 걸리적거리던 강아지의 배때기를 걷어차 놓고 안 그런 척 시치미 떼며 먼 산을 본 일. 또 있다. 그녀를, 그녀를…… 생각이 여기에 이르자 그는 기운이 쭉 빠지는 걸 느꼈다. 더 생각할 것도 없이 그는 나쁜 남자였다.

어떻게 그럴 수가 있었을까?

어렴풋이나마 그의 마음을 읽은 것일까. 아내를 쳐다봤더니 눈빛이 적요로 가득했다. 아내가 그를 향해 팔을 벌리자 무너지듯 그녀의 품속으로 쓰러졌다. 두 사람은 소파로 가서 나란히 등을 기댔다. 아내의 손가락이 그의 머릿결을 파고들자 한결 기분이 나아졌다.

“나 오늘 새우깡 만났다.”

아내가 자랑조로 말끝을 높였다.

“뭐? 언제?”

“방금 전에.”

그는 혼비백산한 채 소파에서 벌떡 몸을 일으켰다. 머리에서 딸랑 딸랑 방울소리가 들리더니 골치가 아프기 시작했다. 뭐가 그리 놀라운지 잠시 얼떨떨하였으나 그는 곧 알아차렸다. 새우깡을 만나고 온 건 그였다. 그는 서너 시간을 그녀와 함께 있었다.

"방금 전이라면 몇 시에?"

"아침부터 죽. 헤어진 건 약 한 시간 전쯤이야, 그건 왜 꼬치꼬치 캐물어?"

"맙소사…… 장소는? 새우깡을 만난 장소는?"

"그야 마포에 있는 그 애네 집이지. 내가 새우깡을 찾아갔어."

"마포?"

"그래, 여전히 옛날 그 집에 살더라. 성당 옆에 있는 조그마한 이층집."

그는 너무나 혼란스러운 나머지 당신이 말하는 새우깡이 노래 잘하던 그 여자 맞지? 하면서 아내를 떠보았다. 금이 간 듯 목소리가 삐그러졌다.

"가수 뺨치던 애잖아, 이전에 비해 늙었지만 살은 빠졌더군, 날씬해졌더라."

놀라 자빠질 일이었다. 그는 부엌으로 가서 정수기 물을 한 컵 내려 마시고는 다시 소파로 돌아왔으나 마음이 안정되지 않아 거실을 빙빙 돌아다녔다. 그는 오전 11시쯤 새우깡을 만나 세 시경에 헤어졌다. 두 사람 모두 점심 먹는 것조차 잊었다. 그 다음에 삼십 분가량 전영애와 있었다. 헤어지기 전에 전영애더러 "어쨌거나 내 아내가 존재한다는 사실을 이제는 믿을 수 있어요?" 하고 물었더니 실망스럽게도 "아니요"라는 대답이 돌아왔다. 전영애와는 삼십 분 전에 헤어졌다. 말하자면 그가 새우깡을 만난 시간과 아내가 그녀를 만난 시간은 거의 일치했다. 말도 안 되는 일이었다.

"새우깡은 말이야."

그는 어떤 말을 어떻게 꺼내야 할지 잘 정리가 되지 않았다. 그의 내면에 갖가지 의문이 밀려들었다. 전영애가 말한 '있지도 않은 아내'는 아닐지라도 몇 가지 문제가 있었다. 그런데 새우깡을 아내와 그가 어떻게 동시에 만날 수 있단 말인가. 그것도 장소가 다른 곳에서. 하지만 어쩌겠는가. 알 수 없는 것은 알 수 없는 대로 남겨 두는 수밖에.

"새우깡이…… 뭐래?"

이제 최대의 불안은 과연 두 여자가 무슨 이야기를 나누었느냐는 것으로 요약되었다.

"그냥 이런저런 이야기."

아내의 음성에서는 별다른 감흥이 느껴지지 않았다. 그는 답답했다. 툭 터놓고 마음껏 다 물어보고 싶었으나 왠지 모를 뭔가가 그것을 가로막았다.

"새우깡이 말하더군. 너에게서 그의 냄새가 나는구나, 라고."

"그의 냄새라니?"

"당신 냄새 말이야. 새우깡은 당신 냄새를 알고 있었어."

"말도 안 돼!"

"뭐 그럴 수도 있지."

아내는 그렇게 말하고는 부엌 쪽으로 걸어갔다. 말이 안 되는 게 맞다는 건지 아니면 그의 냄새를 새우깡이 알고 있을 수 있다는 말에 동의한 건지 그는 분명히 이해되지 않았다.

"새우깡은 수유리에 살아. 노래는 그만둔 지 오래라더군."

그는 아내를 떠보았다. 이전처럼 그를 소외시키고 둘만 통하는 세계를 만드는 건 곤란했다. 다행히 아내는 영문을 모르겠다는 듯 눈동자를 동글동글 굴려 대더니 잠시 후에는 게슴츠레하게 빛을 잃어갔다. 피곤한 모양이었다.

"얼른 씻고 들어가서 쉬어."

그는 아내를 부축하기 위해 몸을 일으켰다. 그러자 옛날 생각이 났다.

아내가 의식을 잃은 지 한 달가량 지났을 때였다. 그녀는 영영 자신의 남자를 알아보지 못할 것 같았다. 멍하게 풀린 눈은 이 세상에는 더 이상 볼 게 없다는 듯 완강히 닫혀 버렸다. 그녀는 다시는 돌아오지 못할 곳으로 떠나 버린 뒤였다.

그는 아내에게 할 말이 많았다. 무엇보다 그녀를 다 알지 못한 상태였다. 남의 정원 안쪽으로 깊숙이 들어갔다가 길을 잃는다는 건 상상하기 어려운 일이었다. 되돌아 나오려면 거기가 어딘지를 완전히 이해할 필요가 있었다. 해명이든 변명이든 그 자신을 납득시켜야 하는 것도 중요한 용건에 속했다. 어떻게 시작은 있었으나 끝이 없는 관계가 있겠는가.

눈을 떠, 날 쳐다보란 말이야!

아무리 주문을 넣고 눈치를 주어도 아내는 알아듣지 못했다. 입에서 무심히 흘러내리는 침은 그녀와의 모든 추억마저 앗아 가는 것 같았다. 이물스러운 그 여자는 그가 사랑하던 이가 아니었다. 그의 마음 안에 가득 차 있던 무지갯빛 기억과는 상관없는 사람이었다. 그는 침대 위에 누워 그를 외면하기만 하는 그 여자가 무서웠다.

하루는 그가 커다란 장미꽃다발을 만들어 병원 침대 옆에 놓아 두고는 화장실을 다녀왔더니 그녀가 눈을 뜬 채 사방을 두리번거리고 있었다. 그는 얼른 장미꽃다발을 아내의 코앞으로 들이밀었다. 순간 그녀의 눈빛이 그를 정확히 알아본다는 느낌을 받았다. 그녀의 손가락이 그의 와이셔츠 윗주머니를 가리켰다. 거기에는 그의 전화기가 들어 있었다. 그는 얼른 전화기를 꺼내 그녀의 손에 쥐어 주었다. 아내가 만족한 표정으로 눈을 감았다. 하지만 그것이 전부였다. 그녀는 다시는 그런 표정을 지어 주지 않은 채 꿈의 세상으로 되돌아갔다. 그는 아내의 영혼이 어디로 숨었는지 알 것 같았다. 그의 전화기를 그녀의 손에 쥐어 주는 순간 중요한 건 다 그 안에 들어 있다는 느낌을 받았다. 기계에서 느껴지던 열기는 사람의 체온에 가까웠다. 아내의 영혼은 돌조각처럼 부서진 게 아니라 새로운 에너지로 전환되어 전화기 안에서 호흡한다. 그곳은 그의 집이기도 하다. 전화기는 한 가족의 미래이고 폭신한 침대이며 거실 중앙에 걸어 놓은 가족사진이다.

그는 어제도 자신의 전화기를 향해 단축번호를 눌렀었다.

13

노란 뿔테의 반응은 찜찜하고 이상했다. 그가 전화를 걸자 처음에는 반가워하는 눈치를 분명히 보였다. 의례적인 말인지는 모르겠으나 만나서 술이나 한잔하자고도 했다. 그는 왠지 고무되어 주저리주저리 떠들어 대다가 어느 순간 한숨을 푹 내쉰 다음 고해성사를 하듯이 털어놓았다.

"나 며칠 전에 새우깡 만났어. 노래를 좋아하던 그 여자 말이야, 기억나지?"

"응? 아, 아 아……."

뿔테가 왠지 그를 밀어내고 있다고 느낀 것은 그때부터였다.

“내가 지금 좀 바쁘거든. 급한 회의가 있어서 말이야.”

뿔테는 말을 더 들어 보지도 않은 채 전화를 끊어 버렸다. 그는 어안이 벙벙했다. 다음 날 다시 통화를 시도했으나 이번에는 전화를 받지 않았다. 문자를 보내도 답이 없었다.

대신 이민규라는 친구에게서 전화가 걸려 왔다. 뿔테와는 평생친구라고 떠벌리는 사이인데 둘 사이에 어떤 교감이 있었던 게 분명해 보였다. 이민규는 대뜸 나무라기부터 했다.

“너, 우리한테 얼마 만에 연락한 건지 알고나 있냐?”

“그, 글쎄, 그게 좀 바쁘다 보니⋯⋯.”

“미친 자식! 십 년이 넘었다.”

“미안하게 됐다.”

그는 서울시청 뒤에 있는 아사이라는 맥주집에서 이민규를 만났다. 노란 뿔테는 나오지 않았다. 그 까닭을 묻자 이민규는 몹쓸 물건을 쳐다볼 때처럼 얼굴을 찡그리더니 빙그레 웃었다. 같잖다는 식이었다.

“뿔테는 만나서 어쩌려고? 걔가 너한테 무릎이라도 꿇기를 바라는 거니?”

그는 화들짝 놀라며 기겁을 했다.

“무릎을 꿇다니 왜?”

“이 자식 이거 웃기네.”

이민규가 주먹으로 테이블을 거칠게 내리쳤다. 그 따위 가식은 집어치워! 이민규는 그렇게 말하는 것 같았다. 어떻게 보면 ‘네 녀석에게 놀림을 당하다니 정말 어이가 없다’, 뭐 그런 반응 같기도 했다. 어이가 없는 것은 바로 그였다. 뿔테가 무릎을 꿇다니, 도대체 왜?

"솔직히 살다 보면 그럴 수도 있는 일 아니냐?"

이번에는 가만히 있었다. 뭐라고 한마디 잘못 응수했다가 이민규의 노여움을 사고 싶지는 않았다. 이민규의 감정은 파고가 높아져 갔다.

"네가 운이 없었던 거라고 생각해야지 그걸 가지고 뽈테를 원망하면 안 되지. 그 애도 이제는 엄연히 가정을 가지고 있는 몸인데, 안 그래?"

그는 두 친구에게 어떤 적의도 품고 있지 않다는 것을 보여 주기 위해 얼른 고개를 주억거렸다. 표정 관리에도 세심하게 신경을 썼다. 다행히 이민규의 태도는 눈에 띄게 누그러졌다. 그제야 그동안 어떻게 지냈는지, 사는 건 괜찮은지 물었다.

"결혼은?"

"했지."

그가 커다란 동작으로 고개를 끄덕이자 이민규는 완전히 안심하는 눈치였다. 마치 인간이 불량품인지 아닌지를 판가름하는 게 결혼이라도 된다는 투였다. 그는 머리를 굴리고 또 굴렸지만 어둠 속에서 무엇인지 분명치 않은 윤곽이 어렴풋이 잡혔을 뿐 모든 것은 희미하게 가라앉아 있었다. 이민규는 연거푸 술잔을 기울였다.

"사람 팔자라는 게 정말 있는 건지. 뽈테 자식 그동안 무지 많이 고생했다."

"왜 무슨 일이 있었어?"

"한두 가지가 아닌데다 입에 넣어 우물거리는 것조차 께름칙하다."

붉게 물든 이민규의 눈이 게슴츠레했다. 세 번의 결혼과 연이은 사업 실패, 다운증후군 아들의 출생, 자살한 부친…… 한 사람에게 닥친 불행치고는 끔찍한 내용들 일색이어서 그냥 듣고 있는데도 마음이 불편해졌다. 확실한 것은 이민규가 그런 뽈테와 고락을 함께한 것은 틀림없어 보인다는 거였다. 무엇보다 그는 그 점이 감동스러웠다.

"뽈테는 그걸 다 자기가 받아야 할 벌이라고 생각하더라."

처음에는 그저 그런 이야기인 줄 알았다. 또렷한 내막으로 존재하는 벌이 아니라 누구나 비관적인 운명 앞에 서면 한 번쯤 해보는 생각인 줄 알았다. 그런데 이민규의 말에는 구체적인 사건이 전제되어 있었다. 더구나 그것이 새우깡이나 자신과 연관되어 있다는 느낌을 받았을 때는 약간의 충격마저 받았다.

"대체 새우깡인지 양파깡인지는 왜 만난 거야, 뽈테는 네가 그 여자한테 안 맞아 죽고 무사하다는 게 믿어지지 않는 모양이더라."

"맞아 죽어? 새우깡에게 내가 뭘 잘못…… 했니?"

"뭐? 자식 이거 점점 더 웃기네."

이민규는 화가 나서 못 참겠다는 듯 넥타이를 풀어헤치더니 와락 맥주잔을 들이켰다. 그는 이민규가 더 말하기를 기다렸다. 불쾌한 긴장감으로 인해 심장이 두근거렸다.

"너 혹시 뇌수술 같은 거 받았냐?"

"아, 아니."

"그럼, 왜 그래? 왜 내 앞에서까지 미친 척하는 거야, 응?"

이글이글 불타오르는 눈동자가 주변 상황도 아랑곳하지 않은 채 삿대질을 하며 소리를 질러 대고 있었다. 부끄러움과 모욕감 이전에 참을 수 없는 반발심이 솟구쳤다. 도대체 뭘 어쨌다고 이러는 건지 알 수가 없었다.

"두 여자 인생을 망쳐 놓은 거잖아, 적어도 반성하는 기미는 보여 줘야지. 뽈테는 최소한 자기반성은 하고 살았어. 그게 사람다운 거야, 알아듣겠냐, 이 시발놈아?”

“도대체 그게 다 무, 무슨 소리야?”

“그래도 이 개새끼가?”

이민규의 주먹이 그의 얼굴 위로 날아와 푹 꽂혔다. 어금니가 얼얼했다. 이민규는 그의 멱살을 잡아 바깥으로 끌고 나갔다. 그는 볼을 문지르면서 질질 끌려가다가 어느 순간 이민규를 확 뿌리쳤다. 그러고는 구둣발로 이민규의 정강이를 냅다 걷어찼다. 그 와중에도 전영애를 달리지 않은 건 정말 잘한 일이라는 판단을 내렸다. 아무리 특별한 사이라도 구지레한 모습을 반복해 보여 주는 것은 할 짓이 아니었다. 생각할수록 울화가 치밀었다. 뿔테가 불행한 이유까지 모두 그 탓을 하는 것 같은 뉘앙스는 참아내기 힘들었다. 그건 비약도 아니고 명백한 사실 왜곡이었다. 그는 뿔테에게도 새우깡에게도 잘못한 게 없었다. 오히려 그의 진실을 아무렇지도 않게 짓밟아 버린 건 그들이었다. 그런데 뭘 안다고 이민규는 이러니저러니 떠들어 대고 심지어는 주먹질까지 하는 걸까.

“뿔테하고 네가 번갈아 가며 새우깡하고 잤잖아 새끼야, 그것도 설악산에 놀러 가서. 그 사실을 알고 난 네 약혼녀가 쓰러져서 머리에 피가 터진 거고. 그래도 뿔테는 사랑이었다고 하면서 날 잡고 엉엉 울더라. 곧 결혼까지 할 네놈이 설마 약혼녀의 친구까지 어떻게 한 건 몰랐던 거지. 네놈이 두 여자를 가지고 놀 생각이었다는 걸 알지 못했던 거야. 야! 윤기훈! 그걸 방해해서 뿔테가 너한테 미안해야 하는 거냐? 그게 아니라면 왜 멀쩡한 얼굴로 나타나 아무 일도 없었다는 듯 시치미를 떼는 거야, 누구 뒤통수라도 칠 생각이야? 복수라도 할 요량이야? 엉?”

그 후에는 그도 필사적으로 자신을 변호하고 나섰다. 오해도 보통 오해가 아니었다. 사람은 꼬이고 사건은 뒤틀렸다. 그는 맹세코 새우깡과 잔 적이 없었다. 그가 물에라도 뛰어들 것처럼 펄펄 뛰자 이민규는 약간 당황하는 것 같았다. 그는 결국 남에게 들은 소리를 가지고 왈가왈부한 것이다.

뿔테와 만난 것은 삼일 후였다.

거친 말을 하고 회사로 찾아가겠다는 협박을 하고서야 겨우 약속을 잡을 수 있었다.

찻집 안으로 들어서는 뿔테를 그는 못 알아볼 뻔했다. 뿔테는 너무 많이 변해 있었다. 세월이 노란 뿔테가 잘 어울리던 그의 얼굴에서 뭔가를 앗아 간 것 같았다.

"빨리 말해, 나 들어가 봐야 해."

뿔테가 사무적인 말투로 투덜거렸다.

"새우깡하고 나 사이에는 아무 일도 없었어. 새우깡을 만나 확인할 용의도 있어. 그런데 어째서 새우깡과 나 사이의 일이 사실과는 다르게 떠돌아다니는 거지?"

"흥! 오리발을 잘도 내미는군. 그렇다면 새우깡이 왜 네 이름을 불렀지?"

"이름을 부르다니?"

그는 영문을 몰라 뿔테를 물끄러미 쳐다보았다. 뿔테는 팔짱을 긴 채 한 손으로 자신의 턱을 어루만지고 있었다. 순간 그는 알 것 같다는 느낌이 들었다. 뿔테는 늙은 게 아니라 달라진 것이었다. 자연스럽게 아물었지만 눈에는 난데없는 쌍꺼풀이 도드라졌고 코를 높였으며 턱도 깎은 것 같았다. 달라졌다고 전제하면 뿔테가 뿔테로 보였지만 뽈테를 뽈테로만 보면 너무 변해서 그가 아닌 것 같았다. 힘들긴 정말 힘들었나 보군. 아니면 자신의 어떤 모습을 지우고 싶었던 걸까. 그런데 뜬금없이 이름이라니. 뽈테는 잠시 주저하면서 시간을 끌고 있었다. 말을 만들어 내거나 기억을 더듬기 위해서가 아니라 도저히 발설하기 곤란한 내용이라도 있다는 식이었다.

"그날 설악산에서 내려와 강릉에 있던 우리 아버지 별장으로 갔었잖아. 여은 씨는 지쳐서 일찌감치 뻗었고…… 밤에 웬일로 새우깡이 유혹하나 했더니…… 날 끌어안으면서 네 이름을 부르더라. 그건 두 사람에게 그런 일이 자주 있었다는 뜻 아니야?"

"아니야, 그렇지 않아. 왜 너하고 새우깡 사이에 있었던 일 때문에 내가 모함을 당해야 하지? 난 거듭 말하지만……."

"거짓말 마. 난 확신할 수 있어. 그 여자는 이미 널 수없이 받아들여 본 것 같았어. 익숙하고 자연스러워했어. 나도 남자야. 내가 그 정도도 모를 줄 알아?"

"기가 막혀. 새우깡하고 난 단둘이 있었던 적도 없어."

"야 이 자식아, 나이 먹어서 정말…… 말이 되는 변명을 해라. 새우깡 그 미친년이 새벽에 지 옆에 누워 있던 게 네가 아니라 나인 걸 알고 울고불고 소란을 피운 바람에 여은 씨가 쓰러져서 앰뷸런스에 실려 간 거 아니야? 자기는 분명히 윤기훈 한 사람이랑 잤는데 쥐도 새도 모르게 집단 성폭행당했다고. 우릴 경찰에 신고하겠다고 얼마나 길길이 날뛰었냐?"

"말도 안 돼."

"말이 안 되지. 난 새우깡이 손을 잡아끌어서 그 방에 들어간 것뿐이거든."

그러자 불현듯 생각났다. 실례 좀 해도 되냐고 했더니 넋 나간 채 아니요, 라고 답하던 그녀가 떠오른 것이다. 아무리 변장을 했다지만 새우깡은 그를 알아보지 못했다. 뿔테로 꾸몄지만 뿔테라고 느끼지도 않는 것 같았다.

"만약에, 그, 그런 일이 있었다면 그건 새우깡이 사람 얼굴을 기억하지 못하기 때문일지도 몰라. 그 여자는 남의 얼굴을 식별하지 못해. 그녀의 세상에는 그녀만 살아."

"오, 이제야 실토하는군. 역시 새우깡을 잘 알고 있구나. 아무리 그래도 그렇지 지가 마음에 둔 남자 얼굴을 구별하지 못한다는 게 말이나 되냐?"

"새우깡이 마음에 둔 건 내가 아니라 날 닮은 어떤 남자야. 그 여자는 허락도 없이 윤기훈을 분양해 가 제 입맛대로 키웠어. 말하자면 새우깡은 누가 누군지 몰랐을 뿐이야. 더구나 어둠 속에서라면……."

"네가 그 일을 기억하기도 싫어하는 건 충분히 알겠는데 나한테까지 이러지 마라, 추해 보여, 알아?"

"진짜라니까!"

그는 빽 소리를 질러 버렸다. 저도 모르게 눈물이 주르르 흘러내렸다. 오직 사랑으로만 충만한 줄 알았던 기억 속 아내가 실은 피투성이였다. 그녀에게 핏자국을 남긴 이는 그였다. 운명의 장난으로 여기기에는 너무 잔인하고 흉측했다. 뿔테의 표정은 처음보다 더 찡그려져 있었다. 그가 거짓말로 일관한다고 느끼는 것 같았다. 그때 휴대폰을 챙기며 자리에서 일어나던 뿔테가 갑자기 생각난 듯 물었다.

"그런데 그 후에 네 약혼녀는 어떻게 되었어? 살았니?"

불이 들어오지 않는 머신처럼 그는 멀뚱해졌다.

아내는 잘 있어.

그는 그렇게 말하려다 그만두었다. 따지고 보면 그는 아내가 있다
는 증거를 찾아다니는 중이었다. 뭐라고 딱 부러지게 말하기는 어렵
지만 그건 왠지 그에게도 중요한 일 같았다. 아내가 존재한다는 것은
그에게도 삶이 있다는 뜻이었다. 아내가 없다면 그는 아무것도 아니
었다. 그런데 시간이 흐를수록 점점 부각되는 것은 아내의 있음이 아
니라 그녀라는 바다에 비친 윤기훈의 자화상이었다. 그것도 아주 이
상하고 상스러운 남자가 튀어나와 윤기훈을 사칭하고 다닌다. 그 남
자가 윤기훈인 것은 정말 인정하기 힘들었다. 그저 남들 눈에 비친
윤기훈이라는 것을 감안하더라도 그렇다. 그건 그 어떤 윤기훈일 수
가 없는 미지의 사내였다. 그는 묻고 싶다. 자신이 믿고 있는 윤기훈
이 윤기훈이 아니라면 이전에 존재했던 윤기훈은 어디로 사라졌을까.

14

그는 집으로 가는 마지막 환승역에 서 있었다. 이미 세 대의 전철
을 그냥 떠나보낸 뒤였다. 지치고 피곤한 몸은 가라앉을 대로 가라앉
은 상태였다. 열 개의 손가락 끝마디는 포박당한 죄인처럼 제각기 붕
대로 싸매져 있었다.

뿔테와 헤어지고 몇 시간이 지나지 않아 흥분은 가라앉았다. 새우
깡에 관한 한 그는 자신의 결백을 믿었다. 뿔테와 나누었던 핏빛 대
화도 어느 정도 잊혀졌다. 묵은 먼지를 털고 나서 잠깐만 기다리면
잠잠해지는 것과 비슷한 이치였다. 분노는 이전에는 보다 중요했고

의식의 심층에서 불현듯 솟구치는 울분이었으나 이제는 무미건조한 습관에 불과했다.

물론 그렇지 않은 것도 있었다. 뿔테의 비웃음이 자꾸만 마음을 어지럽히는 것은 아내에 대한 걱정 때문이었다. 네 약혼녀가 쓰러진 건 모두 너 때문이야, 그런데 넌 그녀가 죽었는지 살았는지도 모르지? 눈앞에 안개가 자욱했다.

결국 그는 택시를 타고 어느 병원의 정문에 내려 헉헉대며 언덕을 올라갔다.

중환자실에 도착한 그는 자신이 거대한 시궁쥐로 돌변하는 착각을 느껴야만 했다. 몸집이 너무 커서 비루하고 추한 몰골을 감출 방법이 없다는 절망감, 털 한 올 한 올의 더러움까지 적나라하게 내보여야 하는 막막함.

남의 눈총 따위는 문제가 아니었다.

믿어지지 않게도 아내는 여전히 빈사 상태로 십여 년 전의 그 병실, 그 침대에 누워 있었다. 환자복도 그대로였고 머리카락이 짧은 것도 여전했다. 달라진 거라면 이전과는 달리 눈을 떴다는 것과 얼굴 피부가 비교할 수 없을 정도로 투명해졌으며 살이 조금 오른 것 같다는 것 정도였다. 한순간 위를 향해 치켜뜬 눈이 그를 쏘아보는 것 같아 섬뜩했으나 그가 몸을 움직여 몇 걸음 뒤로 비켜서자 그녀는 나무토막처럼 뻣뻣해졌다.

그는 지난날 좋았던 순간, 그녀가 그에게 베풀었던 따뜻함을 되새기려고 애썼다. 하지만 아무것도 생각나지 않았다. 심지어는 두 사람이 한때 사랑했었다는 사실마저 누군가 가져가 버린 것 같았다. 그동안 그의 무성의를 탓하듯 아내 역시 아무런 반응도 보여 주지 않았다. 그가 빗자루 같은 몸을 흔들어 델수록 악바리처럼 눈을 부릅뜬 채 다른 곳을 응시할 뿐이었다. 무엇보다 그녀의 빗나간 눈길이 그의 마음을 후벼 놓는 것 같았다.

그는 아내의 몸을 쓰다듬으며 꺼이꺼이 통곡하기 시작했다. 모든 것들이 자신에게서 등을 돌렸다는 것을 깨달았다. 남은 것은 아무것도 없었다. 그는 그 무엇도 아닌, 텅 빈 남자였다. 빈사 상태에 빠진 것은 아내가 아니라 그의 삶이었다.

그때였다. 누군가 등 뒤에서 그의 어깨를 잡았다.

"이봐요, 이러시면 안 됩니다."

남자 간호사였다. 그는 얼른 일어나 고개를 숙였다.

"나가 주세요."

남자 간호사의 완력에 떠밀려 순식간에 병실에서 쫓겨났다. 그는 진정성을 담아 자신을 설명했다. 오래전의 사고에서부터 아내의 이름과 당시의 보호자였던 자신의 이름도 밝혔다. 그런 다음 한동안 찾아오지 못해 미안하다며 거듭 사과했다. 그 와중에서도 제발 덮어놓고 자신을 나쁜 사람으로 몰아붙이지 말아 달라고 부탁하는 것도 잊지 않았다.

"우리 병원에는 그런 이름을 가진 환자가 없습니다."

간호사가 담담하게 말했다. 그는,

"아까 그 사람 말입니다. 그 사람이 제 아냅니다."

하고 말한 뒤 자신이 한때 그녀의 실질적인 보호자였음을 누누이 강조했다. 간호사가 농담 말라는 듯 픽 웃더니 병실 안으로 들어갔다. 그도 따라 들어갔다. 간호사는 아내에게 다가가 삐뚤어진 목을 바로 뉘더니 침대 맡에 걸린 이름표를 보여 주었다. 거기에는 전혀 다른 사람의 이름이 적혀 있었다. 기분이 언짢았다. 남자 간호사가 말했다.

"이 환자는 남자입니다. 게다가 이제 겨우 열두 살인 걸요."

그는 귀신이라도 본 듯 뒤로 물러났다. 간호사는 이제 알겠죠? 하고 말하더니 그를 다시 떠밀었다. 간호사는 오른손 검지를 치켜세우고는 단호히 쏘아붙였다.

"전 이 병원에서 십오 년을 근무했습니다. 죄송하지만 그런 환자는 없었습니다. 여긴 중환자실입니다. 경찰을 부르기 전에 나가 주세요."

"그, 그렇다면 제 아내는 도대체 어디로 갔다는 겁니까?"

"그야 저로선 알 수 없는 일이죠."

그는 무슨 소린지 스스로도 모르는 고함을 질러 대다가 경비에게 이끌려 일층 로비로 내려갔다. 경비는 정문 방향을 가리키며 얼른 꺼지라고 재촉했다.

그는 딱정벌레처럼 병원 담벼락에 등을 대고 붙어 서 있었다. 양손을 등허리 밑에 받쳤다. 그가 열 손가락을 시멘트 벽에다 힘주어 밀착시킨 것은 이 세상의 하찮은 사물에서마저 분리되고 제거되는 게 두려워서였다. 그는 고분고분 언덕 아래로 내려갈 수 없다고 생각했다. 그래서는 안 되는 일이었다. 최후의 기억마저 부정하는 곳, 여기는 어디인가. 그가 만져 왔던 모든 것, 냄새 맡았던 것, 보고 듣고 입안에 넣어 씹었던 맛있는 것들은 다 무엇이었나. 이건 전영애가 아내의 존재를 증명해 보라고 엄포를 놓았던 것과는 비교할 수 없는 공포였다. 밀려난 것은 아내가 아니라 그 자신이었다. 그는 병원에서 추방당한 것이 아니라 이 세상에서 버림받은 거였다.

그는 눈을 감았다. 여전히 벽을 등에 진 채였다. 무엇엔가 저항하기라도 하듯 그는 열 손가락 끝을 시멘트벽 속으로 깊이 박아 넣었다. 그러고는 몸을 끌면서 천천히 언덕을 내려갔다. 턱이 덜덜거리며 울었다. 핏자국이 담벼락을 나누었지만 그는 보지 못했다. 대신 남아 있는 생의 모든 의지를 동원해 중요한 장면 하나를 되살려 냈다.

형, 이러실 필요까지 있어요?

언젠가 길에서 우연히 마주친 청년이었다. 아는 척 인사하는 청년을 부러 모른 척한 건 결코 아니었다. 처음에는 누군지 몰랐다. 화를 내는 것을 보고서야 비로소 아내의 남동생이라는 것을 알아차렸다. 성실한 사람이 열 받았을 때 짓는, 그만의 고유한 표정이 있었다.

누나는 걱정 마세요, 잘 지내요. 이젠 혼자서 밥도 먹을 줄 알아요.

청년은 애써 웃으려 했으나 미소는 가면처럼 차가웠다.

휘유!

어쨌거나 호흡이 조금 편안해졌다. 기억은 투쟁이다. 불완전한 것을 가지런히 복구시켰을 때만 평화를 얻을 수 있다. 그는 주먹을 꽉 거머쥔 채 담벼락 아래로 주저앉았다.

이후 더 많은 것들이 희미해졌다.

또렷이 회상되는 것은 그동안 사람들과 줄기차게 이런저런 약속을 했고 그것을 지키기 위해 죽을 똥 살 똥 애써 왔다는 사실이다. 그를 두고 아무 욕심이 없는 사람이라고는 못할 것이다. 구룡포 바닷가에서 태어나 자신만의 삶을 꾸리기 위해 어렵게 야간대학을 다녔고 온갖 허드렛일을 다 해봤다. 회사 자판기 앞에서 여직원들이 떠드는 소리를 듣고 잠시 긴장했던 것은 사실이었다. 하지만 자신에게도 부자 외삼촌이 있었으면 좋겠다고 부러워한 적은 한 번도 없었다. 그보다는 행복하기 위해서라면 많은 것을 체념하고 내려놓아야 한다는 것을 오래전에 터득했다. 그는 버리고 또 줄였다. 그런데도 삶은 끝내

녹록지 않았다. 애원하고 매달려도 용납하기는커녕 밀어내기만 하는 외고집쟁이라니!

그는 신문판매대 모서리에 기대 울컥 서러움을 토해 냈다. 약속도 기억도 존재를 보증하지 못한다면 이젠 무엇을 믿고 내일을 받아들여야 할까. 나는 살아 있는 것인가. 그러다가 마치 자신이 살아 있음을 확인할 유일한 수단이라도 된다는 듯 주머니를 뒤져 전화기를 찾아냈다. 그러자 즉각, 열 개의 손가락이 욱신거렸고 오른쪽 두 번째 발가락과 세 번째 발가락 사이가 간지러웠다. 이전에 비해 감각은 또렷하면서도 혁신적이었다. 그는 구두코를 바닥에 대고 콕콕 찧으면서 봄볕을 쬐듯 간지러움을 느꼈다. 3호선 전철이 거친 숨을 헐떡이며 플랫폼으로 들어왔다. 손에 든 전화기에서 부르르 진동이 시작된 건 그때였다. 집이었다.

"당신 어디야?"

작고 은근한 말투는 차라리 공포감을 몰고 왔다.

"……전철역."

그는 간신히 대답했다. 아내를 향한 마음이 달라진 걸 분명히 느낄 수 있었다. 이제 어제의 시간 속에 오늘을 연속시키는 것은 영원히 불가능할지도 모른다. 그녀에게 농담을 건넬 수도 없고 재미 삼아 호통을 칠 수도 없을 것 같은 이 기분은 뭘 의미하는 걸까. 아무것도 모르는 것 같은 아내의 말투가 커다란 올가미로 다가오는 것은 왜일까. 아내가 말했다.

"여보, 그가 왔어!"

"그라니?"

"와 보면 알아. 빨리 와. 여기 다 모여 있단 말이야."

그녀의 목소리는 지나치게 가라앉아 있었다. 과장의 기미는 포착되지 않았다. 냉한 우울도 아니었다. 그보다는 눈앞에서 무슨 일이 벌어지든 다 받아들이겠다고 마음먹은 이의 차분함이 느껴졌다. 행여 그가 지하철 아래로 뛰어내릴지도 모른다는 상상을 했던 건 아닐까. 그는 픽, 하고 공허한 웃음을 터뜨렸다. 그럴 수 있다면 그렇게라도 했을지 모른다. 그는 뭔가는 알고 다른 무엇은 몰랐다. 아는 것은 그에게 있어 자살이라는 건 이상하게도 자유의지의 자장 밖이라는 확고한 인식이었고 모르는 것은 그건 그들에게는 불가능한 장난이라는 것이었다. 죽음은 시간이 더 흘렀을 때 잊혀지는 것으로나 다가오리라는 것 역시 그가 모르는 생의 비밀 중 하나였다.

"모여? 누가?"

"아이 참, 설명하기 정말 곤란하니까 무조건 빨리 와."

"도대체 무슨 소리야?"

불퉁하게 쏘아붙이는데 몸싸움이라도 하는지 수화기 안에서 시끄럽게 밀고 당기는 소리가 들렸다. 곧 다른 음성이 귓속을 파고들었다.

"왜 이렇게 말이 많아요. 그냥 와요, 와서 이야기해요, 알았죠?"

놀랍게도 목소리의 주인공은 전영애였다. 나무라듯 뭔가로 후려치는 느낌이었지만 뉘앙스가 아주 묘하고 낯설었다. 두 여자 사이에서 발생한 긴장감과도 무관해 보였다. 별일이네, 중얼거리면서 고개를 갸웃거리는데 어느새 전화는 툭 끊어져 버리고 공허한 열기만이 손아귀에 남아 희미한 떨림을 남겼다.

이상했다. 도대체 오기는 누가 왔다고 저 야단들인가.

15

그가 아파트 앞에 도착한 것은 밤 아홉 시가 다 되어서였다. 집 안에 불이 훤한 것을 확인하는 순간 가슴이 덜컥 내려앉았다.

마침내 도둑이 든 것일까.

그는 성급하게 엘리베이터 버튼을 눌러 댔다. 17층에 멈춰 있던 기계는 할아버지 걸음으로 느리게 움직이며 내려왔다. 그는 초조한 기분에 계단으로 뛰어올라 순식간에 3층에 도착했다. 열쇠를 뒤져 문을 열고 안으로 들어가는 순간 환한 거실 등이 찌르듯 그를 덮쳐 왔다. 더 놀라운 것은 안에서 어떤 음성이 들려왔다는 것이다.

"그 멤버들은 '나'에 관해 말하기보다는 '너'에 관해서만 떠들어 대잖아. 내가 아직은 젊어서 그런가? 그게 너무 지겨워. 아무리 오래 대화를 나누어도 그 사람이 어떤 사람인지 알 수가 없잖아……."

신도 벗지 않은 상태에서 그는 멍해졌다. 아내와 전영애는 어디 갔는지 보이지 않았다. 목소리의 주인공을 확인하지는 못했다. 현관에서는 그 자의 모습이 보이지 않았다. 얼굴은 못 봤지만 동전의 양면처럼, 혹은 샴쌍둥이처럼 뭔가 하나의 괘선으로 꿰어지는 게 있었다. 하지만 분명하게 떠오르는 윤곽에도 불구하고 그게 무엇인지 이름 붙이기 어려웠다. 섣불리 판단하고 싶지도 않았다. 자칫 하늘과 땅의 이치가 바뀌고 별자리가 교차될지도 모를 일이었다. 북두칠성과 오리온좌가 서로 위치를 바꿔 가며 이동하는 건 좀 곤란한 일이 아닐까.

통화는 좀처럼 끝나지 않았다. 그는 할 수 없이 현관 앞에 쭈그리고 앉아 기다리기로 했다. 하나하나 차근차근 생각해 볼 요량이었다. 목소리의 주인공은 사내였다. 메아리를 연상시키는 허망한 울림은 아마 그 자신이 굉장히 놀랐기 때문에 느낀 자연스러운 현상일지도 모른다. 통화 상대는 여자로 짐작되었다. 서로 간에 별 감정은 없는 것 같고 믿음을 주는 파트너임은 분명해 보인다. 사내의 음성은 차분하고 안정되어 있었다. 간간이 "집에 오니 정말 좋네!" 하는 감탄사가 들려왔다. 말하자면 사내는 도둑은 아닌 것이다. 그렇다고 은행에서 파견한 빚쟁이 같지도 않았다.

그렇다면 더더욱 객도 아닌, 버젓한 집주인이 비겁하게 신발장 앞에 쪼그리고 있을 이유가 어디에 있는가. 이건 너무 채신없는 짓이다. 그는 자존심 강한 중년의 클래식 가수처럼 기품 있게 몸을 일으켰다. 그에게는 권리가 있다. 당신은 누구냐고 물어볼 권리! 뭔데 남의 집에 들어 와서 주인 행세를 하려느냐고 호통칠 권리!

신을 벗고 안으로 들어가 문제의 사내를 확인한 순간 그는 혼비백산 소스라치고 말았다. 자신과 한 몸처럼 생겼으나 왠지 더 활기차 보이는 남자가 소파에 앉아 전화 통화를 하고 있었다. 그 사내는 그를 잘 아는 양 눈이 마주쳤는데도 별 반응을 보이지 않았다. 그가 화난 사람처럼 허리에 손을 얹고 이봐요, 하고 소리치려 할 때였다. 뒤에서 누군가 다급하게 옷자락을 잡아당겼다.

"이리 와, 자기!"

전영애였다. 그녀는 다짜고짜 그의 입을 틀어막더니 문간방 안으로 끌고 들어갔다. 놀랍게도 거기에는 아내와 새우깡, 심지어는 노란 뿔테까지 모여 있었다. 그들은 모두 초조해 보였으며 추레하고 낡은 옷을 걸치고 있었다. 새우깡은 머리가 헝클린 채 얼굴에는 피멍이 들어 있었다. 이유를 짐작하기는 어렵지 않았다.

"니들 다 뭐야?"

그가 원수나 다름없는 그들을 차례차례 노려보는 도중에도 아내와 새우깡은 서로 으르렁거리며 싸우기 바빴다. 순 거짓말쟁이, 너 때문에 내 꼴이 이게 뭐야? 흥, 등신 같은 주제에 지 앞가림도 못하면서 몰아붙이기는, 네가 봤어? 봤냐고? 그러자 전영애가 조용히 하라며 아내의 정수리를 손바닥으로 탁 내리쳤다. 아내가 획 돌아서서 맹수처럼 덤벼들려는 차에 뿔테가 그녀를 책상 아래 구석진 곳으로 거세게 처박아 버렸다. 그는 동동거리며 달려가 아내를 부축하며 일으켜 세웠다. 그가 고함을 지르려고 하자,

"쉿!"

새우깡이 자신의 검지를 피멍 든 입술에 갖다 댔다. 며칠 전에 경험했던 지독한 원한 같은 것은 느껴지지 않았다. 어쩌면 그에게 더 이상 그것이 문제가 되지 않았는지도 모른다. 그로 말할 것 같으면 어떤 이유로 인해 열중하던 연극 무대에서 바깥을 향해 튕겨져 나간 느낌이었다. 무대 밖에서는 그 안이 훤히 들여다보였다.

저 사내 때문이다!

그는 그렇게 확신했으나 꼬집어 뭐라고 설명하기는 힘들었다. 언어는 물밑에서 보글보글 숨 쉬고 있을 뿐 위로 떠오르는 것을 지극히 주저하는 것 같다. 아니, 이 세상의 언어로는 다할 수 없는 풍경이 눈앞에 펼쳐져 있었다. 그는 자신의 강박을 숨긴 채 좌중을 둘러보며 속삭였다.

"자, 누가 이 사태에 대해 뭐라고 말 좀 해봐. 어째서 나와 똑같이 생긴 사람이 이 집에 있는 거지? 저 사람은 도대체 누구야?"

아내의 머리를 깔고 앉은 전영애가 재빨리 받아쳤다.

"그는 출장 갔다가 두 달 만에 돌아왔어. 우린 그의 패밀리야."

"들어오자마자 느끼한 목소리로 날 부르는데 무서워서 혼났어. 왠
지 그가 모르는 사람 같은 느낌이었어."

아내가 낑낑대며 말했다. 자기 차례가 되자 뿔테도 마지못해 한마
디 거들었다.

"집 안 곳곳에 남아 있는 가시지 않은 흔적과 저 사내의 유전자는
정확히 일치하는 것 같아. 그는 바로 윤기훈 너야."

"나? 내가 저 남자란 말이야?"

"음, 그렇기도 하고 아니기도 해."

"도대체 무슨 소릴 하는 거야?"

그가 버럭 성질을 내는데 거실에서 사내의 말소리가 들려왔다.

"여보, 빨리 나와, 오랜만에 돌아온 남편을 반기지는 못할망정 정
말 이러기야? 열 셀 동안 안 나오면 나 정말 화낸다. 하나, 둘……."

순간 아내가 귀를 틀어막으면서 발버둥 쳤다.

"들어오자마자 저렇게 날 불렀으나 대답을 안 했어. 그랬더니 우리
가 알지 못하는 다른 여자랑 여태 전화 통화를 한 거야. 날 약 올릴
심산인 것 같지만 약이 오르기는커녕 어쩐지……."

"아니, 저 미친놈이!"

자신을 흉내 내고 다니는 그 사내에 대한 적개심은 새우깡이 그에
게 가졌던 원한보다 더하면 더했지 덜하지는 않았다. 그는 팔을 둥둥
걷어붙이며 전투태세를 취했다. 문을 열고 나가 녀석을 힘껏 들어 올
린 다음 내동댕이칠 참이었다. 아무도 말리지 않았다. 그런데 사내가
문간방 문을 와락 열고 안을 들여다보면서,

"자기야!"

하고 불렀을 때는 왠지 스르르 압도당하는 기분이었다. 그립고 친근

한 느낌마저 들었다. 아내를 쳐다봤더니 두 다리 사이에 얼굴을 파묻은 채 흐느끼고 있었다. 사내가 그녀를 밟고 지나갔다. 전영애는 더 가관이었다. 어떤 기억에 사로잡힌 듯 놈이 책상으로 다가가 엉덩이를 걸치며 요망한 앉음새를 취하자 그녀의 눈빛은 에로틱 버전으로 빠르게 돌입했다. 전영애는 사내를 향해 추파를 던지면서 레이저 빛 무지개바람을 마음껏 쏘아 댔다. 사내의 숨결이 조금씩 거칠어졌다.

의리 없는 것! 내가 제 몸을 그렇게 아끼고 사랑해 줬건만.

침이라도 콱 뱉으려다 참았다. 꼴도 보기 싫다는 생각에 혼자서 방을 나와 안방 화장실로 들어갔다. 거울을 봤더니 커다란 공갈빵처럼 안이 텅 비어 있었다. 사물은 정지된 채 고요히 눈감고 있었다. 깜짝 놀라 입김을 후 하고 불어 댔다. 아무것도 표시되지 않았다. 이럴 수가! 욕실 안은 여전히 더러웠다. 머리카락이며 검게 변한 물때가 덕지덕지 붙어 있었다. 그가 더러운 흔적을 바라보며 얼굴을 찡그릴 때였다.

"여보!"

놈이 메아리처럼 목소리를 길게 늘어뜨리며 욕실로 들어왔다. 사내는 오래 그러기를 바란 듯 만감이 교차하는 표정으로 거울 앞에 섰다. 그러고는 여자를 다루듯이 거울의 표면을 한 번 쓰다듬는 것이었다. 입을 크게 벌려 이빨 사이를 확인하고 옆머리를 슥슥 귀 뒤로 빗어 넘겼다. 그때 그는 보았다. 비로소 그의 모습이 거울 안에 다시 나타난 것을. 반가운 마음에 거뭇거뭇 턱수염이 돋아난 자리를 어루만져 보았다. 까칠한 감각이 선명하게 손가락을 자극해 왔다. 그러자 그립고 충만한, 삶의 중요한 습관 같은 것이 고스란히 일깨워지는 것이었다. 아내의 손길이 그의 머리카락 속을 파고들던 느낌은 오줌이

마려울 때의 그것과 닮아 있었다. 정말이지 오래 참고 있기에는 너무 감질나는 유혹이 아닐 수 없다. 이번에는 가만두지 않겠다고 결심한 듯 그는 단호한 음성으로 아내를 불러 댔다. 성큼성큼 현관으로 나가 신발 신는 흉내부터 냈다.

"나 그만 제주도로 내려간다, 잘 있어."

구두 주걱을 이용해 부산스럽게 신을 신었다. 그런 다음 방금 껐던 전화기를 다시 꺼냈다. 종료 버튼을 오래 누르자 요란하게 휴대폰 켜지는 소리가 들렸다. 세상을 향한 싱싱한 그 잡음이야말로 아내의 질투심을 자극하고도 남을 것이다. 그를 통하지 않고서는 여기에 존재할 방법이 아내에게는 없다. 물론 그 역시 아내에 의해서만 이 세상에 존재할 수 있었다. 이 집안의 힘과 권력은 그렇듯 서로가 서로에게 부여한 것이고 서로를 향해 발산된 사랑은 시간이라는 포장지에 싸여 내일이라는 배수로를 따라 흐른다. 아니나 다를까 커튼 주름 속에 숨어 있던 아내가 놀랐지?라는 표정을 지으며 달려 나오는 모습을 볼 수 있었다. 너무 반가운 마음에 그는 두 팔을 활짝 벌려 그녀를 끌어안았다. 비로소 집에 돌아왔다는 실감이 밀려왔다. 안심이 되었다. 아내한테서 희미하게 곰팡이 냄새가 났다. 오랫동안 그가 만져 주지 않은 탓인 것 같았다.

희망노선

1판 1쇄 찍은날 2011년 4월 20일
1판 1쇄 펴낸날 2011년 4월 25일

지은이 | 남상순
펴낸이 | 조현주
펴낸곳 | 도서출판 하늘재

표지 디자인 | 엄유진
본문 디자인 | 김경수

등록 | 1999년 2월 5일 제20-140호
주소 | 서울시 마포구 망원1동 384-15 301호
전화 | (02)324-2864
팩스 | (02)325-2864

이메일 | haneuljae@hanmail.net
ISBN 978-89-90229-29-8 03810

값 | 11,000원
ⓒ2011, 남상순

*이 책은 문화예술위원회의 2008년도 창작지원금을 받아 제작되었습니다.

※ 잘못된 책은 바꿔드립니다.
※ 이 책은 저작권법에 의하여 보호를 받는 저작물이므로 무단 전재와 복제를 금합니다.

이 도서의 국립중앙도서관 출판시도서목록(CIP)은 e-CIP홈페이지(http://www.nl.go.kr/ecip)와
국가자료공동목록시스템(http://www.nl.go.kr/kolisnet)에서 이용하실 수 있습니다.
(CIP제어번호: CIP2011001762)